KB165007

전남대학교 한국어문학연구소 총서 2

손광은의 시와 시세계

임환모 편

태학사

전남대학교 한국어문학연구소 총서 2

손광은의 시와 시세계

초판 1쇄 인쇄 | 2015년 12월 23일
초판 1쇄 발행 | 2015년 12월 31일

편저자 | 임환모
펴낸이 | 지현구
펴낸곳 | 태학사
등 록 | 제406-2006-00008호
주 소 | 경기도 파주시 광인사길 223
전 화 | 마케팅부 (031) 955-7580~82 편집부 (031) 955-7585~89
전 송 | (031) 955-0910
전자우편 | thaehak4@chol.com
홈페이지 | www.thaehaksa.com

값은 뒤표지에 있습니다.

ISBN 978-89-5966-732-1 94810
ISBN 978-89-5966-728-4 (세트)

서문

보성 소리 흉내를 내는
명창(?) 노정의 호남가를 듣는다
장단은 젓가락 장단
악기는 빈 병과 빈 그릇
그 생이지지했다는 장단 솜씨에
절로 어깨춤이 흥겹다

잡놈은 아무나 하나
그 명예 가객노릇 그리 쉬운가
구수한 백발 탄식 사철가를 듣다가
만만한 율포 전어회 소주가 달다
의리 고운 보성이
뱃속에 화안이 짜르르하다

소주 한 병 못 마시는 놈
연애 한 번 못 해본 놈
줄줄이 묶어놓고
염왕전 고발하여 곤장을 치리라
노정의 사설에 소줏병이 까르르 나뒹그라진다

술상머리 앉아서 남의 흉보는 놈
정과 의리 없고 입만 동동 살아있는 놈

소주 한 잔 더 먹여 구린입 막아놓고
한 잔 먹세그려 또 한 잔 먹세그려

퉁타당 퉁탕 퉁타당 퉁탕
신선선녀 어울려 깊어가는 밤
이 세상 소주가 마르고 닳도록
샛별처럼 빛나라 노정의 의리여
잔 가득 넘치라 보성의 인정이여
이 누리 다하는 그날까지 퉁타당 퉁탕!

―문병란, 「파한(破閑)-노정의 의리와 우정에 부쳐」

노정(蘆汀) 손광은 시인이 문단에 나와 시를 쓰기 시작한 지는 벌써 50년이 넘었다. 50년 지기 문병란 선생이 「파한」에서 설파한 대로 노정 선생은 천성이 소박하고 흥겨운 분이다. 소리를 좋아해서, 그리고 그의 시세계에서도 소리의 모티프와 이미지가 지배적이라서 노정은 '천성(千聲)의 시인'이라는 칭함을 얻었다. 1962년부터 내리 3년간 「제3광장」, 「산책」, 「나의 반란」이 김현승 시인의 추천으로 『현대문학』에 상재되어 문단에 데뷔하였다. 1966년 『영도』 제3집부터 이성부, 김현, 최하림 등과 함께 동인으로 참여하고, 이듬해에는 문병란, 박홍원, 범대순, 문도채 등과 〈원탁문학회〉 창립 멤버로 참여하였다.

그간 상재된 시집은 모두 6권이다. 제1시집 『파도의 말』(현대문학사, 1972)은 김현승 시인이 서문을 쓰고, 김현 선생과 이성부 시인이 발문을 썼으며, 오승윤 화백이 표지장정을 맡았다. 제2시집 『고향 앞에 서서』(문학세계사, 1996)는 오랫동안 시작(詩作) 생활에서 멀어졌다가 다시 돌아와 고향을 노래하였는데 김병욱 선생이 해설을 썼다. 제3시집 『그림자의 빛깔』(시와사람사, 2001)은 삶의 빛과 어둠에서 작동하고 있는 마음의 움직임을 '장구치고 북치고 하늘치고 북치듯' 음악적 영상 이미지로 구체화하였는데 여기에 문병란 선생이 발문을 썼다. 제4시집 『내 마음속에 눈부신 당신』(한림, 2006)은 사랑의 설렘과 상실의 비애를 삶의 지평으로 확대해가는 시편들이고 여기에 김동근 교수가 발문을 달았다. 제5시집 『땅을 딛고 해가 뜬다』(한림, 2007)는 전남・광주 지역에 산재해 있는 금석문들과 시화전의 시들, 그리고 헌시와 기행시들이 묶여 있는데 여기에 문병란 선생이 평설을 달았다. 마지막 제6시집 『민속의 숨결 신명을 풀어라』(한림, 2010)는 우리의 전통 민속을 시로 승화한 것으로 여기에 이성부 시인과 김병욱 교수가 평설을 썼다. 시력 50년 동안 6권 시집을 냈다면 결코 다작이라고 할 수 없겠지만 그의 시세계는 매우 다채롭다. 시인 자신의 내면을 응시하는 성찰과 삶의 실존적 선택에서의 존재에 대한 탐구가 주류를 이루다가 해남 땅끝의 땅끝탑을 필두로 보성 율포 봇재의 애향탑, 광주 중외공원의 88올림픽탑, 강산제 판소리 예적비 등 수많은 금석문에서 전통과 고향의 문화적 유산을 기렸으며, 남도의 다채로운 민속을 아름다운 언어의 예술로 승화시키기도 하였다.

또한 노정은 1968년부터 2001년까지 전남대학교 국어국문학과에서 후학들을 양성하는 교수로 재직했다. 선생이 교육자로서 남기고 간 인간적 풍모와 인품이 후학들에게 큰 자산이 되었음은 두말할 나위도 없다. 선생의 학덕과 시적 성취를 기리고 계승하기 위해 전남대학교 한국어문학연구소에서는 『어문논총』 제26호(2014. 12) 특집으로 '손광은의 시세계'를 다루었다. 유성호 교수는 손광은의 시세계 전체를 「전통적 원형과 존재론적 기원의 발견」이라는 논제로 깊이 있게 탐구하고, 필자는 제1시집 『파도의 말』을 중심으로 「물의 형상성과 건강한 생명력」을 밝히고, 정경운 교수는 제5시집 『땅을 딛고 해가 뜬다』를 중심으로 금석문이나 기행시를 「기억의 시학」으로 풀어냈으며, 나경수 교수는 제6시집 『민속의 숨결 신명을 풀어라』를 중심으로 「노정 손광은의 남도기행 시집의 민속학적 의의」를 밝혔다.

전남대학교 한국어문학연구소에서 발행하는 이번 총서는 지역문학과 문화를 활성화하고 체계화하기 위한 시도로 구상되었다. 『손광은의 시와 시세계』로 제목을 정한 이 책의 편제는 『어문논총』 제26호에 실린 논문을 중심으로 하되 이동순 교수가 시인론으로 새롭게 쓴 「향토와 민속, 남도정신의 아카이브 – 시인 손광은의 문학적 생애」를 보태고, 기존에 쓰였던 좋은 글들을 재수록하는 방법을 택했다. 그리고 말미에 선생의 대표시를 시집별로 골라 실었다.

아직도 많이 미흡하지만 이 책이 광주·전남의 지역문학을 활성화하고 지역문학사의 연구에 다소나마 보탬이 되기를 희망한다. 그리고 옥고를 집필해주신 필자들과 재수록을 허락해주신 것에 대하여 이 자리를 빌려 머리 숙여 감사를 드린다. 또한 예쁜 책으로 꾸며주신 태학사 지현구 사장님을 비롯하여 편집부 식구들에게 감사의 말씀을 올린다.

2015년 가을날에
전남대학교 한국어문학연구소장
임환모 삼가 쓰다

차례

제2부 손광은의 대표시

제1부

손광은의 시세계

전통적 원형과 존재론적 기원의 발견
-손광은의 시세계-

유성호

1. 손광은 시의 정수

노정(蘆汀) 손광은(孫光殷)은 1964년에 다형 김현승 시인의 추천으로 『현대문학』을 통해 등단하였다. 이로부터 그는 반세기가 넘게 시작에만 매진하여 독자적인 음역(音域)과 시적 형상을 일구어왔다. 그동안 그는 『波濤의 말』(현대문학사, 1972), 『고향 앞에 서서』(문학세계사, 1996), 『그림자의 빛깔』(시와사람사, 2001), 『내 마음 속에 눈부신 당신』(한림, 2005), 『땅을 딛고 해가 뜬다』(한림, 2007), 『민속의 숨결 신명을 풀어라』(한림, 2010) 등의 시집들을 펴냈는데, 결코 다작(多作)이라고 할 수 없는 그의 밀도 있고 웅숭깊은 이러한 시적 성취는 오랫동안 그 나름의 지속과 변이를 동반하면서 퍽 다채롭게 펼쳐졌다고 할 수 있다.

먼저 그의 첫 시집 『波濤의 말』에는 여러 사람의 서문 및 발문이 실리는 진풍경이 벌어진다. 그의 스승이자 추천자였던 김현승 시인의 서문이 실렸고, 평론가 김현과 시인 이성부의 발문이 각각 따로 실렸을 정도이니, 이 시집은 당대 주요 인사들이 대거 참여하여 그 성취를 기꺼이 축하해주었던 것 같다. 그 일면을 들여다보자.

이러한 作品들(「보리打作」, 「織女圖」-인용자 주)은 初期의 知的 趣向과는 자못 다르면서도 이 詩人의 그동안의 꾸준한 努力의 結實을 갑자기 눈앞에 다 보여주는 生命力 있는 作品들이다. 「보리打作」과 같은 一連의 作品들이 읽는 사람에게 魅力을 풍겨주는 까닭은 지금은 아무도 눈여겨보지 않는 그 늘진 구석을 찾아내어 보여주었다는 素材의 物異性이나 土俗性에만 있는 것은 아니다. (…) 이 詩人이 새로이 追求하고 있는 近年의 作品들에는 이 詩人의 雜草와 같은 질긴 生命力이 줄기차게 꿈틀거리고 있다. 이 個人의 生命의 總和 — 그것이 곧 다름 아닌 民族의 生命力이라고 할 수 있다.[1]

「보리打作」 「織女圖」 같은 것은 그의 체취와 個性과 힘이 그대로 번져 나오는 詩이었다. 나는 그런 시들을 다시 읽고, 그의 체취에 反하는 것 같던 의식, 내부 등이 끈질긴 반란을 통해 근엄한 목숨을 유지해나가는 그의 내면의 동료를 발견한 모양이라는 것을 깨달을 수 있었다. 최근의 그의 시에서 볼 수 있는 안정감 근엄함은 그의 심장에서 우러나온 것이다. 그래서 거기서는 인간에 대한 애정이 스며 나온다.[2]

그의 삶은 말하자면 끝까지 혼자서라도 바르게 살고자 하는 노력이다. 온갖 기만과 불합리성이 판치는 우리 사회의 증세와는 너무나 떨어져, 나와 같은 속물들의 눈에는 그가 언제나 우직스럽게만 보인다. 많이 그가 비켜서 있다는 표현은, 그러니까 그가 우리 사회의 이 병폐로부터 물러나 있다는 말이 된다. 따라서 그는 언제나 타락한 사람들로부터 피해를 입기 일쑤이고, 이 피해는 그의 삶을 더욱더 정정당당하게 만들어주는 것 같다.[3]

---

1 김현승, 「序文」, 손광은, 『波濤의 말』, 현대문학사, 1972.
2 김현, 「跋文 I」, 위의 책.
3 이성부, 「跋文 II」, 위의 책.

이러한 일련의 언급들을 귀납해볼 때, 우리는 손광은 초기시의 편폭과 실질을 선명하게 예감하게 된다. 가령 그것은 "素材의 物異性이나 土俗性" 그리고 "民族의 生命力"에 초점을 두면서도, "심장에서 우러나온" 것 같은 "인간에 대한 애정"으로 확산되어갈 징후를 내포한 것이었다. "우직스럽게만" 보이는 시인은 그렇게 우리 사회의 병폐로부터 한발 물러나 있으면서 가장 단단하고 정결한 세계를 구축했던 것이다.

손광은은 이러한 이채로운 시세계를 1960~70년대에 펼치면서 우리 시단에 등장하였다. 그것은 강렬한 현실 지향의 민중 시학과 난해한 언어 지향의 모더니즘 시학을 동시에 극복하려는 시학적 욕망이 부가된 결실이었다고 할 수 있을 것이다. 이 글에서는 손광은이 펴낸 첫 번째 시집으로부터 세 번째 시집까지의 세계를 들여다보면서, 그의 시편들이 어떻게 생성되고 전개되어왔으며 그것이 하나하나 온축됨으로써 결국 어떠한 세계로 완성되어왔는지를 살펴보고자 한다. 이를 통해 손광은 시의 정수를 충실하게 조감해볼 수 있으리라 기대해본다.

2. 상징 기법과 전통적 원형 탐색

먼저 손광은의 첫 시집은, 앞에서 암시한 대로, '생명력'이라는 키워드를 충족하는 세계로 한결같이 귀일하고 있다. 거기서 시인은 자신의 육체와 정신 안팎에 흩뿌려져 있는 생명의 흔적들을 탐구하고, 그것을 자신의 시업(詩業)으로 삼으려는 남다른 갱신 의지를 보여주었다. 그래서 시인은 자신의 몸 안에서 무수히 일어나는 날카로운 파열음과 적극 마주하면서도, 거기 산포되어 있는 생명의 흔적들을 줍는 작업을 적극적으로 택하고 있다. 하지만 첫 시집의 표제작은 민족의 생명력 탐구라는 전체 지향과는 조금 별도로, 상당히 이색적인 기법과 음색으로 차 있다고 할 수 있다.

어느 날 밤 파도는
내 방에 들어와 나를 깨웠다.
다른 事物들은 일제히
다른 이름들을 하나씩 더 갖고
눈뜨기 시작했다.

모양도 없고 그림자도 없는
거대한 것이
엄청난 사람 같은 것이
내 목을 누르고
내게 말했다.

그냥 이대로만 있기냐
그냥 있기냐
다시 태어난 다음에야 볼 수 있는
벌판의 외침 소리 하나
나를 죽이고
끝끝내 들려왔다.

—「波濤의 말」 전문

이 시편은 한 논자의 말대로 "초현실주의적 상징기법을 통해 서구적 현대성을 전통적 사상에 용해하고 있다."[4]고 할 수 있다. 가령 시인은 '파

4 문병란, 「발문」, 손광은, 『그림자의 빛깔』, 시와사람사, 2001.

도'가 한밤중에 자신의 방에 들어와 자신을 흔들어 깨웠고, 이때 "다른 事物들"도 한결같이 "다른 이름들을 하나씩" 가지면서 동시에 눈뜨기 시작했다고 말한다. "모양도 없고 그림자도 없는/거대한 것"으로서의 '파도'는, 물질성 그 자체로서가 아니라, "다시 태어난 다음에야 볼 수 있는/벌판의 외침 소리 하나"로 나타나 경성(警醒)과 질책의 소리로 다가온 것이다. 그래서 시인으로서는 그 '파도'가 "엄청난 사람 같은 것"이라며 "그냥 이대로만 있기냐/그냥 있기냐"라면서 자신을 죽이고 다시 살리는 소리로 다가왔다고 고백하는 것이다.

따라서 시인이 들은 '波濤의 말'은, 실존적이고 심리적인 상징 기법에 실려, 시인 자신을 경책하고 성찰하는 과정에 원용된 것이다. 마치 "내가 호젓이 앉으면/너는 달려든다. 내 마음을 파고든다./몸을 던져 달려든다."(「바다」)에서처럼, 시인의 마음과 몸을 감싸고 파고들어 끝내는 존재론적 변화를 이끌어가는 초현실주의적 상징이 되고 있는 것이다. "먼 山을/휘돌아/나는 듯/숨은 소리"(「波濤」)가 되어 시인의 깊은 내면으로 가다듬었던 그것은, 그렇게 시인의 깊은 실존적 성찰 의지를 북돋우고 있다. 그리고 그 성찰의 품에 원심력을 부여하면서, 시인은 첫 시집의 중심축이라고 할 수 있는 민족적이고 전통적인 삶의 원형을 추출해가는 쪽으로 나아가게 된다.

> 어릴 적 머슴인 내 아버지는
> 마당 복판에 무더위를 불러들인
> 보리단을 놓아둔다.
> 까실까실한 사슬이 매달린 보리,
> 단정히 부수지 않고
> 손가락을 대본다.
> 실한 머슴은 곁에 있는

農酒를 마시며
푸른 보리를 생각한다.

풀잎 같은 풀잎이었다가
풀잎 같은 보리였다가
풀잎 같은 보리 국물을
겨울에는 마시며,
지금은 풀잎같이
意識을 일으켜
秘密의 構造를 갖고 누렇게 살아있는,
보리를 술잔에 비쳐보곤 히죽이 웃으며,

"여 때리라
저 때리라"

(…)

"여, 여, 저, 저,"

들고 치고, 살짝 놓고 치고
소리를 만들면서
먼지가 소리를 만들면서
마을을 울리던
도리깨질을 하면서

"여 안 때리고

어데 때리노
복판 때리라
가에 때리라"

도리깨질을 하면서
머슴은 머슴인 아버지를
머슴으로 길들였다.

—「보리打作」 부분

'보리 打作'은 오랫동안 농경 사회를 유지해왔던 우리 문화에 매우 익숙한 전통적이고 원형적인 풍경이 아닐 수 없다. 물론 지금은 아스라하게 사라져가고 있지만, 이 시집이 나올 때쯤만 해도 이 풍경은 우리 농촌이 간직했던 매우 보편적인 것 가운데 하나였을 것이다. 물론 이러한 토속적 전통 소재 자체가 이 시편의 특장이라고 할 수는 없다. 그러한 소박하고도 전통적인 소재가 매우 역동적 생명력으로 승화하는 과정 안에 시의 비밀이 숨겨져 있기 때문일 것이다.

이 시편에는 "어릴 적 머슴인 내 아버지"와 그 곁에 "서성이는 어머니"가 주인공으로 등장한다. 마당 복판에 보리단을 둔 "실한 머슴" 아버지는 그 "까실까실한 사슬이 매달린 보리"를 바라보면서 "푸른 보리"의 생명력을 생각한다. 그리고 "秘密의 構造를 갖고 누렇게 살아있는,/보리"를 후려치면서 "여 때리라/저 때리라"라는 도리깨질의 함성을 함께 얹는다. 이때 어머니는 빗자루로 튀어나는 보리알을 쓸고 화자는 그 광경을 신비롭게 바라본다. 마치 큰물 소리가 지나가는 것처럼, 모든 것이 지나가며 무너지는 것처럼, "새로운 혁명이 부르는 흔들림"이 그 도리깨질을 구성하고 있다. "여, 여, 저, 저," 혹은 "여 안 때리고/어데 때리노/복판 때리라/가에 때리라" 같은 규칙적이고 노동요적인 소리들이 "머슴인 아버지"

를 감싸고 있다.

이 시편은 미당의 「自畵像」에 나오는 "애비는 종이었다."라는 가계(家系)의 고백처럼 들리기도 하지만, 거기 나타난 저주 받은 이의 일탈과 항변과는 전혀 다른, 농경 사회의 전통적 원형을 충실하게 감당하는 생명력이 재현된 묘미가 들어 있다는 점에서 단연 주목할 만한 가편이라 할 수 있다. 그렇게 생명력으로 충일한 '푸른 보리' 형상은 다음 시편으로도 이어진다.

소가 웃는다.
소가 웃는다.
소리 없이 웃는다.
보리가리 백만 섬, 그 큰 기쁨을
파면서
소가 외친다.

서툴게 서툴게 쩔렁이는
쟁기가 외친다.
더벅머리 선머슴
마음속같이…

밭이 웃는다.
밭에는 마음의 물결이
일지 않는 탓으로
밭고랑을 따라 이랑을 따라
부스럭 부스럭
흙이 웃는다.

간지럼을 타고…

보리가 웃는다.
全羅道 보리가 웃는다.
쌀보다도 못하고, 보리보다도 못하고
慶尙道 겉보리보다 더 못한
全羅道 쌀보리가 웃는다.
더벅머리 선머슴
코웃음처럼……

(…)

문득, 살결에 와 닿는 흙의 密度.
그리고 바람, 그, 소리만큼
내 살을 파고드는
괭이와 호미까지
내 살에 스며 웃는다.
들판을 스며 웃는다.
벌판으로 빨려들어 웃는다.
소와 함께 깔깔 웃는다.
히죽이 웃는다.
소가 웃는다.

—「全羅道 보리」 부분

'全羅道 보리'의 야성적이고 생명력 있는 속성은, 여기서 '웃음'이라는 반복적 표현으로 집약된다. 시의 처음과 마지막을 장식하고 있는 "소가 웃는다.”라는 말은, 농경의 상징물인 ‘소’가 웃음으로써 ‘全羅道 보리’의 자긍심을 드러내기도 하지만, 마치 ‘속아 웃는다.’라는 말을 연상시키면서 전라도가 이어온 수탈과 불모의 역사를 환기하기도 한다. 어쨌든 ‘全羅道 보리’는, 수확의 큰 기쁨에도 불구하고 ‘소’와 ‘쟁기’가 함께 외치는 복합성을 띠고 있다. 그때 ‘밭’과 ‘흙’이 웃고 마침내는 “全羅道 보리”가 함께 웃는다. 그 보리는 ‘쌀’이나 그냥 ‘보리’나, ‘慶尙道 껍보리’보다 못한 “全羅道 쌀보리”인데, 모두 도시로 빠져나간 전라도 농촌의 어둑함을 환기하면서, “문득, 살결에 와 닿는 흙의 密度./그리고 바람”이 살을 파고들 때 웃음에 동참한다. 아마도 그 웃음소리는 시인이 다른 시편에서 노래한 우리 “모두가 기다리는 오늘을 믿고 사는 소리”(「웃음」)의 변형일 것이다. 결국 이 시편은 ‘전라도 보리’의 험난했던 시간과 ‘웃음’으로 대변되는 꿋꿋한 남도 특유의 생명력을 결속하면서, 손광은 시학의 한 결절점이 되기에 충분하다고 할 것이다. 이러한 민족적이고 전통적인 ‘한’의 원형적 상관물로서의 ‘보리’가 가지는 푸르고도 생명력 가득한 형상은, 단연 손광은 초기시의 핵심 표상이라 할 만한 것이다.

내 女子가
물굽이 휘어흐른
江언덕에 앉아
무슨 祕密을 가슴에 짜다가
햇살을 따라
窓邊으로 베틀을 놓아둔다.
古朝鮮 창호지 문처럼
갈대로 얽힌 그물 房.

이 房 壁들의 복판에

베틀을 놓아
머언山 햇살이 묻어오도록
베를 짠다.

거울이 내 얼굴을 비춰보듯
내 마음이 祕密을 비춰보듯
날과 올 사이 지나가는
북 소리로 하여
햇살을 부수며 에워오는 베를 짠다.
漁夫의 딸인 듯
물굽이 따라온 가난한 이웃
세월을 감고 물레를 돌리듯
베를 짠다.
그물 치는 漁夫의 팔들처럼 베를 짠다.

한 많은 숨소리……
밀물 썰물이 노놔가지듯
날고드는 물소리로 베를 짠다.

―「織女圖」 전문

이 시편에서 시인은 '베'를 짜는 여성 '織女'를 담은 그림 한 편을 완성한다. "내 女子"로 호명된 그녀는, 강언덕에 앉아 "무슨 祕密"을 짜다가, 이제 햇살을 따라 창변에 베틀을 놓은 채 베를 짠다. 그녀가 있는 곳은 "古朝鮮 창호지 문처럼/갈대로 얽힌 그물 房"이다. 마치 햇살처럼 촘촘하게 그물이 쳐져 있는 그 방에서 그녀는 "머언山 햇살이 묻어오도록" 베를 짜고 있다. 그때 시인은 "내 마음이 祕密을 비춰보듯" 하는 경험을 하는

데, 아닌 게 아니라 직녀가 짜는 "날과 올 사이"로 북소리가 지나가고 그녀는 "漁夫의 딸인 듯" 가난한 이웃의 세월을 감고 베를 짠다. 가난한 이웃을 환기하는 대목에서 마음의 비밀로 들려오는 "한 많은 숨소리"야말로, 앞에서 본 '全羅道 보리'처럼, 오랜 시간을 농축한 전통적 원형으로서의 감각과 사유가 응집된 것이 아닐 수 없을 것이다.

이처럼 손광은은 자신의 첫 시집에서 "感觸이 조금씩 미쳐가는/午後./풍성한 音樂 그리고/술."(「散策」) 같은 생명의 감각에 가 닿는 모습을 보여주었고, 농경적 풍경과 정서의 재현을 통해 민족적이고 전통적인 삶의 원형을 담아냈다. 상징 기법과 전통적 원형 탐색을 동시적으로 추구함으로써, 그는 가장 혁신적인 기법에서 가장 전통적인 사유에까지 편폭을 드리운 넓은 시세계를 보여준 것이다.

3. 존재론적 기원으로서의 고향 탐구

손광은은 자신의 두 번째 시집 『고향 앞에 서서』에서 "시는 영혼을 흔들어준 시간들의 모임"(「머리말」)이라고 고백한 바 있다. 그 시간들 안에는 '고향'과 '유년'의 경험이 미시적으로 섬세하게 담겨 있고, 그 기억들은 시인 자신의 존재론적 기원을 알차게 구성해준다. 일찍이 정지용은 「고향」에서 "고향에 고향에 돌아와도/그리던 고향은 아니러뇨"라면서 고향 상실의 소회를 노래하였지만, 손광은은 고향에 대한 애틋한 기억들을 더욱 소중하게 안아 들인다. 이러한 방법이 오히려 남도의 이미지를 선명하게 제시하는 데 기여하면서, 그 세목들로 하여금 서로 깊이 연관성을 이루고 그래서 일정한 서사를 구성할 수 있게끔 하고 있다.

우리가 잘 알듯이, 서정시는 근본적으로 '시간'에 대한 경험의 형식으로 씌어지고 읽히는 양식이다. 그래서 불가피하게 시간에 대한 경험과 기억의 재구성이라는 특성을 띠게 된다. 손광은 시편들은 자신의 존재론적 기원이라고 할 수 있는 시간 속의 대상들을 기억하고 호명하고 재구성해내는 데 공을 들이는데, 시인이 기억하고 재구성해내는 일차적인 시적 원형은 단연 고향의 모습으로 나타난다. 다음 두 번째 시집 표제작에 그러한 세계가 가멸차게 들어 있다.

나는 고향 앞에 서서
무엇으로 우뚝 서랴.
아흔아홉 굽이 봇재 바람에 마음을 열어
무엇을 다짐하랴.

가슴 헤집는
세월을 뒤적이고 비비꼬면서
옷섶 품으로 스며드는 산바람 되랴.
강바람 되랴.
들꽃이 되랴. 풀꽃이 되랴.
고향을 떠난 나그네 되랴.

봇재를 넘어
저만큼 가까이 마음을 보내
수천 년 부르고 이끄는 사람이 되랴.
정든 땅에 돌아와 씨 뿌리듯
내 마음 여기 심어 놓고
나는 고향 앞에 무엇으로 우뚝 서랴.

—「고향 앞에 서서」 전문

손광은 시편의 핵심적 근간은 지난 시간에 대한 섬세하고도 일관된 경험의 형식을 취하고 있고, 그 가운데 가장 눈에 띄는 것이 기억을 빌린 회상 형식일 것이다. 가장 원형적이고 전혀 훼손되지 않은 기억이야말로 시인으로 하여금 정결하고도 오롯한 삶을 일관되게 살아가게끔 하는 근원적 힘이 되어주었던 것이다. 위에 제시된 시편에서 시인은 고향 앞에 서서 자신이 "무엇으로 우뚝" 설 수 있겠느냐 하고 반문하고 있다. "봇재 바람"처럼 정든 땅에 와서 시인은 자신이 '산바람'이나 '강바람' 혹은 '들꽃'이나 '풀꽃'처럼 고향 떠난 나그네의 속성으로 와 있을 수밖에 없다고 고백한다. 이제 그 "봇재를 넘어" 가까이 마음을 보내 "수천 년 부르고 이끄는 사람"이 될 것을 다짐함으로써, 그는 고향 땅에 "씨 뿌리듯" 마음을 심어놓고 고향 앞에 그 '무엇'인가 되어 우뚝 설 것을 역설적으로 언표한다. 그렇게 손광은은 "바람 부는 날은 고향으로 슬리는 마음 묻혀 흔들리나니/하루종일 고향 앞에서 술렁이는 바람에 묻혀 흔들리나니"(「바람 부는 날」)라고 노래하면서, "고향으로 부는 바람/그리움으로/외쳐 부르면/메아리가 다시 돌아오는/길이 있다."(「논두렁길」)라는 사향가(思鄕歌)를 줄곧 부른다. 고향 앞에 시인은 그렇게 있고, 고향도 시인 앞에 그렇게 있다.

내 마음 속에
쑥냄새처럼 스며 와서
그리움으로 피는 꽃이여.
내 마음 언저리에 와서
눈부시도록 꽃 피어라.

먼 하늘 푸른 물결 소리로 와서
빈 가슴 채울 때까지

텅 빈 들녘에서 불타는 강이여,

솔바람소리 꽃물결 흘러 와서
동구 밖 가득 채운 바람에 묻혀
햇살이 더욱 뚜렷이
내 마음 밑둥까지 바라보고,
마음 타는 지순한 노을이여.

내 마음 속에
드린 물처럼 스며 와서
나를 깨우고
눈부시도록 꽃 피어라.

—「水沒 고향(8)-저녁노을」 전문

이 작품은 그 안에 "공감각적 이미지가 너무나도 선명"[5]하게 제시됨으로써, 물 속에 갇혀버린 고향의 모습을 애잔하게 담고 있다. 가령 그것은 "물 속에서 떼어온 호적을 쓰담아 보듯/물 속에 고향을 두고 온 날은/빈 손바닥을 들여다볼 수 있었다."(「水沒 고향(1)-동구 밖」)라든지 "멀고 먼 그리움./파고드는 말없는 시간을 그대로 두고"(「水沒 고향(2)-地番」)에서 만날 수 있는 그리움의 원형이 아닐 수 없다. 시인은 '쑥냄새'처럼 번져오는 "그리움으로 피는 꽃"을 불러보면서, 푸른 물결 소리로 와서 텅 빈 들녘을 태우는 '강'을 향해, 바람에 묻혀 마음 타는 지순한 '노을'을 향해, 자신에게 그것들이 스며 오기를 열망한다. 이처럼 시인을 흔들고 깨우면서 눈부시도록 존재하는 것들이 '水沒 고향'의 기억 안에 있고, 시인의

5 김병욱, 「토포필리아의 시학」, 손광은, 『고향 앞에 서서』, 문학세계사, 1996.

"유년은 산과 들 헤매며/눈 닿는 산하마다 초록 빛깔 사이로/초록빛깔 펼쳐지는 초록의 보리이삭 이랑 사이로/고요처럼 푸른색으로 가라앉" (「내 유년」)아 있지 않은가. 시인은 그 안에서 "수묵처럼 스며가는 정" (「우리나라 땅끝-땅끝탑」)을 채집하고 있는 것이다.

내 가슴은 하늬바람을 타네.
연초록 연기 같은 마음 속의 일, 속 깊이 감추고
봇물소리를 따라 고향으로 갈 때,
속절없이 가슴앓이 불길을 맨 먼저 알았을까.
저 가슴 치고, 파고 치고 들리는 소리,
내 가슴은 하늬바람을 타네.

수양버들 실가지 올올이 물 올라가듯
아지랑이같이 물안개같이 피어올라,
하늬바람을 타네.

바람에 일렁이는 부챗살같이
꽃샘바람 미친 듯 뛰어다닌 듯
가슴 속에 소용돌이 동동동 몸부림치는 걸까

살여울 치네. 살여울 치네.
물소리 카락카락
반짝이며 희살짓듯,
헝크러진 긴 머리 가닥가닥 빗는 걸까.

마음자락 추스르고 굽이굽이 파고치고,

일렁인 듯, 출렁인 듯,
무슨 사연을 풀어 헤친
하늬바람을 타네.

—「다듬이 소리」 전문

이 시편은 손광은이 집중적으로 탐색했던 '소리' 시편의 하나로서, "연초록 연기 같은 마음 속의 일, 속 깊이 감추고/봇물소리를 따라 고향으로 갈 때"의 속절없는 마음을 노래한 결실이다. 거기서 들리는 '다듬이 소리'는, 마치 "저 가슴 치고, 파고 치고 들리는 소리"처럼, 시인의 가슴을 하늬바람으로 감싸고 있다. 뛰어다니듯 가슴 속에 소용돌이치는 '소리'는, "살여울"처럼 "반짝이며 희살짓듯" 한다. 자연스럽게 시인은 "마음자락 추스르고 굽이굽이 파고치고" 하는 순간을 잡아 "무슨 사연을 풀어 헤친/하늬바람"을 그 안에서 느끼게 된다. 이때 '그리움'이란 "옛부터/나를 휘감은 당신은/살여울 지는 물이랑인가"(「그리움」) 하는 근원적인 것이기도 하고, "냇가에 나가 먼 하늘 가슴으로 안아/사는 일"(「칩거」)처럼 경험적인 것이기도 하다. 이렇게 손광은 시학은 존재론적 기원으로서의 고향 탐구 양상을 견고하고도 일관되게 보여준 것이다.

물론 그 그리움의 과정이란 절실하고도 고통스런 것이다. 밀란 쿤데라의 장편소설 『향수』에는 "그리스어로 귀환은 '노스토스(nostos)'이다. 그리스어로 알고스(algos)는 괴로움을 뜻한다. 노스토스와 알고스의 합성어인 노스탈지 즉 향수란 돌아가고자 하는 채워지지 않는 욕구에서 비롯된 괴로움이다. 이러한 근본적인 개념을 나타내기 위해 대다수의 유럽인들은 그리스어에 기원을 둔 단어 프랑스어의 '노스탈지(nostalgie)', 이태리어의 '노스탈지아(nostalgia)' 등을 사용하고 있다."[6]와 같은 '향수'에 대

6 밀란 쿤데라, 박성창 역, 『향수』, 민음사, 2012, 10~11쪽.

한 풀이가 나오는데, 이처럼 남도 고향을 향한 손광은의 향수에는 귀환의 불가피성과 불가능성이 함께 녹아 있으며, 시인은 이러한 고통과 의지를 함께 그 안에 담아내고 있는 것이다.

4. '사물의 원형'을 찾아가는 여정

다음으로 우리가 살필 대상은, 시인이 자신의 정년 기념으로 펴낸 세 번째 시집 『그림자의 빛깔』이다. 시인은 「自序」에서 "사물의 원형"을 다시 찾아 나섰다면서 "내 시가 내 삶을 담는 그릇이었기에 내 삶의 감춤과 드러냄을 긴장으로 이끌어갔다."라고 고백한 바 있다. 여기 실린 그의 시편들은 한결같이 기억의 뿌리를 찾아가는 고통스런 여로에서 씌어진 것이다. 시인의 기억은 그 시간들이 가졌을 법한 세세한 결들을 재현하고 그 안으로 몰입하는데, 물론 이때 기억이 과거를 지향하고 거기에 온통 가치를 부여하는 퇴영적 행위를 뜻하는 것은 아니다. 그것은 오히려 그동안 치러온 시간 경험들을 원초적 형식으로 복원하면서도, 그것을 현재의 삶과 연루하고 매개하는 적극적인 행위 가운데 하나라 할 수 있다. 그렇게 시인의 기억 속에서 모든 사물의 배경이 되고 있는 것들은, 그저 스스로[自] 그러함[然]으로써 존재하는 것들이다. 예컨대 그는 '그림자'가 외로움임을 말하면서, 드러난 것보다는 감추어진 것을 옹호하는 일종의 역리적 상상력을 보여준다.

> 내 그림자 속에는
> 장구치고 북치고
> 하늘치고 북치고
> 보이지 않는 또 다른 그림자가 있다

가장 고요하게 물들어 가는 화선지처럼
발묵으로 스며 번지는 화면일 게다

아무리 보아도,
끝끝내 껴안아지지 않는 영혼일 게다
만나지도 못하고 떠나지도 못한
먼, 먼 날을, 신바람으로 덧칠하는 물감일 게다

우리 서로 가장 가까이
숨겨 놓은 숨소리같이 가까이 스며들지만
물들지 않는 시간의 무거운 무게일 게다

내가 풍부한 몸부림으로 부르면
장구치고 북치고
하늘치고 북치고
안기어 오는 메아리같이 되돌아오지만,

마음결로 되돌아오는 내 마지막은
눈부신 무슨 빛깔일 게다

—「그림자의 빛깔」 전문

시인은 가령 자신의 분신이기도 한 '그림자'의 빛깔을 탐색하면서 그 안에 "장구치고 북치고/하늘치고 북치고" 하는 "보이지 않는 또 다른 그림자"가 있음을 발견한다. 그것은 "가장 고요하게 물들어 가는 화선지처럼" 발묵으로 스며 번진다. "끝끝내 껴안아지지 않는 영혼"인 그 '그림자'는 비록 가장 가까이서 "숨겨 놓은 숨소리"처럼 존재하지만, "물들지 않는 시간의 무거운 무게"를 시인에게 전해줄 뿐이다. 시인이 수행하는 자기 인식의 몸부림은 그 '그림자'에 얹혀 "마음결로 되돌아오는 내 마지막"이 되어간다. 그 "눈부신 무슨 빛깔"이야말로 시인이 축적하고 흩뜨리고, 나아가며 돌아온, 삶의 궤적의 다른 이름일 것이다. 그리고 그것은 "그늘과 밝음을 다시 밝히고/다시 빛으로 살아있는 旗"(「序詩」)와 같은 것이기도 할 것이다. 그러니 '그림자의 빛깔'은, '영혼'이나 '시간'이라는 표현이 암시하듯, 눈부시게 시인을 이끌어온 삶의 간단치 않은 무게를 반영하고 있는 것이 아닐 것인가. 따라서 '그림자'가 결국 빛이 되어버린 역리가 그 안에 담겨 있다고 할 수 있다. 시인은 그 안에서 "숨결로 움터오는/그리움을 듣는"(「풀꽃 花冠舞」) 모습을 보여준 것이다.

이러한 자기 인식이 확산되어갈 때, 시인은 「木蓮꽃」에서처럼 가장 사랑하는 이와 결별하고 나서의 애도의 엘레지를 쓸 수 있었을 것이다. "떨어진 슬픔인 듯 저녁노을 붉게 흐르는 소리"에 "당신을 땅속에 묻고/하늘 보고 땅 보고 한숨 섞여 따라가다가/산비탈 논둑길 돌아오는 길에/산바람소리 엎드린 길"에 가 닿는 시편은, 어느새 "오늘은 내 가슴에 향기로 향기로/당신의 영혼이 들어앉은 꽃"(「치자꽃」)을 발견하고 "내 가슴 속에 눈부신 그대"(「상사초 1」)를 완성하는 시편들로 번져간다. 그리고 그러한 '나-당신'의 관계는, 다음 시편에서 현저하게 '우리'로 확장되어간다.

저 하늘을 향하여
그리워지면서 그리움을 외쳐 부르면
山메아리 되어 다시 돌아오는 그리움이 있다.
다시 목청껏 부르면
無等山 山바람이 되었다.
삼밭실 바람재 장원봉
능선을 굴러가 山바람이 되었다.

그 바람 장불재에서 수레바위
휘돌아가고
중머리 세인봉에서
내리뻗혀간 줄기 되었다.

다시 저 멀리
그리움을 껴안으면
설레임으로 산허리 덕산너덜 안고 도는
중머리 길이 쉬엄쉬엄 노을이 들어……
마음에 앓는 고통 西天에 묻어두고
갈 수 있었다.

다시 귀를 기울이면
한 시대가 어둠을 서로 부비며 山脈을 넘어오는 소리가 있어
다시 눈을 뜨면 소리 향기 서로 얽혀 메아리 되어
먼 산 산마루에 묻어오는데
햇살을 휘감으로 묻어오는데
바람은
눈꽃 나뭇가지 억새풀 바위틈에 끼어가면서
내 영혼을 흔들고
햇살이 그 위를 동동 굴렀다.

—「無等山」 전문

'無等山'이야말로 남도의 서정이 발원하는 지점이요 귀결하는 지점이다. 그동안 '無等山'을 노래한 시들은 여럿 있을 것이다. 그 중 많은 경우는 '80년 광주'를 증언하고 그것을 신화화하거나 역사화하는 차원에 바쳐

진 것이었다. 그날의 역사적 경험 이후 '無等山'은 마치 한라산이나 지리산이 그러한 것처럼 우리 민족 수난사를 암시하는 또 하나의 뜨거운 상징이 되어버렸다. 물론 그 뜨거움에는 활활 타는 에너지의 솟구침이 있는 것이지만, 그와 함께 한 차례의 요원한 불길에 이미 다 타버린 새까만 화인도 각인되어 있었다. 그 화인은 사람들에게 잔혹한 정치적 폭력이 남기고 간 상처나 흔적으로 생각되었고, 더러는 그날을 하나의 거대한 역사적 지평으로 귀속시키는 선명한 표지(標識)로 이해되기도 하였다. 물론 그 징후가 있기 한참 이전에 미당은 「無等을 보며」에서 "저 눈부신 햇빛 속에 갈매빛의 등성이를 드러내고 서있는/여름 山"을 노래한 바 있다. 전란이 남기고 간 절대 가난조차 '襤褸'로 치환하고 마는 "여름 山"의 넉넉한 품이 또한 우리 시사에 미당을 통해 선연한 이미지로 남아 있는 것이다. 여기서 우리는, 혹독한 외적 조건을 내적 달관과 초월의 포즈로 상쇄시키면서 "靑苔"의 그윽함마저 이끌어내는 미당의 노랫가락이 역시 '無等山'의 한 자락을 붙잡고 있음을 환기할 수 있다.

이러한 전통 안에서 손광은은 '무등산'을 사물의 원형에 대한 그리움으로 채색한다. 하늘을 향하여 "그리움을 외쳐 부르면" 그 산에서 "山메아리 되어 다시 돌아오는 그리움"을 맞는다. 아니 그리움을 목청껏 부르면 그 그리움은 아예 "無等山 山바람"이 된다. 삼밭실, 바람재, 장원봉, 장불재, 세인봉 등의 지리적 세목들을 따라 바람이 된 그 '그리움'은 "다시 저 멀리/그리움"을 껴안는다. 이때 시인은 "마음에 앓는 고통"을 서천에 묻고 "한 시대가 어둠을 서로 부비며 山脈을 넘어오는 소리"를 듣는다. '우리' 모두가 겪은 현대사의 험준한 능선이 그 순간 환하게 다가온다. 소리와 향기가 서로 얽혀 불어오는 '바람'은 시인의 영혼을 흔들면서 햇살을 뿌리는데, 이때 시인이 앓는 고통이란 아마도 역사적 고독 같은 것일 터이다. 그리고 그 고독의 정서는 "출렁이는 물면과/우리들의 마음과/내가 앓는 고독뿐"(「水平線」)라든지 "오늘 고향에 돌아와 겨울 원두막에 호젓이 앉으면,/내가 앓는 고독뿐일세, 향기뿐일세."(「겨울 원두막」)에서도 나타나는데, 이는 흡사 다형의 시학적 정수로서의 '고독(孤獨)'이 그 안에 많은 변형을 치르면서 내장되어 있는 듯한 느낌을 준다.

본래 서정시는 시인 스스로 자신을 탐색하고 성찰하는 이른바 '자기 인식'의 속성이 매우 강한 예술 양식이다. 소설이나 희곡 같은 줄글 양식이 상대적으로 '세계 인식'의 성격을 강하게 가지는 데 비해서, 서정시가 가지는 자기 인식의 성격은 매우 고유하고도 각별한 것이다. 이처럼 서정시의 가장 근원적인 창작 동기는 일종의 자기 인식 욕망이라고 할 수 있는데, 손광은 시편은 결국 이러한 자기 인식에 대한 절실함과 진정성을 촘촘히 담고 있는 세계라고 할 수 있을 것이다. 시인이 수행한 '사물의 원형'을 찾아가는 여정에는, 풍요로운 남도의 서정과 함께, 그렇게 치열한 자기 인식의 과정이 녹아 있는 것이다.

5. 손광은 시학의 향방

손광은의 다섯 번째 시집 『땅을 딛고 해가 뜬다』에는, 그가 밟아온 남도 곳곳의 풍경과 역사 현장이 빼곡하게 들어차 있다. 그리고 여섯 번째 시집인 『민속의 숨결 신명을 풀어라』에서는 남사당놀이로 시작하여, 줄타기, 탈놀이, 접시돌리기 등 남사당패의 동작은 물론, 여러 전통춤의 세목이라든가 그 옛날 향토를 지켰던 신앙 상징물들도 즐비하게 얼굴을 내민다. 이렇게 손광은 후기 시학은 남도의 풍경과 습속과 전통에 바쳐지고 있다. 물론 이는 초기로부터 꾸준히 축적되어온 전통적 원형과 자기 기원의 탐구 의지가 그렇게 원심적 확장을 거듭해간 결과일 것이다. 민속문화를 차분하게 탐색하면서 그 안에 담긴 민족적 원체험과 민중의 숨결을 담아내는 작업을 통해 손광은의 후기 시학은 완성되어온 것이다.

원래 '전통'이란 모든 창작 주체들의 상상력의 원천이자 소재의 보고이며, 창작 방법이나 양식 선택을 일차적으로 규율하는 미학적 전제의 총체이기도 하다. 이때 '전통'은 연속성과 보편성을 속성으로 하는, "오랜 기간에 걸쳐 공유된 형태적, 문체론적, 이념적 속성을 대다수의 작품에 반영시킨 역사적 구상(historical scheme)"[7]으로 정의될 수 있다. 또한 그것은 "오랜 과거가 현재에 물려준 신념, 관습, 방법 등. 오랜 역사를 통하여 형성된 한 집단의 문화를 그 집단에 속한 사람들과의 관련성 속에서 바라본 것"[8]이기도 하다. 따라서 '전통'은 시간의 흐름 속에 형성된 자기 규정성의 핵심적 전제이자 인자인 셈이다. 손광은 시학이 빛나는 지점이 바로 여기이고, 그가 앞으로 가야 할 시학의 향방 또한 이러한 전통의 자장 안에서 그 눈부심을 더해갈 것이다. 그리고 그 결과는 우리 시문학의 정결하고도 오롯한 한 결실로서 평가될 것이다.

---

7 『A Dictionary of Modern Critical Term』, ed. Roger Fowler, London: Routledge, 1973. 오세영, 「전통이란 무엇인가」, 박노준 외, 『현대시의 전통과 창조』, 열화당, 1998, 15쪽에서 재인용.

8 이상섭, 『문학비평용어사전』, 민음사, 1992, 253쪽.

참고문헌

김용직 외 편, 『문예사조』, 문학과지성사, 1983.
김우창, 『지상의 척도』, 민음사, 1981.
밀란 쿤데라, 박성창 역, 『향수』, 민음사, 2012.
박노준 외, 『현대시의 전통과 창조』, 열화당, 1998.
박두진, 『한국현대시론』, 일조각, 1982.
손광은, 『파도의 말』, 현대문학사, 1972.
손광은, 『고향 앞에 서서』, 문학세계사, 1996.
손광은, 『그림자의 빛깔』, 시와사람사, 2001.
유성호, 『상징의 숲을 가로질러』, 하늘연못, 1999.
유성호, 『근대시의 모더니티와 종교적 상상력』, 소명출판, 2008.
유종호, 『시란 무엇인가』, 민음사, 1995.
이상섭, 『문학비평용어사전』, 민음사, 1992.
최동호, 『불확정 시대의 문학』, 문학과지성사, 1987.

물의 형상성과 건강한 생명력

-손광은 시집 『波濤의 말』-

임환모

1. 머리말

보들레르의 『악의 꽃』(1857) 이후 현대시의 주된 경향은 진보에 대한 환상이나 미래에 대한 믿음을 가지고 있든 그렇지 않든 상관없이 시인이 처한 삶의 현실에서 존재론적으로 경험하는 순간순간의 삶의 선택에 대한 감성적 표현이었다. 보들레르는 자신이 다른 모든 불행한 인간들 속에 섞인 한 불행한 인간이라는 의식, 다시 말하면 타락하고 신의 은총을 잃어버렸기 때문에 불행하고, 지난날의 행복에의 향수를 간직하고 어렴풋하게나마 기억되는 잃어버린 힘과 균형을 되찾기 위해 무력하나마 끈질긴 노력을 계속하는 불행한 인간이라는 의식 속에서 시공을 초월하여 삶의 리듬을 최상의 아름다움으로 승화시키려고 하였다. 또 만해 한용운은 길 잃은 양처럼 나라 잃은 백성의 한 사람으로서 '기룬' '님'을 찾아 정진하는 구도자적 삶의 순간들을 언어의 아름다움으로 표현하였다. 결과적으로 시는 시공을 초월하여 주름진 삶의 과정에서 순간순간 시인의 신체에 작동하는 사고의 표현이었다.[1]

---

1 "사고는 직접적으로 신체들의 표면에서 실현된다. 신체들은 더 이상 사고에 봉사하는

35편의 시가 실린 『파도의 말』도 시인 손광은이 고뇌와 열정으로 보낸 젊은 날의 생생한 기록들이다. 1972년 현대문학사에서 발간한 이 시집은 손광은의 첫 번째 시집이다. 1962년부터 내리 3년 동안 김현승 시인에 의해 『현대문학』에 추천이 완료되어 등단한 시인이 10여 년간 써온 작품을 묶어 출간한 것이다. 이 시기는 시인에게 가장 역동적인 삶의 선택이 이루어진 때이기도 하다. 이 시기에 손 시인은 대학을 졸업하고 「제3광장」이 추천되기 시작했고, 결혼을 해서 가정을 꾸렸고, 대학원에 진학해 공부하고 나서 1968년에는 대학교수가 되어 평생직장을 얻었다. 『파도의 말』은 김현승 시인이 서문을 쓰고, 김현과 이성부가 발문을 썼고, 오승윤 화백이 표지장정을 맡았다. 시집 발간에 당시에 내로라하는 시인, 평론가, 화가가 동원되었으니 시인의 정성도 정성이지만 주변의 기대도 적지 않았음을 확인할 수 있다. 손광은에게 있어서의 시는 시인이 주름진 삶의 과정에서 경험하는 "영혼을 흔들어준 시간들의 모임"[2]이었다.

김현승은 「서문」에서 손광은의 시에 대한 우려와 기대를 동시에 말한다. 자신이 『현대문학』에 추천한 「제3광장」, 「산책」, 「나의 반란」 등의 초기작에는 "생명에 대한 자기정립에 대한 강렬한 추구"를 하면서도 "그 강렬은 분방하기보다는 절도 있는 지적 뒷받침으로 언제나 상당한 안정을 유지하여 앞날을 촉망하게 하였다"고 자락을 깐 다음, 등단 이후 7, 8년간 제자인 손광은의 시적 행로에는 기복이 무상하여 성공한 작품이 결코 많지 않았다고 우려하고 있다. 그러나 '근년'에 이르러 '눈부시게 하는 작품'을 내놓고 있다고 안도하면서 기뻐하는 모습을 보인다. 특별히

도구들이 아니라 사고가 작동하는 극장이다." 자크 랑시에르, 유재홍 역, 『문학의 정치』, 인간사랑, 2011, 240쪽.

2 손광은, 『고향 앞에 서서』, 문학세계사, 1996, 8쪽.

「보리타작」과 「직녀도」 두 작품을 언급하면서 이것은 초기의 지적 취향과는 사뭇 다르면서도 전기와 같은 생명력의 추구가 더욱 강렬도를 더해 가고 있다고 다음과 같이 평가하고 있다.

> 문학의 가치는 결코 그 소재 자체가 결정하는 것이 아니고, 그 소재에다 작자 자신의 혼을 주입하는 강도와 열도의 여하가 그 가치를 좌우하게 되기 때문이다. 이 시인이 새로이 추구하고 있는 근년의 작품들에는 이 시인의 잡초와 같은 질긴 생명력이 줄기차게 꿈틀거리고 있다. 이 개인의 생명의 총화 - 그것이 곧 다름 아닌 민족의 생명력이라고 할 수 있다. 한 시인의 일생을 통하여 전진하며 변모를 꾀한다는 것은 매우 어려운 일이다. 이 어려운 성과를 이 시인은 10년 남짓한 세월에서 상당히 효과 있게 보여주고 있다. 이 한 가지 사실만을 가지고도 이 시인의 앞날을 축복하며 더욱 큰 기대를 걸어 보고 싶다.[3]

이 글이 제자의 시적 장도를 축복하는 '주례사 비평적' 성격의 글이라고 할지라도 김현승의 평가와 기대는 자못 심상치 않다. 시인이 택한 소재에 자신의 혼을 주입하는 강도와 열도의 여하에 따라 시적 성취가 달라진다는 김현승의 시관은 다분히 장인적이다. 보리를 타작하는 머슴이나 베를 짜는 직녀를 형상화한 시에서 '잡초와 같은 질긴 생명력'을 읽어내고 이 '개인 생명의 총화'가 곧 '민족의 생명력'이라고 규정하고 있다.

1970년 『문학과지성』을 창간하고 한국문단의 헤게모니를 장악한 비평가 김현은 「발문 I 」에서 김현승과 비슷한 견해를 피력하고 있다. 그는 손광은의 시에서 뿐만 아니라 그의 어투, 걸음걸이, 작별, 악수, 막걸리집에서의 서툰 농담 등에서 손광은만의 '생명에의 끈질긴 집념'을 발견하

---

3 김현승, 「서문」, 손광은, 『파도의 말』, 현대문학사, 1972, 9쪽.

고, 그의 힘찬 개성에는 마치 "힘 있게 빚어놓은 「토루소」가 주는 것 같은 매력이 산재해 있었다."고 회고한다. 김현은 특히 「보리타작」과 「직녀도」 같은 시는 '인간에 대한 애정'이 깊이 배어 있어서 손광은의 체취와 개성과 힘이 그대로 번져 나오는 시였기 때문에 자신을 즐겁게 한다고 고백하고 있다.[4]

이성부는 손광은의 시보다 시인의 인간됨을 말하고 있다. 이성부가 보기에 손광은은 우리 시대의 대다수의 사람들이 겪는 삶의 아픔을 "정면에 서 있었던 것이 아니라 많이 비켜 서 있었던 듯한" 삶을 살아왔지만 "끝까지 혼자서라도 「바르게」 살고자 하는 노력"을 보여주었다는 것, "그는 그렇게도 드물게 보이는 순박한 사람"이라는 것을 역설하고 있다.[5]

김현승, 김현, 이성부 등이 본 손광은의 인간됨과 그의 시는 나름대로의 특성과 의의가 있을 뿐만 아니라 생명력을 지니고 있다는 것을 확인할 수 있다. 그렇다면 시인이 추구하는 시의 세계는 어떤가. 손광은은 시집 「후기」에서 '물'을 생각의 대상으로 삼고 물처럼 살아가면서 물의 생리를 배우려고 했다는 점을 밝히고 있다.

> 말없는 시간이 밀리고 흐르고 휘도는 물처럼 가면서 씌어진 것들인데, 물에는 무한한 창조적 능력, 무진장한 의미의 원천이 숨어 숨 쉬고 또 거기서 생동하는 움직임이 아내의 몸처럼 뒤적이고 거부와 순응으로 나를 따른 마음이 확실히 있었다.[6]

시인의 말대로 이 시집에 실린 35편의 시 중에 물의 이미지가 없는

4 김현, 「발문 I」, 위의 시집, 124~125쪽 참조.
5 이성부, 「발문 II-차례를 기다리는 사람」, 위의 시집, 126~127쪽 참조.
6 손광은, 「후기」, 위의 시집, 128쪽.

시가 거의 없고, 물의 이미지가 없으면 반드시 유동적인 흐름의 이미지가 '소리'의 이미지와 결부되어 있다. 물은 노자의 철학과 상통한다. 노자의 『도덕경』은 물의 철학이라고 할 만큼 곳곳에서 물의 이치를 밝히고 있다. 8장에서 말하고 있는 '상선약수上善若水'는 지극히 올바른 것(최고의 선)은 물과 같다는 뜻이다. 노자에 따르면 물은 만물을 이롭게 하면서도 다툼이 없고, 사람들이 싫어하는 낮은 곳에 머무르니 도와 거의 가깝다고 할 수 있다. 이런 물의 세계와 손광은 시인이 추구한 물의 세계가 어떻게 관계 맺고 있는지, 김동근 교수가 손광은 시인을 '천성(千聲)의 시인'으로 규정하고, "소리 의식이야말로 손광은 시의 서정성을 직조하고 있는 독특한 구조 원리"라고 밝혔던 점[7]에서 물의 세계에 대한 사유가 소리의 이미지와 어떻게 조우하면서 시적 긴장을 함축하는지를 밝히는 것이 이 글의 목적이다. 이것들은 궁극적으로 손광은 시인의 몸 안에서 작동하고 있는 사유의 내면 풍경을 확인하는 작업이 될 것이다.

2. 시적 출발의 누빔점

손광은 시가 활자화되기 시작한 것은 1962년부터인데, 「제3광장」이 처음이다. 이 시는 「1 숨소리」, 「2 불꽃」, 「3 여운」이라는 세 편의 시가 연작의 형태로 구성되어 있다. 여기에는 다소 미흡할지라도 시인이 앞으로 추구해갈 시적 세계가 모두 응축되어 있다.

햇살 한줄기 담기어, 꽃차림지는 아침

---

7 김동근, 「'소리'의 시학과 존재론적 메타포/손광은론」, 손광은 외 지음, 『우리시대의 시인연구』, 시와사람사, 2001, 378~401쪽.

여울목 메아리—
네 걸음이
沈鬱도 아무 倦怠도 없구나.
성기운 가슴으로
너의 숨결 헤이어, 항내음 들어 보면
얼얼이 지아하는
포리뱅이 속에서, 잿더미가 되어,
잿더미가 되어가던 마음에
껄껄대는 꽃물결
웃음.
그
소리결처럼, 그렇게 그, 농우리
웃음.
쓸리는 廣場으로
하염없는 물보래 물갈림은
꽃일레라.

소삽한 물거품
들석이는 숨소리, 시새워 타는 불꽃,
꽃포기와 앉으면
물살져 돌아오는 마음과
마음……
탐스러운 한나절
농우리로
흥겹구나.
지금은 기슴에

머물지 못하는 표적을
나날이 새기는
농우리— 나의 習性인데,
흐뭇한 가슴이
混亂스런 海峽에서처럼, 묵은 물결을 주름잡아 가는…
色고운 네 걸음이,
沈鬱도 아무 倦怠도
없구나……

—「第3廣場-3 餘韻」 전문

시적 주체는 어떤 습성을 가지고 있다. 그것은 파도(농우리)가 물가 기슭에 나날이 머물지 못하는 표적을 새기듯이 어떤 사건을 되풀이 회상하면서 마음에 제3의 광장을 마련하고 있다. 그렇다면 "混亂스런 海峽에서처럼, 묵은 물결을 주름잡아가는" 자는 누구인가? '네 걸음'에는 우울도 권태도 없다. '너의 숨결'을 헤아려 너의 향기를 더듬어보면 포리뱅이 속에서 잿더미가 될지라도 그것은 "껄껄대는 꽃물결/ 웃음"의 농우리(파도)이다. 광장으로 몰리는 꽃물결을 '꽃차림지는 아침' '탐스러운 한나절'을 끊임없이 유쾌하게 상상하고 있는 화자는 분명 '불꽃'같은 '너'에게서 어떤 의지를 닮으려 하고 있다. 그렇다면 너의 숨소리와 불꽃같은 삶은 어떤 모습인가? 결론부터 말하면, 4 · 19혁명의 물결이 탐스럽게 농우리치는 모습으로 시적 주체에게 상상되는 것이다. "들석이는 숨소리, 시새워 타는 불꽃"은 혁명의 광장에서 벌어지는 젊은이들의 열정적인 행동을 의미하는데, 시인은 마음의 광장에서 그들과 함께 앉으면 한나절이 농우리로 흥겹게 된다.

오늘은
외어진 길목에서
불씨 남은 심지를 돋구는데
아,
선지피 묻은 四月의 옷자락같이
발돋움하는
뜨거운 얼굴이어.
활활 타는 목숨이어.
謹嚴한 목숨이어.

—「第3廣場-2 불꽃」 부분

시인의 앙가슴 속까지 풀어헤친 혁명의 숨소리는 시인을 들썩이게 하는 웃음이다. “어리고 숫된/ 숨결이/ 흘러 나리는 소리결 꽃무늬”였던 4 · 19가 오늘은 외어진 골목에 불씨로만 남아 있다. 그 불씨로 남은 심지를 돋우면서 시인은 ‘謹嚴한 목숨’을 마주하는 것이다.

그러나 시인은 현실 사회에 대한 ‘거대한 참여’를 실천하지 못하고 방랑하는 모습을 보인다. 「산책」(1963)에서는 흔들리는 시적 주체를 확인할 수 있다. ‘幻想的 慾望들의 퐁당거리는’ ‘소리 내는 오후’에 자신을 맡겨버리고 “空虛와 純粹 사이/ 광막한 振幅의 거리”를 방랑하고 있는 것이다. 시인은 “彷徨의 기나긴 넋이 되어/ 散地四方 대가리를 기웃거릴 뿐” 어디에도 끼어들거나 관여하지 않고 말없이 산책하면서 암중모색을 하는 것이다. 이러한 암중모색의 결과가 「나의 叛亂」(1964)이다.

나는 모든 세상을
形象에 가득 넌더리치고,
얼마만큼 세상에 信賴와 交錯을 하리.

얼마는 끝도 없이
저어쪽, 뿌리밑의 물면 곁에
가로질러, 나를 演繹하는 물등허리
달싹이는 아래쪽,
서슬 푸른 물결 밖으로…
行方을 잃은 번개같이, 내 옆구리를
눌러, 野性의 내 女子 허리춤에서
失神한 애무처럼
내려가고.
水平의 여린 記憶들의 둘레 밖을
내려가고.

얼마는 바람속을
通過할 수 있으리.
얼마는 音樂속을, 얼마는 언덕과 숲들을,
無邊의 散髮한 廢墟속을
通過할 수 있으리.
온갖, 아슬함의 넓이와
드높고 깊은 자개빛 숨결들을
끌어 밀리는
서두름 속에
나는 어디로 흩어져 구르는
振幅의 물두렁을 밟고 섰으리.

저, 밑, 멀리,
나의 밖으로, 側面을 돌아서

軍團처럼 밀리고, 흐르고, 휘도는
誘導性.
美學의 물결 곁에
서슬 푸른 叛亂 곁에……

—「나의 叛亂」 부분

시인의 반란은 '진폭의 물두렁'으로서의 '미학의 물결'을 밟고 서는 것이다. 시인이 이런 '서슬 푸른 반란'을 선포하는 것은 세상 자체의 모순에서 연유하는 것이 아니라 세상을 형상하는 방식이나 태도에 넌더리가 났기 때문이다. 그래서 시인은 얼마만큼은 세상을 신뢰하고 때로는 복잡하게 엇걸려 뒤섞임으로써 세상과 교착하고자 한다. 복잡하고 불합리한 현실을 있는 그대로 인정하는 것이다. 그러면서도 동시에 자신의 무의식의 영역인 '뿌리 밑의 물면 곁에'까지 내려가고, 욕망의 끝까지 내려가고자 한다. 자신의 시가 바람과 음악과 언덕과 숲들과 폐허 속을 통과할 수 있도록 온갖 넓이와 높이와 깊이를 지닌 '자개빛 숨결들'을 형상하는 무의식적인 '진폭의 물두렁'(농우리)을 밟고 서고자 한다. 그러나 이런 '물두렁'이 '미학의 물결'이 되기 위해서는 "저, 밑, 멀리,/ 나의 밖으로, 側面을 돌아서/ 軍團처럼 밀리고, 흐르고, 휘도는/ 誘導性"을 지니고 있어야 한다. "軍團처럼 밀리고, 흐르고, 휘도는/ 誘導性"은 결국 노자가 말하는 물의 속성이다. 시인의 내면에서 의식과 무의식을 가로지르는 감각적인 것들의 분할이 물처럼 자연스럽게 형상화될 때 미학적인 아름다움이 가능하다는 진술이다.

이처럼 손광은 시인은 시적 반란을 선포하고 문단에 화려하게 등단했다. 그를 추천한 김현승 시인은 이 시편들을 '생명의 자기 정립에 대한 강렬한 추구'라고 극찬하면서 손광은 시인의 앞날에 기대를 걸었던 것이다.

3. 혁명에의 부채의식과 내면의 소리

등단 이후 손광은의 시세계는 크게 달라지지 않았다. 시적 반란을 선포했지만 당분간 그것에 부합하는 시가 창작되지도 않았다. 시인은 4월에의 부채의식에서 자꾸만 왜소해가는 자신을 반성하면서 내면의 소리에 귀를 기울일 뿐이었다. 시인에게 '웃음'은 앞 장에서 살펴본 바대로 혁명의 얼굴이면서 동시에 꽃물결이다. 그래서 '웃음'은 "나를 밖으로 끌어내는 소리"이면서 "어제를 깔고 앉아 비밀을 터놓는 소리"이고, "내 마음에 움트는 심령의 소리"이기도 하다.(「웃음」) 그 웃음이 이제는 "내안에 돋는 고독과 같이/ 마음깊이/ 무거운 시간을 키운다."(「웃음(1)」) 시인의 마음 깊숙한 곳에 이러한 혁명의 이미지가 자리 잡은 것이다.

내안에 돋는 소리, 四月을 들어 보니
오늘은 다만 소리뿐이다.

내가 끌려가는 視野밖에
일렁이는 숨살, 살아오는 死者들.
피의 꽃 소리,
어디선가, 내 안에 달려와
맑은 도랑물 속을 흐른다.
가슴 한편
쓸어진 쪽을 걸려 흐른다.
사라져 간 것들의 紐帶는 어디인가.

어리석은 땅에
四月은 자꾸 고개가 돌려지고,

솔바람 떠난 곳, 지켜 바라보면—

아예, 눈물뿐이군. 미움뿐이군.
世界는 五色무늬公論, 싸움뿐이군.

뒹굴어 사람들은 지축 위를 깔고 누운 저녁,
밤새워 나를 사로잡고,
흔들어 깨우는
소리, 저 소리.
一年 열두 달,
四月이 들려온다.
기다림은 끝인가,
끝나지 않았는가.

할 말이 많은 내 귀는 알고 있다.
건너와서 빠지는
잃어버린 소리,
소리의 모습을……

—「내 안에 돋는 소리」 전문

시인은 일 년 열두 달 자신을 사로잡고 흔들어 깨우는 4월의 소리를 듣고 있다. 그 소리는 살아오는 사자들의 '일렁이는 숨살'이면서 혁명의 아우성을 의미하는 '피의 꽃 소리'이다. 그 소리가 시인의 의식 한 구석을 타고 흐른다. 그런데 4월의 의미는 자꾸 퇴색되어 가고 우리의 현실 세계는 이제는 눈물과 미움뿐이다. 가지각색의 말들과 싸움뿐인 세계에서 시인은 4월의 소리를 마음에서만이 아니라 현실에서 듣기를 바라고 있는 것이다. 피를 흘리면 쟁취했던 것이지만 이제는 '사라져 간 것들의 紐帶'를 찾고자 한다.

그런 4월의 소리가 시인에게 직접 말을 걸기도 한다. 시인의 의식과 무의식을 가로지르는 '진폭의 물두렁'이 절규하는 내면에 귀를 기울이면 다음과 같은 시가 된다.

어느 날 밤 파도는
내 방에 들어와 나를 깨웠다.
다른 事物들은 일제히
다른 이름들을 하나씩 더 갖고
눈뜨기 시작했다.

모양도 없고 그림자도 없는
거대한 것이
엄청난 사람 같은 것이
내 목을 누르고
내게 말했다.
그냥 이대로만 있기냐
그냥 있기냐
다시 태어난 다음에야 볼 수 있는
벌판의 외침 소리 하나
나를 죽이고
끝끝내 들려 왔다.

—「波濤의 말」 전문

이 시집에서 '파도'는 매우 다양한 모습으로 나타난다. '진폭의 물두렁'(「나의 반란」), '물등허리', '큰 물결'의 '농우리'(「제3광장」, 「단풍」), '살여울 물소리'(「가을은 내것이다」, 「파도」, 「눈 파도」) 등은 모두 '파도'의 다른 이름이다. 그런데 이 '파도'는 시적 반란을 야기하는 메타포이다. 다시 말하면 그것은 순간순간 시인의 신체에 자동하는 의식과 무의식의 가로지름이 만들어내는 감각적인 것들의 분할이다. 시인의 무의식적 욕망이 만들어내는 역동성에 대한 은유라고 해야 할 것이다. 4월의 '피의 꽃 소리'를 항상 내면의 소리로 듣는 시인에게 이제는 생각만 하지 말고 실천하라고 요구하는 목소리를 다이모니온의 소리로 듣는다. 그냥 가만 있지 말고 4월의 소리에 합당하도록 움직이라는 요구이다. 이 '파도'는 시인에게 "흩어진 한 시대가/ 흘러가고 흘러오고/ 밀리고 흐르고 휘도는 / 거대한 참여"를 요구하고 있다.(「波濤의 말(2)」) 이 '거대한 참여'는 「무등산」에서도 반복된다. 이 '거대한 참여'가 '밀리고 흐르고 휘도는' 물의 속성처럼 자연스러운 것이어야 할 것임에도 시인에게는 껄끄럽기만 하다. 그래서 무등산이 '파도처럼 달려'들어 "이 거대한 참여를 밀림같이 세우며/ 말이 없다."(「무등산 I」) 그런데 '거대한 참여'가 무엇인지 이 시집 어디에서도 구체화되어 있지 않다. 다만 시대의 흐름 속에서 4월혁명의 정신으로서의 '움직이며 생동하는 저 질서'의 세계라고만 짐작할 뿐이다.

이러한 시적 인식은 시인이 마음으로만 사월혁명의 정신을 계승하고 이것을 생활 속에 실천하지 못함에 대한 부채의식의 다른 표현이다. 달리 말하면 죄의식의 다른 모습니다. 물론 혁명의 실천으로 일떠서지 못함에 대한 부끄러움이 소시민의 반성적 성찰로서 무의미한 일만은 아니다. 그러나 손광은 시인의 초기 시에 보이는 반성적 성찰에는 김수영 시인이 보여주었던 엄격함과 절실함이 없다.

손광은 시인이 부조리한 현실 세계를 극복하기 위한 '대열의 질서'에 적극적으로 참여하지 못하는 대사회적 부채의식에서 자유롭기 위해 시적 반란을 도모했음에도 시인의 내면에서는 끊임없이 복합적인 자아들이 서로 갈등하고 있는 것이다. 이런 어정쩡한 상태는 물에 대한 사유가 구체화되고 체화됨으로써 자연스럽게 건강한 생명력의 세계로 나아갈 수 있었다. 물처럼 낮아지고 내려앉으려는 삶의 태도가 「나의 반란」에서 꿈꾸었던 '미학의 물결'을 만날 수 있었던 것이다.

4. '미학의 물결' 로서의 건강한 생명력

물의 본질은 "軍團처럼 밀리고, 흐르고, 휘도는/ 誘導性"에 있다. 물은 너무도 자연스럽게 거대한 흐름을 따라가고, 바위를 만나면 휘돌아가고, 언제나 높은 곳에서 낮은 곳으로 임하고, 때를 기다릴 줄 아는 굴신성이 있다. 시인은 "물이 우리에게/ 바다로 가는 길을/ 안내해주는 것"[8]이라고 믿고 있다. 손광은 시인에게는 '겸허한 예술의 구원'을 찾기 위해 물처럼 '밑으로 밑으로 내려가는 기다림'이 필요했던 것이다. 욕망의 뿌리까지 내려가서 의식과 무의식이 가로지르는 '진폭의 물두렁'을 밟고 섰을 때 예술의 구원은 가능해진다고 믿었던 것이다.

그렇다면 먼저 인간 세상의 번뇌와 잡사의 번잡함에서 비껴서는 것이 필요했다. 우선 손광은 시인은 무등산에서 신선이 된 의도인 허백련 옹을 따라 "속기를 벗으려 차를 마신다." "無心히/ 바람과 荒凉한 빛을 함께" 차로 마시면서 자연의 '향 짙은 흐름'을 감촉하고, 자연의 '청정한 소리'가 "花紋을 이룬/ 희한한 세상을" 보고자 희망한다.(「老畵伯毅道人」) 또한 "意識의 안쪽/ 끝없는 蓄積의 바다와 같이/ 출렁이는 곳"을 성찰하면서 물과 같은 '분별'의 지혜를 배우려고 노력한다.(「靑銅細紋鏡」) 이러

8 손광은, 「全南 緊急動議-1 地下水開發」, 『파도의 말』, 41쪽.

한 성찰이 자신의 경험 세계와 맞물리면서 지적 허영이나 시혜적 삶의 태도로부터 자유로워질 수 있었다.

햇살이 저쪽 그늘을 깔고 앉아
푸른 하늘가를 당겨가면
나를 나그네로 버려두오.
금박칠한 바구니 속에
나를 나의 나그네로 버려두오.

西山엔 듯
한창 내 속에도
실 같은 햇실로 뿌리를 박고
푸른 하늘가를 당겨 순이 나면
나를 나의 나그네로 버려두오.

—「노을」 전문

이 시는 우선 표현의 묘미가 돋보인다. 석양녘 낙조의 시간에 형성되는 놀의 모습이 인상적이다. 해가 서산으로 넘어가면서 그 너머의 어둠을 깔고 앉아 푸른 하늘가를 잡아당기는 것처럼 햇살이 부챗살 모양으로 하늘을 수놓으면 세상은 온통 황금색으로 금박을 칠한 바구니 속이 된다. 그 순간의 바구니 속에서 시인의 내면에는 실 같이 아주 작고 새로운 뿌리를 내리고 푸른 하늘을 닮은 순이 돋아난다. 이 시적 상황은 시인과 자연이 하나가 되는 격물치지(格物致知)의 경지라고 아니 할 수 없다. 그 순간만이라도 자신을 자신의 나그네로 내버려두라는 것이다. 더 이상 시인은 세상사에 얽매이는 속물적 존재가 아니라 모든 것에서 자유로운 예외자가 된다. 이 예외자는 세상의 이해관계에서 비켜서 있을 수 있는 것이다.

일상생활에서 부딪치는 욕망의 세계와 세속적 이해관계에서 비켜서서 시인 자신의 원초적인 경험의 세계로의 침잠이 이루어질 때 손광은 시의 형상성은 빛을 발한다. 그래서 가능했던 것이 「보리打作」과 「織女圖」인데, 이 작품이야말로 시인의 추천 완료작인 「나의 叛亂」의 희망사항에 부합한다고 할만하다.

어릴 적 머슴인 내 아버지는
마당 복판에 무더위를 불러들인
보릿단을 놓아둔다.
까실까실한 사슬이 매달린 보리,
단정히 부수지 않고
손가락을 대본다.
실한 머슴은 곁에 있는
農酒를 마시며
푸른 보리를 생각한다.

풀잎 같은 풀잎이었다가
풀잎 같은 보리였다가
풀잎 같은 보리국물을
겨울에는 마시며,
지금은 풀잎 같이
意識을 일으켜
秘密의 構造를 갖고 누렇게 살아 있는,
보리를 술잔에 비쳐보곤 히죽이 웃으며,

「여 때리라
　저 때리라」

거만스럽게 삐걱이며
도리깨질을 하면서
잠 깊은 누런 이마를
후려친다. 후려쳐……

서성이는 어머니
빗자루를 치켜들고
왔다, 갔다,
튀어나는 보리알을 쓸면서
신비로운 내 시선 사이로 지나간다.
큰물소리가 지나간다.
곁에 가던 먼지가
불타듯 연기되어 깔리면서
대낮이 무너진다.
모든 것이 지나가며 무너진다.

풀잎이 출렁거리듯
새로운 혁명이 부르는 흔들림,
새로운 파멸의 不正처럼
물살지는 가슴을
실한 머슴은 들여다보면서

「여, 여, 저, 저,」

들고 치고, 살짝 놓고 치고
소리를 만들면서
먼지가 소리를 만들면서
마을을 울리던
도리깨질을 하면서

「여 안 때리고
어데 때리노
복판 때리라
가에 때리라」

도리깨질을 하면서
머슴은 머슴인 아버지를
머슴으로 길들였다.

—「보리打作」 전문

이 시에는 김현이 말한 대로 힘 있게 빚어놓은 토르소에서 느끼는 것과 같은 건강한 생명력과 역동성이 넘친다. 여기에는 시인의 망설임이나 죄의식이 전혀 없다. 오직 도리깨질의 신명이 극대화되어 있다. 시적 상황은 어린 시적 주체가 아버지의 보리타작 도리깨질을 '신비로운' 시선으로 바라보고 있고, 그 사이를 어머니가 튀어나는 보리알을 쓸어 모으는 장면이다. 시의 발화자인 시인은 어린 시절의 체험을 회상하면서 노동의 신성함과 건강미를 미래의 비전으로 승화시키고 있다. 문병란의 지적처럼 "한 점의 감상이나 이데올로기적 목적의식이 깔려 있지 않은 건강한 생활 풍속도를 소재로 가져다가 노동 그 자체의 역동적인 생명감이 팔팔하게 살아 움직이는 언어로 형상화하였다." 그래서 이 시는 "휘모리 장단에 맞추어 넘어가는 판소리 육자배기 어느 가락을 연상시키는 감정의 폭포수가 일진광풍에 쏟아지는 소나기의 시원함 같은 감동을 불러일으킨다."[9]

머슴인 아버지는 도리깨를 매고 마당 한가운데 무더위를 불러들인, 까슬까슬한 사슬이 매달린 보릿단을 마주하고 있다. 농주를 마시며 보리의 성장과정을 생각한다. 겨울에는 풀잎 같은 보리국물을 마시기도 했다. 지금은 푸른빛이 사라지고 죽은 듯 누렇게 변해 있지만 그 보리는 "의식을 일으켜/ 비밀의 구조를 갖고 누렇게 살아 있는" 생명체이다. 그 보리를 술잔에 비춰보고 히죽이 웃는다. 아버지는 거만스럽게 '비밀의 구조'을 가지고 깊이 잠들어 있는 보리의 이마를 후려진다. 아버지의 경쾌한 도리깨질로 잠 깊은 보리의 의식이 깨어나는 순간 어머니는 '신비로운 내 시선 사이로' 지나가면서 '큰물소리'를 내고, 먼지가 일으키는 광경은 마치 대낮이 무너지고 모든 것이 지나가면서 무너지는 형상을 만들어 낸다. 가히 혁명이라 할 만하다. 마당 한가운데 보릿단을 두고 아버지의 도리깨질이 만들어내는 보리타작의 광경은 '새로운 혁명이 부르는 흔들림'으로서의 물살지는 '물등허리'(파도)이다. 이때 '풀잎'은 머슴과 어우러지면서 민초들을 상징하게 된다. 머슴인 아버지가 보리를 타작하는 것은 '비밀의 구조'를 가지고 깊이 잠들어 있는 민중의 의식을 일깨우는 일이기도 하다. 머슴이 머슴의 아버지를 머슴으로 길들이는 일은 결국 머슴이 민중을 신명나게 혁명의 대열로 나서게 하는 주체일 수밖에 없음을 보여주고 있다. 그것도 아주 신명이 나서 '여, 여, 저, 저' 소리를 하면서 "들고 치고, 살짝 놓고 치"는 율동감은 가히 일품이라고 할만하다. 이 율동감이 도리깨질의 역동성을 만들어내고 있다.

보리타작의 광경에서 혁명을 읽어내는 시인의 안목이 범상치 않다. 아

9 문병란, 「손광은의 시세계」, 손광은, 『그림자의 빛깔』, 시와사람사, 2001, 144~146쪽.

버지의 보리타작이 단순한 노동은 아니다. 실제로는 가혹한 노동의 일부일 뿐이지만 여기에서 시인이 읽어내는 것은 민중의 건강한 생명력이고, 답답한 현실의 질곡과 억압을 넘어서는 '새로운 혁명의 흔들림'으로서의 '물둥허리'를 밟고 서는 실천적인 혁명성이다. 이런 노동의 건강성은 「織女圖」에도 이어진다.

내 女子가
물굽이 휘어 흐른
江언덕에 앉아
무슨 秘密을 가슴에 짜다가
햇살을 따라
窓邊으로 베틀을 놓아둔다.
古朝鮮 창호지 문처럼
갈대로 얽힌 그물 房.
이 房 壁들의 복판에
베틀을 놓아
머언 山 햇살이 묻어오도록
베를 짠다.

거울이 내 얼굴을 비춰보듯
내 마음이 내 秘密을 비춰보듯
날과 올 사이 지나가는
〈북〉 소리로 하여
햇살을 부수며 에워오는 베를 짠다.
漁夫의 딸인 듯
물굽이 따라온 가난한 이웃

세월을 감고 물레를 돌리듯
베를 짠다.
그물 치는 漁夫의 팔들처럼 베를 짠다.

한 많은 숨소리……
밀물 썰물이 노놔가지듯
날고드는 물소리로 베를 짠다.

―「織女圖」 전문

이 시도 베를 짜는 직녀의 역동성이 극대화되어 있다. 견우와 직녀라는 설화를 전제하고 있기 때문에 시적 화자는 견우처럼 보인다. 그런데 시적 상황은 설화적 상황이라기보다는 실제적 삶의 현장에서 베를 짜는 여인네의 모습에 가깝다. 직녀는 갈대로 얽어 짠 그물 방 한 가운데 베틀을 놓고 베를 짠다. 날실 사이를 들고나는 북소리의 경쾌함은 마치 날고드는 밀물과 썰물의 소리를 닮았다. 그 들고나는 물소리 속에는 '무슨 비밀을 가슴에' 숨기고 있는 직녀의 한 많은 숨소리를 나누어가지고 있다. 그녀는 어부의 딸이 가난한 세월을 감고 물레를 돌려 숙명처럼 실을 잣듯이 배를 짠다. 마치 "그물 치는 어부의 팔들처럼 베를 짠다." 베를 짜는 행위가 매우 역동적인데, 그렇게 짜지고 있는 베에는 먼 산의 햇살이 가득 묻어 있다. 날실 사이를 오고가는 북의 올실에 햇살이 비추어서 빚어낸 형상이 시인이 그리고 있는 한 폭의 직녀도이다. 직녀는 씨실과 날실이 직조된 베에 사랑하는 사람의 얼굴과 마음을 비춰보는 것이다. 그래서 베를 짜는 행위는 단순한 노동 이상의 의미를 갖게 된다. 시인에게 베를 짜는 행위 자체가 역동적인 아름다움인 것이다.

「보리타작」과 「직녀도」의 세계는 실제적인 현실의 세계라기보다는 시인이 어린 시절에 경험했던 동심의 세계에 가깝다. 이런 원초적인 경험의 세계가 오늘날의 현실 속에서도 의미를 갖는 것은 그것들이 노동의 건강성이나 잡초처럼 질긴 생명력을 환기할 수 있는 역동적인 이미지를 창조했기 때문이다.

5. 마무리

이상에서 살펴본 대로 『파도의 말』에서 손광은 시인이 추구한 시적 형상의 세계는 "말 없는 시간이 밀리고 흐르고 휘도는 물처럼" 가는 과정 중에 그때그때 시인의 몸에서 이루어지는 감각의 분할들이 만들어내는 동태적인 이미지들이다. 추천 완료작인 「나의 반란」에서 말한 "軍團처럼 밀리고, 흐르고, 휘도는/ 誘導性"을 가장 잘 실현하고 있는 것이 '파도'의 이미지이다. 물론 이런 유도성은 시간과 물이 갖는 본질적인 속성이다. 그중에서도 가장 역동적인 것은 아마도 '파도'이리라. 이 파도는 경우에 따라 '농우리', '물두렁', '물등허리', '큰 물결', '살여울' 등으로 변주된다. 이것은 시인의 신체에 작동하는 의식과 무의식의 가로지름이 만들어내는 감각적인 것들의 분할이고, 시인의 무의식적인 욕망이 만들어내는 역동성에 대한 메타포라고 할 것이다.

그런데 이 파도의 '유도성'은 시인에게 심한 부끄러움을 안겨준다. 사월혁명의 정신을 적극적으로 실천하지 못함에서 오는 부채의식은 「파도의 말」에서 구체화되었다. 내면의 또 다른 자아는 세상이 부조리한데 "그냥 이대로만 있기냐"고 질타한다. '거대한 참여'를 말하고 있음에도 그것이 시인의 반성적인 자기성찰과 맞물려 또 다른 시적 의미를 만들어내지 못한다. 그런 불균형이 오히려 시적 긴장을 떨어뜨린 결과를 가져왔다.

이때 시인이 물의 세계를 닮아 밑으로 낮아지려고 하면서 일상생활에서 부딪치는 욕망의 세계와 세속적 이해관계에서 비켜서게 된다. 이 비켜섬은 삶의 시혜적 태도와 지적 허영에서 어느 정도 벗어났기 때문에 가능했던 것이다. 그러면서 시인 자신의 원초적인 경험의 세계로의 침잠이 이루어지는데 여기에서 손광은 시의 형상성은 빛을 발한다. 그래서 가능했던 것이 「보리打作」과 「織女圖」이다. 여기에는 노동의 건강성과 강인한 생명력이 '미학의 물결'을 밟고 서는 역동성을 보여준다. 그러나 정작 손광은 시의 매력은 유동적인 이미지가 만들어내는 서정성에 있다.

잠시 너울거리는 햇살 밖에서
지친 바람은 나를 두고
하늘 막은 울타리인데,
푸라타나스 밑 벤취에서
사르르 오수에 들만치
그늘로 가려 있는
울타리 안에 앉으면
밖에는 헐떡이는 잎새들의 乾雷聲 소리,
진하게 하늘빛으로 가볍게 뒹구는
바람소리,
오늘토록 思索에 잠기는
가슴에 푸른 물감이 든다.
눈을 감으면
어디서나 흐르는
푸른 江물소리 흐른다.

—「그늘」 전문

시인은 플라타너스 그늘 아래 벤치에 앉아 따가운 햇살을 받고 헐떡이는 잎새들의 건뇌성 소리를 듣는다. 마른 천둥소리처럼 거친 잎새들의 소리는 '푸른 강물소리'와 다를 것이 없는 생명의 흐름소리이다. 여름날 강렬한 햇빛을 받고 잎들이 내지르는 생명의 소리로서의 '건뇌성 소리'를 들을 수 있는 시인의 귀가 아름답다. '잎새들의 건뇌성 소리'와 바람소리가 어우러지면 시인의 가슴에는 푸른 강물이 흐르게 된다. 이제 시인은 자연의 일부가 된 것이다. 여기에는 어떠한 갈등이나 망설임, 죄의식 같은 인간의 감정이 더 이상 자리하지 않는다. 다만 물처럼 순리를 따르면서도 강렬한 생명력으로서의 의지만 굳건하다. 손광은 시인은 모든 자연현상과 사회현상에서 잡초처럼 강인한 생명력을 읽어내고 있는 것이다. 흐르고 휘도는 물의 유도성을 닮은 생명력이 이루어낸 언어 예술의 세계가 손광은 시인이 지향하는 시적 경향이었다.

참고문헌

김동근, 「'소리'의 시학과 존재론적 메타포/손광은론」, 손광은 외 지음, 『우리시대의 시인연구』, 시와사람사, 2001.
랑시에르, 자크, 오윤성 역, 『감성의 분할』, 도서출판b, 2008.
랑시에르, 자크, 유재홍 역, 『문학의 정치』, 인간사랑, 2011.
손광은, 『波濤의 말』, 현대문학사, 1972.
손광은, 『고향 앞에 서서』, 문학세계사, 1996.
손광은, 『그림자의 빛깔』, 시와사람사, 2001.
임환모, 『한국현대시의 형상성과 풍경의 깊이』, 전남대학교출판부, 2007.

기억의 시학
-손광은의 시세계를 중심으로-

정 경 운

나의 검지와 엄지 사이에
웅크린 펜이 쉬고 있다.
나는 이것으로 땅을 파리라.
— Seamus Heaney, 「Digging」 중에서

Ⅰ. '문화적 기억' 으로서의 글쓰기

에드먼드 스펜서(Edmund Spenser)의 서사시 『선녀여왕』(The Faerie Queen, 1596) 제2권에서는 '기억'과 관련된 아주 흥미로운 공간이 소개된다. 2권의 주인공이자 기사인 '가이언'은 유랑 중 '알마의 집'에 도착하게 되는데, 이 집의 탑에는 방 세 개가 나란히 놓여 있으며, 거기에는 세 남자가 살고 있다. 맨 앞방은 미래를 향한 방으로서, 거기에는 갖가지 환영이나 망상 또는 아직 채 익지 않은 생각들이 벌떼처럼 우글거리고 있다. 이 방에 사는 어린 소년은 감상적인 사투르누스 신의 형상이며 광기를 지닌 사람 같은 인상을 준다. 두 번째 방에 사는 이는 성숙한 남자로서 현자의 화신으로 묘사되고 있다. 그가 관장하는 영역은 현재의 정신이다. 벽에는 책임감을 가지고 수행해야 하는 공공의 일이나 심판이나 결정의 순간들을 보여주는 그림들이 그려져 있다. 두 번째 방 뒤에 있는 세 번째 방은 쇠락한 인상을 준다. 회칠한 벽은 벗겨지고 기울어져 있다.

거기에는 눈이 반쯤 먼 아주 늙은 노인이 살고 있다. 그는 몸은 곧 부서질 듯하나 정신은 명쾌하다. 이 노인의 이름은 유메네스티스(Eumenestes)로, 그는 방에서 과거의 기록물에 둘러싸여 산다. 그의 기록물보관소에는 명예로운 나이의 흔적이 남아 있다. 먼지로 뒤덮인 고서적이나 필사본, 두루마리로 된 글들은 벌레가 갉아먹어 얼룩 투성이가 되어 버렸다. 노인은 이 보물들 한가운데 앉아 이것을 한 장 한 장 넘기고 있다.[1]

> 안에는 반쯤 눈 먼 늙디늙은 노인이 앉아 있었네./노쇠한 그의 몸은 몹시 상했지만/정신은 활발히 살아 있어/숱한 괴로움을 보상해 주었다네./정신력이 배가된다면 괴로움은 기꺼이 감수하는 법.
>
> —『선녀여왕』, 2권 9칸토 55연

우리에게 '문화적 기억'이란 개념으로 잘 알려진 알라이다 아스만(Aleida Assmann)은 이 노인의 명쾌한 정신을, 인간이 갖고 있는 세 가지 정신 기능 중 '기억'과 관련[2]시키고 있다. 여기서 노인은 모든 사건의 증인이며, 그의 방은 인류의 기억을 완전하고도 영원히 보관하고 있는 장소이다. 따라서 노인으로 상징되고 있는 기억은 "무한한 것"이며, "사물들이 훼손되지 않고 영원히 간수되어 있는 불멸의 힘"을 가리킨다.

서두에서 이렇듯 A. 아스만이 읽어낸 『선녀여왕』을 길게 인용한 이유는, 이 글에서 다루고자 하는 손광은의 시집 『땅을 딛고 해가 뜬다』)

1 '알마의 집'의 세 개의 방에 대한 묘사와 시 해석은 Aleida Assmann(2009)의 『기억의 공간-문화적 기억의 형식과 변천』(변학수 · 채연숙 역, 그린비, 2012, 211~212쪽)에서 인용.

2 A. 아스만은 '알마의 집'에 있는 세 개의 방에서 아리스토텔레스에게서 비롯된 중세의 혼실 심리학을 읽어내고 있다. 혼실 심리학은 인간의 정신이 상상력, 오성, 기억이라는 세 가지 기능으로 구별되며, 이 세 기능이 각기 뇌 속에 나란히 놓여 있는 세 개의 방에 자리하고 있다고 본다(위의 책, 213쪽).

(2007, 도서출판 한림)가 무엇보다 '기억으로서의 글쓰기'를 보여주고 있는 동시에 그 기억이 일종의 제의적 형식으로 해석된다는 점에서 A. 아스만의 '문화적 기억' 개념으로 설명될 수 있기 때문이다. 전체 4부로 구성되어 있는 이 시집은, 사실상 호남지역의 특정 역사적 사건, 인물, 장소, 건축물, 문화적 자산 등에 대한 헌사로 가득 차 있다. 이 기억 대상들은 모두 공적 영역에 관련된 것들로, 이는 시인의 '기억'이 개인의 경험을 넘어 집단적 경험에 걸려 있다는 것을 의미하며, 그런 측면에서 이 지역의 '공동체적 기억'으로까지 확장, 전승될 수 있는 것들이다. 개인적 기억에서 집단적 차원으로 넘어오는 이러한 기억을 아스만은 '문화적 창조물'[3]이라 했거니와, 이런 기억의 형식에 걸려있는 손광은의 시는 '문화적 기억'[4]으로서의 글쓰기라 볼 수 있다.

예술가에게 기억 행위는 시간의 지층을 파고 들어가 모종의 발굴을 통해 밖으로(공적 영역으로) 드러내는 작업이라 할 수 있다. 프루스트의 마들렌의 과자처럼 그것이 우연에 의해 촉발된 것이든 혹은 의도적 발굴의 형태이든 간에, 개인적이거나 혹은 집단적인 경험이라는 지층 속으로

---

3 A. 아스만은 개인에게는 기억의 과정들이 대부분 자연발생적으로 진행되고 심리적 기제의 일반적 법칙을 따라 일어나고 있는데 반해, 집단적·제도적 영역에서는 이 과정들이 의도적인 기억 혹은 망각의 정치를 통해 조정되고 있다고 본다(위의 책, 15쪽). 이런 측면에서 기억은 자연발생적인 것이 아닌, 인공적으로 구축된 문화적 형식에 기대고 있다는 측면에서 '문화적 창조물'로 본다(전진성, 『역사가 기억을 말하다』, 휴머니스트, 2005, 51쪽).

4 얀 아스만(J. Assmann)은 기억을 4가지 종류로 나누고 있다. 첫째, '모방적 기억'은 요리법이나 도구 사용법처럼 인간의 일상행위를 가능하게 해주는 학습 기억이다. 둘째, '사물의 기억'은 침대와 식탁에서 집과 마을 및 도로에 이르기까지 인간이 "자기 자신을 투여한", 시간적 차원을 갖는 기억이다. 셋째, '소통적 기억'은 한 시대가 당대의 과거에 대하여 보유하는 기억이며, 넷째, '문화적 기억'은 모방적인 관습적 행위가 제의의 차원으로 승격되어, 그에 도구적 목적성 외에 '의미가 부여될 때' 그것은 문화적 기억이 된다. 도로와 집 같은 사물 역시 상징으로 전환되어 의미를 함축하게 되면 문화적 기억으로 격상된다. 따라서 문화적 기억이란 의미를 전승해주는 기억이다(김학이, 「얀 아스만의 "문화적 기억"」, 『서양사연구』 제33집, 한국서양사연구회, 2005, 237쪽에서 재인용).

들어가 과거의 시간과 대면함으로써 그 시간의 의미를 해석해내야 하는 것이다.[5] 이 글은 아스만 부부(A. Assmann, J. Assmann)의 '문화적 기억' 개념을 중심으로, 손광은의 『땅을 딛고 해가 뜬다』에서 드러나는 시 작업이 어떤 '기억'의 대상을 발굴해 우리를 '기억의 공동체'로 이끌고자 하는지, 그가 우리 앞에 펼쳐놓은 시간의 의미는 무엇인지를 살펴보는 데 목적이 있다.

손광은의 다섯 번째 시집인 『땅을 딛고 해가 뜬다』는 문단데뷔 45주년기념 시집이다. 그는 이 시집의 자서(自序)를 통해 "출렁거린 세월, 문단데뷔 45년 동안 짧고 드라마틱한 많은 만남으로 이루어낸 작품들, 비밀처럼 소장했던 시화, 헌시, 금석문을 숨겨두다가 들키고 말았다"고 고백하고 있다. 이런 측면에서 손광은의 시를 따라가는 작업은 이중의 발굴 과정이라 할 수 있다. 시인이 45년 동안 숨겨둔 시들을 발굴해내는 과정이자, 그가 우리들이 미래를 위해 공동으로 갖고 가야할 문화적 자산을 발굴해내는 장면을 지켜보는 과정이기 때문이다.

Ⅱ. 과거의 시간을 만나는 방식

1. 기억의 기억 : '돌로 된 편지'

손광은의 『땅을 딛고 해가 뜬다』의 제1부는 〈금석문 현장〉이란 제목을 앞세우고 있다. '금석문'이란 말을 그대로 풀이하자면 '금속이나 돌에

5 이 글의 모두에 앞장세운 「땅파기(Digging)」의 주인인 셰이머스 히니(Seamus Heaney)가 시 쓰는 일을 개인적인 문화적 기억에 대한 작업으로 이해하고 "나는 실제 삶에 갱을 뚫었다는 느낌이 들었다"고 고백한 것은 바로 이런 맥락에서이다(A. Assmann, 앞의 책, 2009, 220쪽).

다 새긴 글씨'이다. 실제로 1부에 들어있는 시들은 모두 돌로 만들어진 조형물에 새겨져 있거나 그 조형물이 갖는 의미를 시로 옮겨놓은 '기념시'들이다.

먼저 여기서 우리가 주목할 것은 조형물들이다. 이 조형물들은 대부분 백범 김구, 박유전, 임방울, 정응민, 서재필, 최대성 장군 등 익히 알려져 있는 역사적 인물들이나 5·18 사적지, 무명용사 위령탑 등 특정 역사적 사건들과 관련된다. 더 나아가 광주 광산구의 고싸움놀이와 같은 문화적 자산은 물론 해남 땅끝이나 보성처럼 일정한 장소적 의미를 갖고 있는 공간과도 관련된다. 다시 말해, 이 조형물들은 모두 인물, 사건, 문화유산부터 장소에 이르기까지 '무엇'인가를 기억하는 행위를 나타내는 기념 '비'라 할 수 있는 것들이다. 손광은의 〈금석문 현장〉 시의 제목들 또한 표나게 '비'라는 것을 내세우고 있다. 「보성 소리-송계 정응민 선생 예적비」, 「백범 김구선생 은거추모비」, 「고싸움놀이 기념碑」 등이 그것이다.

기념이라는 것이 망각해버린 혹은 망각해버릴 수 있는 대상들을 기억의 층위로 끌어올리는 작업이라면, '기념비'라는 것은 그 원초적 대상(사건, 인물, 장소, 유산 등)에 대한 기억을 특정한 장소에 재현하는 것이라 할 수 있다. 즉 기념조형물을 세운다는 것은 흔적을 유지하고자 망각의 그늘에서 기억 장소를 표시하려는 노력이다. 사건, 인물, 유산 등은 그 자체로 말이 없기 때문에 이 말없는 증인을 표명하게 하고 그런 장소에 잃어버린 목소리를 되찾아주는 일인 것이다. 오랜 시간을 관심 받지 못한 채 존재하다가 기념비라는 형식으로 새로운 관심의 눈빛이 그것에 집중될 경우, 어느 순간이든 다시 눈에 띄게 될 가능성을 갖게 된다. 이런 기념적 장소에서는 과거가 현재의 경험이 되며, 다시 미래까지도 그 경험은 이어지게 된다. 따라서 기념물로서 목소리를 살려내고자 하는 의지는 결국 그 목소리가 현재는 물론 미래에도 상실되지 않기를 바라는 기원에 닿아 있다고 할 수 있다. 이때 기념물로서의 기념비는 목소리의 전달수단, 즉 '매체'가 된다는 점에서 '문화적 기억'[6]이 된다.

그렇다면, 매체로서의 기념비에 같이 쓰이고 있거나 혹은 그 매체를 다시 기억하는 행위로서 쓰인 손광은의 시는 어떻게 읽어야 하는가. 사실 그의 시들 또한 기념비가 불러내고 있는 특정 기억의 대상을 역시 동일하게 기억하고자 한다는 점에서, 더욱이 문자라는 매체를 통해 기억하고자 한다는 점에서 이 또한 하나의 '문화적 기억'이라 할 수 있다. 그런데 기념비가 이미 그곳이 특정대상에 대한 기억장소라는 것을 먼저 가리키고 있다는 것을 고려할 때, 손광은의 시는 거기에 '덧붙여진 것'으로서의 기억이라 볼 수 있다. 정리하자면, 손광은의 시는 '매체의 매체'라 할 수 있는 것이다. 이런 점에서 그의 시는 하나의 대상에 대한 이중의 문화적 기억이라 부를 수 있을 것이다. 다시 말해, 손광은의 〈금석문 현장〉 시는 '기억의 기억'이라는 독특한 형식에 기대고 있는 셈이다.

한편, 조형물로서의 기억에 덧붙여진 '문자(시)' 기억은 어떤 점에서 앞의 기억 방식과 차이가 날 수 있는가. 기념비가 서 있는 특정 장소는 그것이 서기 이전에는 기억 대상이 현실에 통용될 수 있을 만큼 소실되거나 삶의 맥락이 부서져 흩어져버린 파편들만 남아 있는 장소일 뿐이다. 여기에 기념비가 들어섬으로써 비로소 의미를 얻게 된다. 그럼에도 불구하고 계속 보존되고 통용되기 위해서는 소실된 그 장소에 대한 환경을 보완할 이야기가 있어야 한다. 이런 장소들은 무엇보다도 설명이 필

6 A. 아스만은 '문화적 기억'을 '경험기억'과 구분해 설명한다. 그녀에 따르면, 경험기억은 실제 사건을 경험했던 사람들이 갖고 있는 것이며, '문화적 기억'은 매체에 의존한 기억이다. 당대의 증인들이 갖고 있는 경험들이 미래에 상실되지 않게 하기 위해서는 문화기억으로 번역되어야 할 필요가 있는데, 이때 문화기억은 기념비, 추모지, 박물관, 기록물보관소 같은 물리적 수단, 즉 매체에 의존하게 된다(위의 책, 15쪽). 이 매체에 의해 현재를 살아가는 우리가 지나간 시간을 다시 떠올리게 되는 것이다. 즉 매체는 특정 대상을 기억하게 만드는 수단이다. 이런 의미에서 '문화적 기억'은 그 자신의 전달수단인 '매체'까지도 포괄하는 개념이라 할 수 있다.

요한데, 이때 장소의 의미가 '문자'라는 형식을 통할 때 그 의미는 '언어적 전승'으로 확실히 고정될 수 있다.[7] 손광은의 〈금석문 현장〉 시는 바로 그런 '보완할 이야기'이자 특정 기억의 의미에 대한 '설명'이라 할 수 있다. 따라서 그의 시들은 기념비라는 조형물로는 다 드러내지 못한 혹은 전달할 수 없는 의미들을 만들어내는 작업의 결과물로 읽어낼 수 있다.

기념이라는 것이 공공 차원에서 이루어지는 기억이라면, 기념의 내용 또한 그러한 공공성들을 확인해내고 정리하는 것일 것이다. 현재와 더불어 미래까지 이어지게 될 공공적 의미를 시인의 어법으로 정리하는 것이다. 이때 시인의 정리 방식은 우리가 미래까지 가져가야 할 기억대상의 가장 핵심적인 본질을 포착해내는 것이다. 이런 점에서 손광은의 시들 또한 기억대상의 '무엇'을 우리가 가져가야 하는지를 잘 보여준다.

> 님께서 40여 일 머무르시고/48년만에 다시 들렀을 때도/이별은 어려워라 되뇌이면서/애국정신 기상이 되라.//님이 남기고 간 말씀 자리에/우리 모두의 가슴에 먼 훗날까지/그 뜻 그 얼 본받아 겨레 굳게 뭉치고자/우리의 마음 모아 비를 세우다.
>
> —「백범 김구선생 은거추모비」 부분

> 애련하고 처절한 애원성 계면조 창법을/높은 예술적 차원 위에 올려놓은 임이여/아구성, 철성, 청구성으로 다시 올려/곰삭은 맛을 풍긴 수리성까지/천방지축 쑥대머리 펼쳐내는 신명의 목소리/강물소리… 도도한 신명의 강물 속에/내가 떠내려가다 보면/소리를 치켜 올렸다 끌어 내렸다 꺾었다 궁글렸다/다시 목을 떨었다 신명의 소리 흐름 타고가던/그늘 짙은 시김새도 잘한 님이시여
>
> —「천방지축 쑥대머리-명창 임방울 선생」 부분

---

7 위의 책, 426쪽.

앞의 시는 보성 득량면에 있는 김구선생 은거추모비와 함께 새겨진 것이다. 김구선생이 일제의 민비 시해를 응징하고자 일본군 장교를 살해하고 옥고를 치르던 중 감옥을 탈출해 몸을 숨기기 위해 종친이 있던 득량면 쇠실마을을 찾아 45일간을 머물게 된 사연이 이 시의 배경이다. 이 마을을 떠나며 선생이 종친에게 건넨 "이별하기 어렵구나 이별하기 어렵구나/헤어지는 곳에서 일가의 정이 솟는다/(하략)"는 한시 한 편에 시인이 수창(酬唱)하듯 쓰인 이 시는 김구선생이 남긴 "애국정신의 기상이 되라"는 말 한마디를 우리 가슴에 새겨 넣어야 할 글귀로 제시하고 있다. 임방울 선생을 기리고 있는 시 또한 마찬가지로 남도소리로 가히 신의 경지에 오른 선생의 신명을 역시 '소리'의 형식으로 받아냄으로써 우리가 가져가야 될 남도소리의 정수를 말하고 있다. 이 외에도 광주 3·1운동 최연소 애국지사였던 최현숙에게서는 "열다섯 살 차랑차랑 울린 힘찬 만세 소리"(「애국지사 최현숙 여사 추모 헌시」)를, 시인의 고향 보성에서는 "봇재를 넘어/저만큼 가까이 사람을 보내/수천 년 부르고 이끄는 사람이"(「애향탑-고향 앞에 서서」) 되기를, 박유전에게서는 "억겁을 또 지나도록/내 소리 받아"(「강산제 판소리-박유전 예적비」) 가기를 권한다.

이렇듯 손광은 〈금석문 현장〉 시들은 기념 장소에 시를 통해 이야기와 의미를 '덧붙임'으로써 잃어버린 것을 회복시키는 '기억의 장소'를 만들어내고 있는 것이다. 이렇게 보면 덧붙여진 메시지로서 그의 시는 후세에게 보내는 특정한 기억 내용을 적은 '돌로 된 편지'라 할 수 있다.

2. 불멸로 남는 이름들

앞서 다루었던 〈금석문 현장〉 시들이 기념적 '장소'와 관련된 것이라면, 〈헌시〉 편은 대부분 '인물'에 집중되어 있다. 물론 기념적 장소에서도 인물들이 있긴 했지만 이 인물들이 과거 역사적 존재로서 완전한 공적 영역에 속해 있는 데 반해, 〈헌시〉의 인물들은 시인이 살아오면서 인연을 맺었던 개인적 경험과 관련된다는 점에서 사적 영역에 속해 있다고 볼 수 있다. 그렇다고 해서 그 기억대상들이 온전히 사적인 것만은 아니다. 한 분야에 일가를 이룰 만큼 이름이 알려진 예술가, 학자, 교육사업가들이라는 점에서 사적 영역과 공적 영역이 중첩되어 있다고 볼 수 있다. 〈헌시〉편은 바로 이들을 위해 바쳐진 시이다.

시가 한 사람을 위해 바쳐진다는 것은, 그 시의 내용이 어떻게 구성되어 있을지를 충분히 짐작케 한다. 곧 인물의 됨됨이, 업적, 철학 등에 대한 찬사에 관련될 것임을 미루어 알 수 있다는 것이다. 이는 총체적으로 인물의 '덕'으로 요약될 수 있다. '덕'이라는 것이 한 개인의 '도덕적·윤리적 이상을 실현해 나가는 인격적 능력'이라고 한다면, 됨됨이나 업적, 세계를 바라보는 인식은 '덕'이라는 한몸으로 총칭될 수 있기 때문이다. 특정 인물을 시로 옮겨놓는 것, 특히 그 인물을 다루는 방식이 그의 '덕'에 걸려 있는 경우, 자연스럽게 '헌시'는 '송덕시'의 성격을 갖게 된다.

시인의 송덕 기능은 일종의 기억 기능이다. 개개인의 이름을 남게 하고, 그 이름을 오래 지속되게 함으로써 직접적으로는 후세의 기억 속에 남게 해준다는 의미에서 그렇다. 시인에게 호명된 송덕 대상은 이로써 인간의 제한된 운명을 넘어설 수 있게 된다. 시인이 인물들과 그들의 행위에 지속성을 보장해줌으로써 육체적 죽음을 극복할 수 있게 되는 것이다. 그런 점에서 송덕은 불멸성의 가장 확실한 형식이라고도 할 수 있다. 이로 보자면, 시인은 원거리 통신을 할 수 있는, 즉 과거의 기억을 미래로 전달해주는 하나의 특별한 기술(또는 마술)을 부여받은 사람인 셈이다.[8] 이 특별한 기능을 가진 시인인 손광은의 송덕이 어떻게 이루어지고

8 시인의 송덕 기능에 대해서는, 위의 책, 39~47쪽 참조.

있는지, 헌시 한 장면을 살펴보자.

> 평생을 지산동 초가집에 살면서/풀과 나무들과 햇살이 동동 굴러가는 것을 보면서/벌써 고조선 촌부처럼 살고 있었네.//수십 년간 초가집 대청마루에 걸터 앉아서/강렬한 빛깔과 깊은 감각이 어느새 가슴에 물씬 젖어들어/빛나는 태양 아래 반짝이는 것들/그 어느 것이라도 모두 조선의 숨결들/그 숨결들을 화폭에 담고 있었네.//담백 솔직한 선비/지조의 길 투쟁의 길… 그 삶의 의미에 관해서/가깝게/만날 수 있었던 생활철학을 고집하고 있었네.// (중략) //지금도 초가집 목조화실에서/맨가슴 벗은 발에 세상 먼지 털어가며/인상의 기법으로 마음 물감 풀어놓고/쪽빛하늘 바라보고 햇살 섞어서/조선의 삶을 물들이고 있었네.
>
> –「고색 초가에서-오지호 화백」 부분

하나의 풍경이 펼쳐지고 있다. 고즈넉한 햇살이 들어오는 낡은 초가의 대청마루에 마치 '고조선 촌부'처럼 앉아 있는 노화가, 그 청명한 햇살이 만들어낸 빛의 숨결들을 그대로 닮은 삶이 우리 앞에 한 장면의 그림으로 다가오고 있다. 그래서 이 시는 우리에게 읽기보다는 찬찬히 보기를 권하고 있는 듯하다. 여기서 노화가의 삶은 세상 먼지 탈탈 털어가며 평생을 '맨가슴 벗은 발'로 살아온 지조 높은 선비의 삶이다. 부끄러움 없이 자신의 그림 안에 조선의 햇살을 물들일 수 있는 이유도 바로 이 때문이다. 손광은이 이렇듯 찬사를 보내는 이 노화가는 바로 오지호이다.

잘 알려져 있다시피, 오지호 화가는 한국 서양화사에서 인상파의 존재를 선명하게 만든 주역이자, 호남 화단에 큰 영향을 미친 인물이다. 프랑스 인상파 작풍의 신선하고 밝은 색채 구사로 한국의 자연미와 풍정미를 표현하며, 한국 풍경화의 일가를 이루었다. 손광은은 오지호 그림에 시를 붙여 '시화(詩畵)'를 만드는 등 선생의 생전에 인연을 맺은 경험을 갖고 있다. 따라서 위의 시 또한 선생의 삶을 옆에서 지켜보면서 마음에 새긴 오지호의 '생활철학'을 담고 있다. 시인에게 이 노화가는 민족주의자로서, 지사로서, 국한문혼용 운동가로서, 문화재 보존운동가로서 살아왔던, 그럼에도 "마지막은 끝끝내 화가였"던 사람으로 기억된다. 화가의 삶에 대해 그림 같은 풍경으로 시인이 화답하고 있는 장면은 어쩌면, '끝끝내 화가였던' 오지호식 삶을 시로 옮기는 데 있어 시인이 찾아낸 찬사의 방식인 것으로 보인다. 오지호가 평생 주력했던 조선의 빛과 색채의 풍경화를 시인은 시인대로 그 빛과 색채를 그대로 닮은 풍경시로 응답하고 있는 것이다. 시인은 송덕 대상이 가진 삶의 본질을 가장 잘 드러낼 수 있는 찬사 형식을 찾아낸 것이다.

오지호의 선비 같은 생활철학은 시인 손광은에게는 하나의 '배움'이다. 〈헌시〉편은 이렇듯 한 개인의 삶을 송덕할 뿐 아니라, 그 송덕의 내용을 '배움'의 대상으로 받아 안는 시들로 이루어져 있다. 학자들의 학문적 열정, 예술가들의 풍격과 흥취, 사람을 키우는 교육사업가들의 정신, 그리고 이들의 겸손과 후덕과 청빈의 삶 등 모든 것이 시인의 흠모 대상이자 배움의 내용들이다. 이렇게 배움을 주는 자들이기에, 시인은 기꺼이 이들에게 "나는 내 마음 속 더 으슥한 데까지/깊이 감춘 내 마음 밑바닥까지/햇살에 다 비춰서까지/밖으로 들어내어 할말은 "자네를 존경하네" (「내 마음 속을 출렁거리네-이돈주 교수 정년에 붙여」)라는 찬미의 언어를 쓸 수 있는 것이다. 따라서 존경의 대상을 대하는 시인의 태도는 남다를 수밖에 없다.

맑고 밝은 心正正筆 다정한 소식이려니/다소곳 책상 앞에 단정한 마음으로 앉는다.//그리울 때면 무심하게 마음 속에서 소식 기다리듯/무심한 세월 속에서 그리움 쌓아놓고/기다림 바라보듯 편지봉투 그대로 열지 않고 읽지 않았지만/출렁출렁 넘치는 마음 더듬더듬 더듬어 온 소식이기에/그리운 마음결에 감춰진 소식일 게다.//무지개 빛 모습으로 마음 속에 무지개가 선 소식일 게다/ (중략) /내 마음 속에 눈부신 소식이 돌아왔다 고하선생 편지가 왔다 장구 치구 북 치고 하늘 치고 북치듯 흥에 겨워서//한참 있다가/이른 봄 용봉동 홍매화꽃 그늘 아래 혼자 앉아/고하선생 편지를 읽는다.

—「古河先生 편지-최승범 교수」

선배 시인이자 학자인 최승범 교수에게 온 편지 한 장. 다정한 소식에 반가워 다소곳이 책상 앞에 단정한 마음으로 앉아 편지를 바라보고 있지만, 이내 곧 물리고 만다. 편지를 받아놓고도 며칠째 열어보지 못하는 마음은 그리움과 반가움이 뒤섞인 묘한 설렘을 조금이라도 더 지속하고 싶기 때문이다. 그리고 아무래도 그 안에 담긴 소식이 '무지개' 같고, '눈부실 것' 같아 저절로 흥에 겨워져, 편지를 읽을 만한 자리를 찾은 것이 봄 햇살 가득 내려 받고 있는 홍매화 꽃그늘 아래다. 무지개 같은 눈부신 소식을 읽기에는 이만한 자리가 없다. 시인은 봄꽃 그늘 아래, 조용히 혼자 앉아 편지를 읽어 내려간다. 풍경 화가에게 풍경으로 답하듯, 눈부신 소식에는 눈부심으로 답하는 시인의 태도가 여기에서도 잘 읽혀지고 있다. 이것이 손광은이 송덕의 대상에게 존경을 표하는 방식인 것이다.

이렇듯, 손광은의 헌시는 배움과 존경으로 요약될 수 있다. 송덕과 기억의 대상에게 향하는 존경의 마음과 그들이 준 배움의 내용은 단순히 시인 개인에게만 의미가 있는 것이 아니다. 그것이 현재의 우리는 물론, 미래 세대까지 기억될 것임이 분명하다는 점에서, 시인에게 의미로 남은 이들의 이름은 곧 시간을 초월해 불멸의 이름으로 남게 될 것이다.

3. '기억하기' 의 윤리 : 추모 장소에서 트라우마 장소로

기억은 인간의 인간다움을 규정해주는 성찰적 행위라 할 수 있다. 그것이 단순히 과거를 재현해내는 것이 아니라, 자기에 대한 이해와 분석이라는 반성적 행위와 관련되기 때문이다. 우리가 특정의 것(시대, 인물, 사건 등)을 어떻게 기억하고 있는가에 따라 우리가 무엇을 생각하고 어떤 것에 가치를 두고 살아가는 존재인지가 형상화된다.[9] 이때 기억행위를 통해 표상된 가치는 결국 우리가 지향하는 미래에 대한 기대지평에 닿아 있다고 볼 수 있다. 과거를 기억한다는 것은 어떻든 간에 동일한 실수를 반복하지 않고자 하는 의지와 계승해야 할 의미와 가치를 확인하는 작업이며, 확인된 가치는 곧 미래를 구성하는 데 핵심요소가 될 것이기 때문이다. 역사학자 코젤렉(Reinhart Koselleck)이 "인간은 '지금 여기'라는 현실 속에서 기억을 통해 이루어지는 반성활동 속에서 앞날에 대한 희망을 세우고, 그 희망의 실현 가능성과 수단, 그리고 예상되는 결과와 부작용에 대한 면밀한 계산속에서 결단하고 행위한다."[10]고 본 것도 바로 이런 맥락에서이다.

이렇게 볼 때, 기억 행위는 과거에만 걸려 있는 것이 아니라, 현재적 삶은 물론 구성될 미래까지도 포괄하는, 즉 과거-현재-미래를 하나의 지속적인 시간성 위에서 파악되어야 할 필요가 있다. 보다 정확하게 표현하자면, '현재'에 과거와 미래가 수렴된다고 볼 수 있다. 현재를 과거를 기억해내는 자리이자, 미래를 구성하는 자리이기도 하기 때문이다. 이런 점에서 피에르 노라는 기억과 역사를 구분하고 있다. 그녀에 따르면, "기억은 언제나 현재 일어나고 있는 현상이고 우리를 영원한 현재에 묶는 끈이라면, 역사는 과거에 대한 하나의 표상이다."[11] 그래서 기억으로 부

---

9 기억과 자기이해의 문제에 대해서는 박영신의 「기억과 자기이해」(『현상과 인식』 제34집 3호, 한국인문사회과학회, 2010, 36쪽)과 박정신의 『역사학에 기댄 우리 지성사회 인식』(북코리아, 2008, 204쪽)을 참조.

10 최호근, 「집단기억과 역사」, 『역사교육』 85, 역사교육연구회, 2003, 176쪽에서 재인용.

11 Pierre Nora, 김인중 · 유희수 · 문지영 역, 「기억과 역사 사이에서: 기억의 장소들에

활한 역사는 딱딱한 사실과 연대기를 암기하는 '죽은 과거'가 아니라, 우리와 소통하고 연대하는 '현재 속에 봉인된 과거'가 된다.[12]

다른 한편으로, 우리는 모든 것을 기억할 수는 없다. 즉, 기억은 선별적으로 이루어질 수밖에 없다는 것이다. 기억은 우리가 지향하는 것을 기준으로 삼아 과거의 경험공간에서 비롯된 기억들 가운데 어떤 것은 강조하고, 어떤 것은 종속시키며, 어떤 것은 주변화시키고, 어떤 것은 전면적으로 삭제하기도 한다.[13] 기억의 특성과 관련된 이 문제는 본질적으로 기억되기를 요청하고 요구하는 '무엇'을 우리가 기억해야 할 필요가 있다는,[14] 즉 '기억하기 윤리' 문제를 제기한다. 기억의 윤리는 아픔을 기억하는 것이며, 이로써 그런 아픔이 없는 세상, 즉 미래를 기대하는 것이다.[15]

요청되는 것으로서의 기억. 이때 기억행위는 우리에게는 상당히 불편한 사실 혹은 진실과 직면해야 한다는 것을 의미한다. 그래서 그것은 때로는 상처를 들여다보는 일이기도 하다. A. 아스만은 역사적 상처와 관련하여, 기억 장소와 트라우마 장소를 구분한다. 기억 장소는 지나간 역사적 관심에, 트라우마 장소는 아물지 않는 상처에 기초한다. 기억 장소

관한 문제제기」, 『기억의 장소 1권: 공화국』, 나남출판, 2010, 34쪽.

12 육영수, 「역사, 기억과 망각의 투쟁」, 『한국사학사학보』 27, 한국사학사학회, 2013, 271쪽.

13 최호근, 앞의 논문, 2003, 177쪽.

14 발터 벤야민은 우리가 이러저러한 이유로 경험적 차원에서 어떤 사건을 기억하지 못할 수도 있는 가능성은 상존하지만, 그 사건의 성격상 본질적으로 기억되기를 요청하고 요구하는 사건들이 있음을 언급하고 있다(Walter Benjamin, 반성완 역, 『발터 벤야민의 문예이론』, 민음사, 1998, 320쪽).

15 박영신은 '기억하기의 윤리'에 대해 다음과 같이 말하고 있다. "힘없는 사람들의 억울함과 분노를 새기며 그것을 증거하고 그 증거가 사라지는 세계에 뛰어들어 그 기억을 지켜 가는 것, 그것이 기억의 윤리이다. 그것은 힘 있는 자들이 저지른 것을 기억에서 지워버리기 위하여 엉뚱하게도 망각의 거짓된 미덕을 들고 나오는 저 철면피한 자들의 가소로움에 도전하는 결의에 놓여 있다. 기억의 윤리는 그러므로 힘없는 사람들의 아픔에 다가서는 일이며 그러한 아픔이 없는 세상을 향한 꺾이지 않는 내면의 몸짓이다."(박영신, 앞의 논문, 2010, 37쪽)

는 그 대상의 긍정적인 의미들을 기념하거나 추모하는 기념지이자 추모지라 할 수 있다. 그에 반해 트라우마 장소들은 긍정적인 의미형성을 차단한다. 이 장소들은 어떤 과거 사건의 잠재력을 유지하는데, 이는 사라지지도 않고 또 어떤 시간적 거리를 만들지도 않는다.[16] 그 상처가 치유되지 않은 한, 영원히 현재적으로 읽힐 수밖에 없기 때문이다.

앞서 다룬 손광은의 〈금석문 현장〉 시들이 상당 부분 긍정적 의미에 기초한 기념공간이자 추모공간이었다면, 그 일부 시들과 더불어 제4부 〈역사 현장〉의 대부분의 시들은 트라우마 장소를 다루고 있다. 손광은이 보고 있는 상처의 장소들은 한국현대사에서 여전히 해결되지 않은 채 혹은 문제적으로 남아있는 사건들과 관련된다.

> 동방의 등불, 아직 먼 전설처럼/희미하다 촛불을 켜라/대낮에도 캄캄한 이 시대에 촛불을 켜라/구겨져만 가는 이 시대 외침 소리 모아/촛불을 켜라./분노로, 피울음으로 앓고 있는 구석구석에/깨끗한 눈물로 촛불을 켜라.//가냘픈 두 소녀 꽃피지 못하고/잔인한 미국 탱크에 짓눌려 나비처럼 납작하게/땅바닥에 갈려 죽은 아픔을 알기 위해/촛불을 켜라.
>
> —「대낮에 촛불을 켜라」 부분

> 이곳 역사의 현장에서/조국이 나를 불렀노라//나는 민족 민주/자유를 위해 싸웠노라/우리들의 마지막은/정의를 위해 죽었노라/불타듯 엉켜 가면서/어우러진 피를 뿌려/민주재단에 바쳤노라.
>
> —「영원히 젊은 넋들이여-5 · 18 민주화운동기념 헌시」 부분

앞의 시는 2002년 6월 미군 장갑차에 희생된 두 여중생을 기리는 촛불집회 현장을 담고 있다. 우리에게는 소위 '효순미순 사건'으로 기억되고

16 A. Assmann, 앞의 책, 2009, 453쪽, 466쪽.

있는 이 사건은, 이들의 사인 규명과 추모를 위해 그해 11월 대규모 촛불집회를 촉발시킨 바 있다. 이후로도 수년 동안 추모기간 동안 촛불집회가 이어졌으며, 2014년 현재도 계속 추모행사가 진행될 정도로 현재성을 갖고 있는 사건이다. 5·18 현장을 담고 있는 뒤의 시 또한 마찬가지다. 물리적 보상 문제만으로는 해결할 수 없는 상처가 여전히 현재도 사건 당사자들을 괴롭히고 있으며, 이들이 겪고 있는 정신적 외상, 즉 트라우마는 한국사회 전체의 문제로 남아 있다.

2002년, 1980년을 넘어 시인의 눈은 1950년의 시간으로 우리를 이끌고 있다. 1950년은 효순미순 사건과 5·18에 직접 관련된 '미군'과 '군사정권'이란 단어가 동시에 걸려 있는 시간이다. 이 시간이 가리키고 있는 지점은 바로 한국의 분단 현실이다. 그리고 조국 분단이 걸린 1950년은 두 여중생의 희생과 5·18이라는 상처들을 남긴, 어쩌면 그 상처의 근원적 발생지로서의 시간일 수 있다.

> 사랑으로도/메울 수 없는 하늘가/단숨에 슬픈 이야기만 내닫고/헐벗은 바람결에 짙은 목청으로 들려오는/그 칠팔월 목소리 목숨을 바꾸는 피비린내 나는 목소리./밀려가다가 메아리만 남아 사는 완충지대여/불모지대여.//세월이 역사의 손끝에 남아 지문만 휴전인 체/황폐한 뜨락에 펼치는/믿음 없는 마을이여 불안이여
>
> —「板門店」 부분

> 자유의 전망대에 올라/자유가 없는/저/자유의 모습을/참담한 자유를 바라본다.//나는/저 너머를 넘겨보기 위해서/이제 더 오르는 것은 슬프다.//(중략) 얽힌 칡넝쿨처럼/풀넝쿨처럼/어우러짐 같은 철조망으로/얽혀 있는 논리와 생떼의 현장에서/군사분계선이 지나가고 있을 때/나는 더 슬프다.
>
> —「휴전선」 부분

끝끝내 조국은 하나인데/하늘은 하나인데/땅도 하나인데/끝끝내 몸부림 치고 갈 수 없는 고향을 향해/일어설 줄 모른 철마여/절망하고 주저앉은 철마여/불면을 앓고 통곡하는 철마여.

―「鐵馬는 달리고 싶다」 부분

판문점, 휴전선, 철마의 공간은 분단이 아직도 우리의 현실이라는 점에서 그것이 있는 곳들은 단순한 장소가 아니다. 그것은 1950년이라는 시간이 현재도 그대로 지속되고 있음과 동시에 국토 전체가 판문점이자 휴전선이자 철마라는 사실을 지시한다. 「板門店」에서 시인은 판문점을 '슬픈 이야기', '헐벗은 바람', '피비린내 나는 목소리'로 가득 찬 '불모지대'로 인식하고 있다. 이로써 현재 우리가 살고 있는 시공간은 시인에 의해 불모의 시간과 불모의 장소가 된다. 불모성을 안고 있는 판문점은 그 시간과 공간의 확장성으로 인해, 시인이 포착하고 있는 1950년의 분단, 1980년의 5・18, 2002년의 효순미순 사건을 '불모의 현재'로 압축시킨다. 이 시간의 압축은 세 개의 사건이 각각 분리된 것이 아니라, 결국 '불모의 시공간'을 만들어낸 근원적 문제 측면에서 동일하게 파악되어야 할 것임을 가리키고 있다.

또한 '불모의 현재'는 우리의 시간이 여전히 상처 속에 있음을 환기시킨다. 그것이 아물지 않은 상처임은 이 사건들을 대하는 시인의 감정 상태가 잘 보여준다. 분노, 피울음, 슬픔, 몸부림, 절망, 불면, 통곡 등이 그것이다. 이런 감정적 시어들은 우리 시대의 '불모성'을 더욱 강화시키는 효과를 가져 온다.

한편으로, 시대를 불모지로 보는 시인의 인식과 그에 대한 분노의 감정은 현재의 정치현실에 대한 날선 공격으로 이어진다.

내 철학은 쓰레기 치우기다/여의도 국회의사당 쪽으로/맑은 마음으로 아무렇게 바라보아도 악취가 보인다/ (중략) 악취가 풍긴 곳에서 살기 위하여, 허덕이고 현학적인 괴변이 난무하는 곳/득시글, 득시글, 굼벵이처럼 꿈틀대며 썩은 힘을 쓴다./쓰레기가 악취로 힘을 쓰듯/돈을 차떼기로 먹는 악취 때문에 일어나는 것은 악취뿐이다./이제 악취에 대하여 분노의 힘은 땅을 치리라/땅을 쳐서 마지막까지 하늘을 찌르리라/내 철학은 쓰레기 치우기다.

—「쓰레기 哲學」 부분

아물지 않은 상처를 안고 있는 현재적 역사에 대한 무지함, 돈과 권력에 미쳐 날뛰는 욕망, 그것을 지키기 위한 온갖 괴변 들이 난무하는 곳. 시인이 '쓰레기'라 지칭하는 위정자들이 모인 여의도의 모습이다. "굼벵이처럼 꿈틀대며 썩은 힘을" 쓰며 악취를 풍겨대는 이들에 대한 시인의 분노는 "땅을 쳐서 마지막까지 하늘을 찌르리라"는 표현에 이를 만큼 극대화되고 있다. 위정자들에 대한 시인의 처방은 '쓰레기 치우기'를 자신의 철학으로 언명하는 것이다. 이 '쓰레기들'을 치우지 않는 한, 불모의 시대가 낳은 상처들을 치유하는 것은 원천적으로 불가능하기 때문이다. 민족을 두 개의 국가로 갈라놓은 자들, 국가폭력으로부터 생존과 인간으로서의 존엄을 지키기 위해 저항했던 시민을 폭도로 규정했던 자들, 무고한 두 여중생이 미군 장갑차에 희생당한 사건을 '교통사고'로 해석한 자들이 모두 위정자들이었다는 점에서, 이는 곧 우리 역사의 상처가 그런 '쓰레기' 같은 위정자들에 의해 만들어진 것이라 시인은 판단하고 있는 것이다. 이런 '쓰레기'를 치워야만 "시대의 신음소리"를 치유할 수 있으며, 내일을 기다릴 수 있는 법이다.

서둘러 돌아와서/누가 시대를 끌고 있다/서둘러 돌아와서/마주 앉으면/너는 문득 묻는다/너는 진지해진다/나도 너와 함께 당당해진다.// (중략) 저 시대의 신음소리와/내가 앓는 진리와 창조와 봉사를/토해내면서, 씨앗으로

움터 달려온/오늘이 있다./어둠을 헤치고 항상 밝은 오늘에/출발을 둔 내일이 있다.

—「서둘러 돌아와서」 부분

우리에게 요청되는 '기억하기의 윤리'라는 것이 '아픔에 다가서는 일이며 그러한 아픔이 없는 세상을 향한 꺾이지 않는 내면의 몸짓'이라 할 때, "시대의 신음소리"를 읽어내는 손광은의 '기억-시'는 그런 아픔이 없는 내일 혹은 세상을 기대하는 몸짓에 다름아니다. 이렇듯 그는 고통으로 존재하는 트라우마 장소를 시적 기억을 통해 전면화시킴으로써, 우리가 '무엇을 왜 기억해야 하는가'에 대한 질문에 시인의 방식으로 응답하고 있다고 할 수 있다.

Ⅲ. '기억의 공동체'를 위한 시학

다시 에드먼드 스펜스의 『선녀여왕』으로 돌아가 보자. '무한한 기억'이자 '사물들이 훼손되지 않고 영원히 간수되어 있는 불멸의 힘'으로서의 노인, 유메네스티스는 소년 하나를 도서관 조수로 두고 있다. 이 작은 소년은 서가에서 책을 손수 가져올 수 없을 만큼 쇠약해진 노인을 돕고 있으며, 무척 민활하여 잃어버렸거나 잘못 꽂힌 책도 찾아낼 수 있다. 그의 이름은 '아남네스티스'이다. A. 아스만은 노인과 소년을 각각 '수동적 기억'과 '능동적 기억'으로 구분해 설명하고 있다. 수동적 기억으로서의 유메네스티스는, 저장소라든가 수집한 자료의 무한한 저장물을 나타낸다. 능동적 기억으로서의 아남네스티스는, 무언가를 발견하여 가져오는 기동성 있는 힘으로, 잠재적으로 존재하는 자료를 끌어내와 보여준다.[17] 수많은 정보가 저장된 도서관에서 어떤 자료가 소년 아남네스티스에 의해 선택될 때, 비로소 그 정보는 하나의 의미로서 우리들 의식의 수면 위에 떠오르게 된다.

이렇게 보면, 지금까지 우리가 살핀 손광은의 시들은 그동안 한국사회, 특히 그 중에서도 호남지역이 방대하게 축적한 '무한한 기억장소로서의 도서관'에서 아남네스티스로서의 손광은이 특정의 것을 선택하여 우리 앞에 내놓은 것들이라 할 수 있다. 그런데 이때 그의 선택 행위는 단순히 개인적인 것에 그치는 것이 아니다. 기억하는 주체는 어디까지나 시인 개인이지만, 개인의 기억행위가 일정하게 사회적 틀을 따르는, 즉 사회적인 표상의 차원이라는 점을[18] 고려하면, 손광은이 시들로 펼쳐낸 기억대상의 의미들은 호남의 집단기억과도 밀접한 관계를 맺고 있다고 볼 수 있다. 특히 그가 선택한 기억대상들은 호남지역이 공동으로 가져가야 할 공공적 영역에 속한다는 점에서 더욱 그렇다.

손광은에 의해 시적 재료로 선택된 기억대상들은 기존에 이미 발굴되어 호남 공동의 기억 안에 자리 잡은 것도 있지만 시인의 눈으로 새롭게 발굴된 것들도 있다. 그렇지만 보다 중요한 것은 두 경우 모두 시인에 의해 특정적 '의미와 가치'를 부여받고 있다는 점에서 새롭게 구성된 기억들이라 할 수 있다. 기억의 내용과 관련된 중요한 지역적 가치들이 어떤 한 집단에 의해 긍정적으로 평가된 회상으로 옮겨지는 한, 그것은 결코 잊히지 않으면서 세대를 거듭해 계승되게 된다. 마찬가지로 손광은에

---

17 위의 책, 212~213쪽.

18 집단 기억이론의 창시자라 할 수 있는 모리스 알박스는, 기억은 과거의 모든 사건을 담아두고 어딘가를 의미하는 것이 아니라 과거의 사건들을 인간의 의식 속에서 보편적인 이미지화하는 것으로, 이런 보편적인 이미지들은 개인적인 차원에서 결정되는 것이 아니라 사회적 표상에 의해 결정된다고 본다. 즉, 기억을 소유하는 단위는 개인이지만, 그 개인의 기억은 사회적으로 각인된 것이라 볼 수 있다(오경환, 「집단기억과 역사: 집단기억의 역사적 적용」, 『아태 쟁점과 연구』 2권 3호, 한양대 아태지역연구센터, 2007, 87쪽; 최호근, 앞의 논문, 2003, 163쪽).

의해 부여된 새로운 의미와 가치들은 지역 공동체에 의해 확산·확장되고, 미래에까지 계승되면서 호남의 집단기억으로 자리 잡게 될 것이다. 이런 측면에서 어쩌면, 손광은의 '기억-시'들은 '기억공동체'로서의 호남 지역의 정체성들을 새롭게 구성해주는 일련의 작업이자, 우리들의 미래 기대지평을 안고 있는 것이라 할 수 있다.

참고문헌

A. Assmann, 변학수 · 채연숙 역, 『기억의 공간-문화적 기억의 형식과 변천』, 그린비, 2012.

Pierre Nora, 김인중 · 유희수 · 문지영 역, 「기억과 역사 사이에서: 기억의 장소들에 관한 문제제기」, 『기억의 장소 1권: 공화국』, 나남출판, 2010.

Walter Benjamin, 반성완 역, 『발터 벤야민의 문예이론』, 민음사, 1998.

김학이, 「얀 아스만의 "문화적 기억"」, 『서양사연구』 제33집, 한국서양사연구회, 2005.

박영신, 「기억과 자기이해」, 『현상과 인식』 제34집 3호, 한국인문사회과학회, 2010.

박정신, 『역사학에 기댄 우리 지성사회 인식』, 북코리아, 2008.

오경환, 「집단기억과 역사: 집단기억의 역사적 적용」, 『아태 쟁점과 연구』 2권 3호, 한양대 아태지역연구센터, 2007.

육영수, 「역사, 기억과 망각의 투쟁」, 『한국사학사학보』 27, 한국사학사학회, 2013.

전진성, 『역사가 기억을 말하다』, 휴머니스트, 2005.

최호근, 「집단기억과 역사」, 『역사교육』 85, 역사교육연구회, 2003.

노정 손광은의 남도기행 시집의 민속학적 의의

나경수

1. 노정 손광은 선생의 민속 여정과 민속 사랑

노정 손광은 선생의 "사철가" 한가락이 구성지게 깔리면 한자리에 함께 앉은 사람들이 모두 기쁘다. 노정 선생이 부르는 "사철가"는 동향인 조상현 명창에게서 사사한 덕택인지 상당히 째가 갖춰져 있다. 그러나 소리보다 말이 더 구수하다. 여느 사람들처럼 노래만 하는 것이 아니다. 노정 선생은 "사철가" 대목대목마다 너스레도 같고, 아니리도 같은 즉흥적인 사설로 좌중을 즐겁게 한다. 비장한 "사철가"를 고아하고 약간은 골계적으로 미화하는 노정의 즉흥적 사설이 덧보태지기 때문에 노정 선생을 만난 "사철가"는 노래도 살고 사설도 산다.

노정 손광은 선생이 그간 발표했던 『파도의 말』,[1] 『고향 앞에 서서』,[2] 『그림자의 빛깔』,[3] 『내 마음 속에 눈부신 당신』,[4] 『땅을 딛고 해가 뜬다』[5]

1 손광은, 『파도의 말』, 서울: 현대문학사, 1972.
2 손광은, 『고향 앞에 서서』, 서울: 문학세계사, 1996.
3 손광은, 『그림자의 빛깔』, 광주: 시와사람사, 2001.
4 손광은, 『내 마음 속에 눈부신 당신』, 광주: 도서출판 한림, 2006.
5 손광은, 『땅을 딛고 해가 뜬다』, 광주: 도서출판 한림, 2007.

등의 시집에 실린 시들은 무엇보다도 따사롭다. 주체와 객체의 갈등과 대립, 그리고 반전을 통해 전편이 팽팽하게 이끌려가는 서사의 반항적이며 거부적인 태도와는 달리, 서정은 주체와 객체가 하나 되는 까닭에 마음이 따사로운 동일시의 달인들이 즐겨 쓰는 표현의 마술이다. 글은 곧 사람이며, 그 사람의 마음이기 때문에 글은 어쩌면 가장 정직한 자기 고백이요 자기 현시일 수 있다. 갈등과 대립을 노정 선생의 삶 속에서 발견하기는 어렵다. 삶의 빛깔이 그랬고, 너털웃음이 일품인 까닭에 꿍한 것이 남아있을 마음 속 공간이 없을 것처럼 보인다.

2010년에 펴낸 『민속의 숨결 신명을 풀어라』[6]라는 시집은 '겨레의 숨결 남도 기행'이라는 부제가 가리키듯, 남도의 구석구석에 부끄러운 듯 숨어있던 민속들을 찾아내 마치 이름표를 달아주려는 듯 하나하나 호명을 하고 있다. 이종일 전 남구문화원장이 평생 찍어온 민속 소재 사진에 일일이 시로서 화답을 하고 있다. 정지영상인 사진에 시가 더해지자 마치 동영상을 돌려보는 것처럼 꿈틀대면서 역동적인 감동을 독자들에게 요구하고 있다.

특히 노정 선생의 민속 여정에는 특별한 인연이 있었다. 전남대학교 인문대학 국어국문학과에 재직했던 동은 지춘상 선생의 영향이 컸다. 동은 선생은 남도민속학의 대부로서 추앙을 받는 분으로서 대학에 봉직했던 40여 년 동안 남도민속을 조사, 정리, 연구를 해왔으며, 수많은 무형문화재를 발굴하여 국가지정 또는 시도지정을 시킨 바 있다. 노정 선생은 특히 동은 지춘상 선생과는 각별한 사이로서 국내외의 현장조사에 함께 동행하면서 민속에 대한 이해의 폭을 넓힌 바 있다. 또한 일본의 민속학자들과도 교류를 통해서 한·일간의 문화적, 학술적 교류도 활발히 했다.

---

6 손광은, 『민속의 숨결 신명을 풀어라』, 광주: 도서출판 한림, 2010.

일본에서 유학 중 기념촬영
(왼쪽부터 지경래, 지춘상, 손광은 교수)

일본에서 유학 중 기념촬영
(왼쪽부터 지경래, 다께다, 손광은 교수)

예를 들면 일본의 원로 민속학자인 다께다(竹田旦) 선생은 동은 지춘상 선생과 매우 가까운 사이로 지내왔기 때문에 자연스럽게 노정 선생 역시 다께다 선생과의 친교를 두텁게 했다. 1997년 7월부터 8월 사이에 노정 손광은 선생은 지춘상 선생, 다께다 선생과 함께 중국의 난주(蘭州), 가곡관(嘉峪關)을 경유하여 돈황(敦煌), 함밀(哈密), 토로반(吐魯番), 우루무치(烏魯木齊) 등을 답사하면서 실크로드 민속에 대한 이해를 심화했던 적도 있다.

실크로드 학술답사 중
(왼쪽부터 다께다, 손광은, 지춘상 교수)

민속의 이해에 많은 영감과 영향을 주었던 동은 지춘상 선생이 정년을 맞게 되자 노정은 마치 민속용어사전을 보는 것과 같은 시어들로 다음과 같은 헌시(獻詩)를 남겼다.

> 고향 고샅길 해어스름
> 고향 냄새 물씬 풍긴 당산나무 밑, 중중모리 자진모리 휘모리로
> 흥겨운 소리 흐를 때마다,
> 고싸움 놀이같이
> 온 마을이 꽉차게 쿵덕 쿵덕 나가듯
> 깊은 정이 꽉차게 그리울 때마다,
> 그냥 신명에 겨워, 평생 동안
> 손보다도 발로 뛰어 쓰신 주옥같은 글 속에서
> 남도문화 넋과 얼 뿌리내려 꽃피는구나.
> 어제의 모든 굴레를 벗어
> 다시 꽃이 피는구나.[7]
>
> —「꽃다발 껴안는 사랑을 바라보기」 부분

또 2009년 5월에 유명을 달리한 동은 선생이 전남대학교 인문대 2호관 앞에 학장취임 기념으로 식수했던 마로니에에 붙여 그의 학덕을 기리는 시를 쓰기도 했다. 이 역시 민속적 향취가 돋보인다.

> 햇살 밝음을 말하는구나.
> 東隱 學德 그늘 밝음을
> 오지랖도 넓게 말하는구나.
> 잎사귀도 넓게 하늘 닿게

---

7 동은지춘상선생정년퇴임기념논총발간위원회, 『남도민속학의 진전』, 서울: 태학사, 1998.

가지가지 뻗어가는 걸 보면,
민속의 숨결같이 신명에 겨워
그 얼 그 넋 푸른 바람소리 같이
햇살 쏟아져 내리는구나.
우리는 모여서
서로 웃는 나무가 되는구나.

—「마로니에 마로니에」 전문

본래 보성 노동에서 출생하여 성장한 까닭에 시골마을에 전승되어 오던 전통적인 민속에 익숙해 있기도 했지만, 많은 국악인과 한국화가는 물론 민속학자들과의 교유를 통해서 우리 문화와 민속에 대한 예술적 체감을 깊게 하는 계기가 되었고, 또 이렇게 체감된 민속을 묵혀두지 않고 속으로 삭히고 육화시켜서 '겨레의 숨결 남도 기행'이라는 부제를 단 『민속의 숨결 신명을 풀어라』라는 시집을 이 세상에 내놓게 되었다.

이러한 시집에 대해 어떤 방법으로 접근할 것이냐 하는 문제는 그렇게 간단히 정해질 일이 아니다.

"문학비평과 민속학 양자는 모두 문학이나 민속 텍스트에 있어서 의미의 파장을 낳은 복잡한 관계를 탐색하고 증명할 수 있는 방법론을 개발해 왔다. 이 연구에서 나는 이들 두 현대적인 접근을 통합하는 해석 방법을 제안하게 될 것이다. 본 연구방법-literary folkloristics-은 민속연행론과 탈구조주의, 그리고 독자수용론 등의 복합성(complexity)과 그들 간의 유사성을 이용하는 해석상의 틀이다. 문학민속연구는, 독자나 청자가 문학 텍스트나 민속 텍스트를 해석하는데 있어서, 의미 있는 암시로서 기능을 하는 여러 가지 개인적인 또는 집단적인 전통들을 확인하는 통합적인 비평방법을 일컫는다."[8]

문학민속연구방법론은 이런 점에서 손광은의 민속지향적 속성을 가진 시들을 이해하고 의미탐색을 하는 데 유용할 것으로 보인다. 남도의 민속과 시가 만나는 접점에서 생산된 일련의 형상화와 의미망을 이해하기 위해서는 민속기반의 문학연구가 필요한 까닭이다.

2. 노정의 시를 통해 되살아난 남도의 민속

1) 민속시를 통한 표층문화와 심층문화의 간극 확인

화려하고 지배적인 표층문화와는 달리 민속문화는 안으로 숨어 지내는 심층문화이다. 그래서 표층문화가 웅변처럼 과시되는 것에 반해서, 민속문화는 속삭임도 같고 귓속말과도 같다.

한국의 문화사적 성격을 통해서 우리 문화를 통시적으로 보자면 외래문화에 대한 지향과 경도가 매우 심한 편이다. 밖으로 드러난 몇 가지 예만 들어본다. 서양의 동화에 나오는 왕자와 공주가 사는 그런 서양의 궁중건축의 외양을 닮은 집들이 요즈음 눈에 띈다. 그 쓰임을 보면 어린이집, 예식장, 모텔 등이다. 이들 용도로 쓰이는 건물이 왜 서양 성채의 외양을 흉내 내고 있는 것일까? 모두 꿈이 있는 장소이기 때문이다. 한국사회는 꿈이 있는 곳을 서양의 동화에 나옴직한 그런 공간으로 꾸며놓고 있다.

또 종교건물의 경우도 대비적 현상이 뚜렷하다. 일본이나 대만은 자기들 고유종교와 관련된 수많은 건축물을 가지고 있다. 그들 중에는 대형건물도 많다. 한국 역시 수많은, 그리고 대형의 종교건축물을 가지고 있

8 Sandra Dolby Stahl, Sandra Dolby Stahl, *Literary Folkloristics and Personal Narrative*, Bloomington: Indiana University Press, 1989, p.1.

다. 그러나 대비되는 것은, 한국의 경우 이들 대형건물은 모두 외래종교의 건축물이라는 사실이다.[9] 사찰과 교회도 그렇지만, 향교와 같은 교육기관에서도 공자를 모시는 대성전을 가장 높은 곳에 자리를 잡았다.

외형만 그런 것이 아니다. 불교가 수입된 이후, 줄곧 한국사회는 외래종교가 정치적 지지를 받으면서 지배적 사상으로 자리를 차지하여 왔다. 유교, 불교, 도교 등 전통적인 종교는 물론 현대의 기독교까지를 포함해서 모두 외래종교가 지배사상의 자리를 차지하여 왔던 것이다. 그에 반해서 한국의 고유종교 또는 토속신앙은 사회적 지위가 점점 낮아지는 역사를 경험해왔다.[10]

민속은 전형적인 심층문화이다. 표층문화가 화려하고 지배적이지만 오래가지는 못한다. 불교국가에서 유교국가로 전환된 역사에서도 알 수 있다. 그러나 한편 추상같던 유교가 지금에 와서는 심지어 『공자가 죽어야 나라가 산다』는 책이 나와 한때 베스트셀러가 될 정도였다.[11] 우리나라의 유형문화재 60% 이상이 불교문화재이다. 그만큼 지배적인 권위를 독차지해왔던 시대가 있었다. 오늘날 한국의 사상계 또는 학계가 서양학문 중심이며, 외국에 유학을 다녀온 학자들에 의해서 주도되고 있다는 것도 외래지향 또는 외래문화경도의 한 예일 수 있다.

그러나 속삭임도 같고, 귓속말과도 같은 심층문화는 비록 사회적 지위가 어떻든 간에 사라지지 않는다. 그것은 잡초와 같은 질긴 생명력을 가진다. 노정 손광은 선생의 시적 취향이 지극히 향수적이며, 마치 수채화

---

9 나경수, 「남도의 민속사회를 통해서 본 실용과 허영의 현상적 파노라마」, 『실용과 성과주의시대의 민속학』, 한국민속학자대회논문집, 한국민속학술단체연합회, 2013, 165~178쪽.

10 심지어 조선시대에 무속인은 8천의 하나로 전락했으며, 요즈음에도 대부분 사람들은 무속을 미신(迷信)이라고 치부하고 있다.

11 김경일, 『공자가 죽어야 나라가 산다』, 서울: 바다출판사, 1999.

의 화폭에 아껴둔 고향마을을 채워 넣듯, 잡초와 같이 무성한 질긴 생명력을 견인해왔듯 우리의 기층문화인 민속을 담고 있다. 손광은 시인의 대표작이라 할 수 있는 "보리타작"과 "직녀도"에 대한 김현승 시인의 평가가 이를 뒷받침한다.

> "보리타작", "직녀도"와 같은 눈부시게 하는 작품들을 써 놓았다. 이러한 작품들은 초기 지적 취향과는 자못 다르면서도 이 시인의 그동안의 꾸준한 노력의 결실을 갑자기 눈앞에다 보여주는 생명력 있는 작품들이다. "보리타작"과 같은 일련의 작품들이 읽는 사람에게 매력을 풍겨주는 까닭은 지금은 아무도 눈여겨보지 않는 그늘진 구석을 찾아내어 보여주었다는 소재의 물이성이나 토속성에만 있는 것은 아니다. 만일 작자가 시나 소설이나를 막론하고 어떤 이색적인 소재로써 작품의 가치를 자극하거나 돋보이게 하려 한다면 그것부터가 그 작품가치의 한계를 드러내 보이는 것이 되고 말 것이다. 문학의 가치는 결코 그 소재 자체가 결정하는 것이 아니고, 그 소재에다 작자 자신의 혼을 주입하는 강도와 열도의 여하가 그 가치를 좌우하게 되기 때문이다. 이 시인이 새로이 추구하고 있는 근년의 작품들에는 이 시인의 잡초와 같은 질긴 생명력이 줄기차게 꿈틀거리고 있다. 이 개인의 생명력의 총화, 그것이 곧 다름 아닌 민족의 생명력이라고 할 수 있다.[12]

한 시인의 시를 통해서 시인 자신의 질긴 생명력에 그치지 않고 민족의 생명력을 읽어낸 다형 김현승의 통찰이 놀랍다. 첫 시집인 『파도의 말』이 나온 다음, 거의 4반세기만에 나온 두 번째 시집의 제목이 『고향 앞에 서서』였다. 신화의 힘이 태초로의 회귀 또는 모태로의 회귀에서 비롯된다고 한다면,[13] 시인의 힘은 고향에서 비롯되는 것일까? 동력이 떨어

---

12 김현승, "서문", 손광은, 『파도의 말』.

졌다 싶은 시기에 노정은 시적 모태가 되었던 고향을 찾아 나섰던 것이다.

보성 소리, 보성 소리
그 소리 바디 다시 피어나는가.

삼음법도 그 소리 묻혀지지 않고
아직까지 남아와서
힘 있는 소리로 돌려 토해내는데.

매양 희다 재운 소리로
기품있게 그 한풀이
풍류에 서툴지 않던 임이여.

초승달 뜨면 달을 향해 큰절하고
갓 쓰고 큰절하고
초승달같이 행신하라
가르치신 임이여.

달도 차면 기우는 원리
가득함을 향해 달려 간 임이여.
어찌하여 임의 소리 속에는
무슨 간절한 큰 곡절이 배어 있기에
이리도 모두가 소리 속으로
스며들고 젖어들어

---

13 M. Eliade, *The Myth of Eternal Return*, New York: Princeton University Press, 1974, p.22.

그 소리 바디 다시 피어 어우러지는가.[14]

—「보성 소리-정응민 소리비」 전문

동향 출신 정응민(1896~1964) 명창의 소리비 제막에 붙인 기념시이다. 1998년부터 보성에서는 "서편제보성소리축제"를 시작하여 2014년 현재 17회의 축제가 지속되고 있다. 판소리의 한 바디를 완성한 보성소리가 세상을 향해 마치 판소리를 열창하듯 자기를 과시하기 시작했다. "힘있는 소리로 돌려 토해내는" 그런 포효와도 같은 소리축제로 거듭난 것이다. 노정의 소리비 기념시가 고향 보성의 문화예술을 세상에 드러내는 계기가 되었다.

고향-판소리-명창-기념시-축제로 이어지는 일련의 발전과 회귀의 과정을 통해서 문화예술의 심층에 접근하고 있다. 고향을 찾듯, 우리 문화의 정수요 또한 기층문화를 찾는 노정의 시적 지향은 이미 이때부터 확고했던 것으로 보인다.

2) 민속 소재의 시적 주제화를 통한 생명의 연출

아무래도 노정 손광은 선생의 우리 문화에 대한 지향과 취향은 그의 시집 『민속의 숨결 신명을 풀어라』에서 가장 두드러지게 양각화되고 있다.[15] "제1부 겨레의 숨결", "제2부 삶의 풍속", "제3부 영원한 빛깔" 등으로 구성된 이 시집은 시집만이 아니라 남도의 민속을 영상으로 보여주는 수고로움이 더해졌다. 이미지의 시대를 맞아 당연한 것처럼 보일 수도 있지만, 그간 남도의 땅을 누비며 남도의 민속을 사진에 담아왔던 이종일 원장의 문화적 이력서가 사진의 형식으로 함께 실린 것이다.

---

14 손광은, 『고향 앞에 서서』, 서울: 문학세계사, 1996, 90~91쪽.

15 손광은, 『민속의 숨결 신명을 풀어라』, 광주: 도서출판 한림, 2010.

민속	시의 제목
민속음악	곡성 죽동농악, 풍물놀이, 광산농악, 영광농악, 풍장소리, 진도 들노래, 남도 노동요, 순창 금과 들노래, 강강술래, 함평 외세 만두레, 가야금 병창
민속놀이	남사당놀이, 민속놀이
민간신앙	벌교 대포 갯제, 장성 생촌 당산제, 진도 씻김굿, 솟대, 장승, 제례, 해원굿
민속무용	한량무, 승무, 승무(僧舞), 살풀이춤, 살풀이, 바라춤
불교민속	화엄사 연등, 화순 운주사, 마이산 탑사, 태안사 연등, 원효사 연등, 증심사 연등, 약사암 연등, 쌍봉사 만등불사
세시풍속	장성 생촌 대보름, 낙안읍성 대보름, 달집태우기, 줄다리기, 고싸움 놀이, 쥐불놀이, 연날리기, 복조리
통과의례	구례 운조루 혼례, 상여
민속공예	짚풀 공예, 보성 당촌 삼베, 나주 샛골나이, 영암 도기, 광주 오룡동 옹기
생업민속	가을 추수, 임자도 소금밭, 대장간
민속생활	새참, 다도, 절구질

위 표는 노정의 시집 『민속의 숨결 신명을 풀어라』에 실린 시의 제목 중에서 민속문화와 관련되는 것들을 뽑아 민속의 종류별로 정리해본 것이다. 실로 다양한 민속의 장르를 망라하고 있다. 시적 소재는 풍부한 경험은 물론 절실한 관심의 결실이다. 노정 손광은 선생이 그간 삶의 여정에서 민속과 함께 했다는 사실을 보여주는 가장 극명한 증좌가 바로 이렇듯 다양한 민속을 시화할 수 있었다는 데 있다.

그러나 소재는 소재일 뿐이다. 소재가 생명을 얻는 것은 언어를 가공하는 시적 조탁을 통해서 주제로서 승화되었을 때 비로소 가능해진다.

보성군 노동면 학동마을에
재해가 없고 풍년 붙일
논빼미에 달집을 세워라
소원을 써 거는
원추형 달집을 세워라
달 떠온다. 달 떠온다.

땅을 딛고 달 떠온다.
달을 보고 절하고 달빛 밟고
달 솟으면 불 붙여라
망월이여 망월이여
달아 달아 밝게 솟아라
꽹과리, 징소리, 북을 울려라
달집 밑둥에 불을 붙이자
불타는 불기운 잡고
풍물을 울리고 온몸을 흔들흔들
팔딱 펄떡 춤을 추자.
모두들 소망을 이루도록
마음 속으로 빌어라
멀리 둥글게 타는
달집 껴안고 돌면서
액맥이 연을 걸어 태워라
望月이여 望月이여
소리소리 지르며
신나게 신들린 액맥이
마음까지 함께 태우자.[16]

—「달집 태우기」 전문

고향마을의 대보름, 새로 시작된 한해의 제액초복(除厄招福)과 벽사진경(辟邪進慶)을 간절히 소망하는 사람들의 마음이 형태로, 동작으로, 소리로, 불로 표현되는 달집태우기가 한창이다. 소망이 하늘을 찌를 듯 원

16 손광은, 29쪽.

추형의 달집이 만들어지면, 풍물패가 한껏 기량을 자랑하며 분위기를 돋우는 사이, 동쪽 산에 달이 떠오르는 순간을 맞아 동쪽을 향해 내어놓은 달집의 문에 횃불을 놓는다. 일순 마른 짚에 옮겨붙은 불길이 하늘 높이로 치솟으며 모든 재앙을 사뤄버린다. 그리고 하늘을 향에 치솟는 불기둥은 땅에 사는 가난도 하고 서러움도 많은 사람들의 풍년에 대한 간절한 소망을 신에게 전달하는 메시지가 된다.

"불은 저승으로 통하는 문"이라는 우리 속담이 있다. 죽은 사람을 위해 그가 사용했던 옷이며, 책이며, 도구들을 태워서 저승으로 보내준다. 그 저승은 신이 머무는 곳이다. 우리의 소망을 충족시켜줄 신이 있는 곳이 또는 저 세상인 것이다. 그에게 메시지를 전하기 위해서 달집을 만들어 태운다. 달집태우기는 나쁜 액은 물리치고 좋은 일은 맞아들이는 가장 강렬한 소망희구의 세시풍속이다. 대보름에 행해지는 또 다른 형태의 소망 성취의 세시풍속이 있다. 바로 줄다리기이다.

洞口 밖 당산나무 옆 골목
사래 깊은 보리밭에서
정월 대보름 신나는 보름 줄어르기
꽹매귀 소리소리 어우러지면
마을 사람들은 왁짜지껄
발자욱 소리 깔고
암줄 숫줄 줄을 잡고
숨소리만 가득가득
쏟아져 나왔다.
저 한가롭게 기대감 벌어지는
애정 넘친 힘겨루기
구김살 없이 환하게 웃는다.

고 걸어라 고 당겨라
비녀목을 끼워라.
줄을 잡아 당겨라
줄패장 함성 소리 퍽퍽하고
징 소리 북 소리 갑자기
후려치면 으샤, 으쌰,
의여 차 의여 차… 고함 소리
목이 터져라 천지를 넘어
하늘까지 터져 오르고
들석들석 암줄이 이겼다.
이겼다 이겼다 풍년이 온다.[17]

—「줄다리기」 전문

정월 대보름은 대보름이라는 말이 뜻하는 것처럼 제일 먼저 보름달이 뜨는 날이다. 처음은 항상 의미가 있다. 더구나 처음은 다른 말로 하자면 태초의 신성성이 살아나는 순간이다. 한국의 세시풍속 중 50% 이상이 대보름에 쏠려 있다. 그만큼 민속적으로 중요한 날이다.

호남지역의 문화는 크게 동부와 서부로 나눌 수 있다. 동부지역은 비교적 산지가 발달해 있는 반면, 서부지역은 평야지대가 많다. 판소리에서 동편제와 서편제가 있듯이, 여러 가지 민속에서 역시 서부와 동부의 차이가 있다. 그 중 하나가 바로 대보름의 세시풍속으로 놀아지는 줄다리기와 달집태우기의 분포이다.

산지가 많은 동부지역에서는 주로 대보름에 달집태우기가 놀아지는 반면에, 평야가 발달한 서부지역에서는 줄다리기가 놀아진다. 둘 다 모

17 손광은, 31쪽.

든 마을사람들이 참여하는 가장 큰 민속놀이라는 점에서 공통적이며, 대보름에 놀아지는 세시풍속이라는 점에서 역시 공통적이다. 그러나 나무로 만드는 달집과 볏짚으로 만드는 줄이 다르다. 산지가 발달한 동부지역에서 대량을 볏짚은 얻는 것도 어려웠을 것이다.

노정 선생이 민속학자가 아닌 것은 분명하다. 그러나 줄다리기에 대한 해박한 민속학적 지식이 "줄다리기"라는 시에 바탕을 이루고 있다.

암줄 숫줄 줄을 잡고
숨소리만 가득가득

줄다리기는 음양의 논리를 따른다. 두 개의 줄을 만들어 하나는 암줄, 다른 하나는 숫줄이 된다. 줄다리기의 현장에서 암줄과 숫줄은 놀이도구로서의 줄이 아니라 용신으로 신체화(神體化)된다. 줄다리기는 용을 교미시키는 행위이다. 줄다리기의 현장에서 숨소리는 이불 속에서 들려오는 부부의 거친 숨소리와도 같다.

애정 넘친 힘겨루기
구김살 없이 환하게 웃는다.

성애(性愛)의 힘겨루기가 곧 줄다리기이다. 가장 즐거운 힘겨루기인 셈이다. 구김살이 있을 까닭이 없는 힘겨루기인 것이다. 가장 환하게 웃을 수 있는 힘겨루기인 셈이다. 농사에 가장 중요한 것은 물이다. 자연은 비로써 대지에 물을 준다. 물은 용신(龍神)이 관장한다. 용을 즐겁게 하는 것은 농사에 알맞은 비를 얻는 오래 된 민간신앙적 방법이다. 풍년을 소망하는 사회적 기대에 자연은 비로소 화답을 하며, 그것은 용신의 의지에 따라 결정된다. 따라서 용신에게 성애의 기쁨을 선물하는 것은 일종의 성상납과도 같은 인간의 비굴한 저자세, 바로 그 행위적 민속이다.

> 들석들석 암줄이 이겼다.
> 이겼다 이겼다 풍년이 온다.

줄다리기는 부부생활과 같다. 그러나 자식은 여자만 낳을 수 있다. 여자가 이겨야 풍년이 든다는 속신은 여자만이 자식을 낳을 수 있는 자연의 이치가 그렇듯, 풍년이라는 또 다른 생산 역시 여성의 원리로부터 얻어지는 은택인 것이다.

민속을 소재로 하여 주제화에 성공한 이들 시는 분명 시에 그치는 것이 아니라 생명의 역동성을 함께 부추기고 있다는 점에서 관심을 증폭시킨다. 달집태우기와 줄다리기는 분명 간절한 생명의 잉태는 물론 강인하고도 강력한 생명력을 확인시켜주는 놀이의 현장에서 연출된다. 어떤 경우도 이 둘을 제외하고는 마을사람들 전체가 모여 놀이를 하는 예는 없다. 그만큼 규모가 크고, 역동적이며, 간절한 것이 이들 정월 대보름 풍속이다.

달집태우기와 줄다리기는 결국 생명 잉태는 물론 생명 유지와 생명 강화의 근간 원리를 바탕에 깔고 전승되어 왔다. 그 전승의 기반이 되었던 생명감에 대한 원초적 기대와 희망을 시인은 읽어낸 것이다. 그리고 시를 통해서 그 허세와도 같은 위용을 신성한 생명가치를 추구하는 간절한 주문으로 바꾸어놓았을 뿐만 아니라, 우주질서에 순응하는 민중 다수의 절절한 생명욕을 가시화시켜놓고 있다.

3) 의성어의 탁마를 통한 민속현장의 소리 활성

시는 일종의 종합예술이다. 시는 형상화를 통해서 언어로서 그림을 그리고, 내재율이든 외재율이든 언어를 통해서 음악을 만들어낸다. 특히 의태어를 통해서 동적 영상을 그리는 것과 마찬가지로 의성어를 사용해서 생동감 넘치는 음악을 표출한다.

노정의 시집 『민속의 숨결 신명을 풀어라』를 몇 장만 넘기다보면 귀가 멍멍해지는 느낌을 받는다. 책속에서 꽹과리소리며, 북소리며, 때로는 함성소리가 빵빠레처럼 터져 나오기 때문이다.

소리는 공명(共鳴)이다. 진공 속에서는 소리가 나올 수 없다. 마치 진공상태에서는 생명이 존재할 수 없는 것처럼. 소리는 살아있음을 확인시켜주는 물리적 현상이다. 더구나 그것이 인간이 만들어내는 소리, 더구나 그것이 민중집단이 만들어내는 소리라면 더더욱 생생한 삶의 현장감을 북돋는다.

노정 손광은 선생의 시에서는 소리가 들린다. 의성어의 탁마에 능한 까닭이다. 민속 현장의 생동감 넘치는 전달을 위해 의성어보다 더 효과적인 표현방식은 없을 것이다. 소리는 움직이지 않으면 나올 수 없다. 소리는 죽어 있으면 나올 수 없다. 소리는 존재에 대한 확인이자 있음을 존재시키는 동력이기도 하다.

풍수(風水), 즉 바람과 물이 움직이면 바람소리와 물소리를 낸다. 바람은 하늘에서 흐르고, 물은 땅에서 흐른다. 천지(天地), 즉 하늘과 땅은 존재의 바탕이지만, 하늘이 움직이고 땅이 움직이지는 않는다. 대신 하늘에서 바람이 움직이고, 땅에서는 물이 움직인다. 정지된 천지와 움직이는 풍수가 생명의 요체이다. 마치 우리의 몸이 숨을 쉬고 피가 흘러야 살아 있는 것과 같다. 몸속에 흐르는 피는 대지 위에 흐르는 물과 같으며, 우리가 쉬는 숨은 하늘에서 불고 있는 바람과 같다. 그래서 숨을 거두거나 혈류가 멈추면 죽음을 맞는다. 병원에서 가장 먼저 체크하는 것은 호흡과 맥박이다. 생명 확인의 가장 기초적인 방법이며, 또한 건강을 체크할 수 있는 방법이기도 하다. 강력한 박동소리는 생명 활성의 표상이며, 막힘없는 숨소리 역시 생명 현상의 징표이다.

덩실 덩실 흥겨운 춤으로 노래로
그림으로 열려 있는 진도 아리랑 고향
소박한 소리 고향, 민속의 고향
웅 웅 웅……, 콧소리가 고달픈 마음
풀어 헤치면서 내 마음 흔들어 넘긴
들노래 듣는다.
　‘소리 없이 열리길래
　임 오는가 내다보니
　온다는 임은 아니 오고
　동남풍이 날 속였네.
　어기야 허여 여허라
　먼데 사람은 듣기도 좋고
　가까운데 사람 보기도 좋게’
덩실 덩실 춤을 추며 중머리장단
덩더쿵 에헤야 어기어라
다 되었네 다 되었네
두레방 없이만 심어주소
두레방 없이만 심어주소
덩실덩실 춤을 추며
두레방 없이만 심어주소.[18]

—「진도 들노래」 전문

18 손광은, 23쪽. 밑줄은 인용자 표시.

소리의 고향 진도에 전승되어 오고 있는 진도들소리를 소재로 한 작품이다. 시상 전개의 구비마다 의성어를 장치하여 동력을 얻고 있다. 더구나 열을 바꾸어 노랫소리까지 통째로 들려주고 있다.

맺고 풀고 굴리고
소구 벅구 감기는 멋, 울긋불긋
고깔 쓰고 원무되어 감고 풀면
장구놀이 북놀음 나근나근
풍물굿을 친다.

굿가락 몰아가는 잦은 모리
휘모리 휩싸여 재앙은 물러가고
마을의 안녕과 가정의 평안을
얼시구 절시구 맞아들인다.

깽매 깽매 깽매깽 깨갱 깽매 깨매깽……
꽹과리 굿가락 울긋불긋 흔들흔들
휘늘어진 상쇠머리 부포는 끄떡끄떡…
정월 대보름 마을 잔치 풍물놀이
흥겨움 쌓여간다.
얼씨구 북 소리 북북 쑤시고
엉덩이 달삭 달삭
장구놀이 간드러지게
줄동말동 줄동말동
하늘 치고 북 치고
나긋나긋 어울려

풍물굿을 친다.[19]

—「광산 농악」 전문

굳이 의성어를 사용하지 않아도 농악은 소리다. 그러나 의성어란 그냥 소리가 아니라 청각영상을 만들어내는 기제가 된다. 여러 시에서 농악소리는 늘 의성어의 표현기법으로 청각영상을 자극하고 있다.

하늘 치고 북 치고
나굿나굿 어울려
풍물굿 친다.

시의 마지막 대목에서 백미를 장식한다. 북을 치는 모습에서 "하늘 치고 북 치고" 하는 동양화의 기법을 빌었다. 힘차게 여백을 향해서 난(蘭)을 치는 사군자의 필법은 허공을 향해 뿌려지듯 한껏 타원의 멋을 살리는 북채를 닮았다. 허공인 하늘을 어떻게 치겠는가? 아무리 쳐대야 소리가 나겠는가? 서양화에서는 도저히 상상할 수 없는 여백의 잔치를 즐기는 동양화의 기법을 풍물굿 속에 담아서 화룡점정의 효과를 살리고 있다.

3. 민속을 빌어서 지식인의 사회적 책무 투사

고아한 서정에 익숙한 사람은 고고한 탈속의 경지에 들어 이미 털어버린 먼지처럼 세상을 바라본다. 기뻐하는 서정도 있지만, 분노하는 서정도 있게 마련이다. 죽림칠현과 같이 세상을 등진 바가 아닌 다음에는 분

19 손광은, 23쪽.

노의 서정이 누구에게나 있다. 분노의 서사를 우리는 노정 손광은 선생과 동창이면서 역시 함께 대학의 동일 학과에 재직했던 송기숙 선생에게서 본다. 그의 장편소설 『오월의 미소』에서는 저승혼사굿이 중요한 화소로 쓰였다.

> 산 사람이나 죽은 사람이나 맺힌 것은 풀어사제라. 총각 죽은 몽달귀신이나 처녀 죽은 처녀귀신은 원귀가 되야도 젤로 험한 원귀가 된다는디, 그런 귀신들이 뭣 땀새 그렇게 험한 귀신이 되았겄소. 시집 못 가고 장개 못 간 것도 한이제마는 자식이 없으면 지사를 못 받아 묵은께 그것이 더 한이랍디다.[20]

5·18 광주민주화운동 당시 죄없이 죽었던 처절한 처녀 총각의 후일담으로서, 우리 민족이 지켜왔던 사후혼사굿이라는 민속을 빌어 상황의 아픔을 되새기고 있다.[21]

분노하는 서사가 아니라 분노하는 서정을 노정 손광은 선생은 아래의 "해원굿"이라는 시에 담았다.

> 싫건 좋건 살다보면
> 사는 게 인생이지만
> 왜 죽었어 왜 죽어
> 원통하게 왜 죽어,
> 고난 속에도 살맛 있는데
> 내 대신 왜 죽었어

20 송기숙, 『오월의 미소』, 서울: 창작과비평사, 2000, 299쪽.

21 나경수, 「문학민속학적 비평방법을 통한 송기숙 소설 읽기」, 『송기숙의 소설세계』, 서울: 태학사, 2001.

왜 죽어, 원통하게 왜 죽어
가혹한 일제시대
강압에도 살았는데
아 대한민국 우리 시대
우리에게 죽은
억하고 수돗물에 빠진 넋이여
5·18 민주화 때
원통하게 맞아죽은 넋이여
끈덕지게 견뎌내고
불타 죽은 넋이여
한 시대를 넘어가다가
최루탄에 맞아죽은 넋이여
독재와 싸우다 죽은
처녀귀신 넋이여
몽달귀신 총각귀신 넋들이여

해원굿 영가 풀이
천도제를 지내오니
한 많은 넋이여
한을 풀고 넋을 풀고
저승으로 저승으로 임하소서
맑고 향기롭게
마음 모아 영면하소서.[22]

—「해원굿」 전문

---

22 손광은, 『민속의 숨결 신명을 풀어라』, 광주: 도서출판 한림, 2010, 123쪽.

5 · 18 때 죽어간 이들이 한을 풀고 넋을 풀고 영면하기를 빌고 비는 마음이야 누군들 없겠는가. 더구나 결혼도 해보지 못한 채 처녀 총각으로 죽은 이들은 가장 무서운 귀신이 된다는 속신을 우리나라에서 모르는 사람이 없을 것이다. 그래서 옛날부터 처녀 총각으로 죽으면 반드시 짝을 찾아 저승혼사굿을 치러주었다.

잘못된 공권력, 더구나 불의의 공권력에 의해 희생된 5 · 18 영령들에게 속죄하는 마음은 다른 형태로 체화될 수 있다. 불의에 대한 분노인 것이다. 이러한 분노는 시도 되고 소설도 되고 또 얼마든지 다른 어떤 것이 될 수 있다. 노정 선생은 핏발선 투쟁은 아니 하였지만, 안으로 삭히고 있던 분노를 시로 표출해놓고 있다. 그는 시를 통해 스스로 굿판을 열었으며, 그의 시적 굿판에 처녀귀신 총각귀신을 초대하여 사령굿을 올려주고 있다.

임자도 바다 갯물을
두레박으로 퍼올린다.
물자세로 퍼올린다.

임자도 햇볕과 바람으로만
바다 갯물 수분을 증발시켜
흩날려버린 소금밭
규사질 간척지 모래밭
소금밭은 메밀꽃처럼
하얗게 피어오르고
염부들은 비지땀 흘려
소금을 긁어 모은다.

일사량 많은
넓은 갯벌 염전에서
천일염 특구 고품질 소금이다.
프랑스 게랑드
세계 명품 소금보다
친환경 소금이다.

바다 갯물이 소금되어
하얗게 하얗게 깔리면
먼 산이 가까이 보이고
소금밭에 햇무리 달꽃
곱게 곱게 떠오른다.[23]

—「임자도 소금밭」 전문

만개한 메밀밭처럼 하얗게 널부러진 임자도 염전에서 노정은 전혀 다른 시정을 달래고 있다. 과학적으로는 프랑스 게랑드의 소금보다 훨씬 질이 좋다는 평가를 받으면서도 국세가 약한 때문인지, 홍보에 게을렀던 까닭인지 훨씬 값이 미치지 못하는 신안 염전에서 나오는 소금에 대해서 그는 또한 심한 책임감을 느끼고 있다. 청정한 수역에서 나오는 친환경 소금을 예찬하는 것에 그치지 않고, 비지땀 흘리는 염부들의 상대적으로 가벼운 주머니를 걱정하고 있다.

광주의 모든 역사 품에 앉아
알고 있는 증심사.

---

23 손광은, 117쪽.

일어나 눈 뜨면 만나는 무등산 증심사
정겨운 목탁 소리, 무거운 세속 내려놓은 목탁 소리
만고풍상 역사의 구비마다 들려오는 목탁 소리
수난의 질곡 함께 이겨낸 증심사 목탁 소리
염불 소리 속에 가까이 님을 보고 듣고 만나 깨어나듯
부처님 숨결을 따라 중생구제 소원 비나이다.

불 타는 마음 뜨겁게 이끌어 올리듯
연등 달고 내 마음에 들려오는 숨결을 따라 비나이다.
말없는 소원으로 연등을 달고 손에 연등을 들고
오백전 목탁 소리 쌓이는 걸 보면서
돌탑 탑돌이 돌아돌아 복을 비나이다
밤낮없이 서성거린 먼지 세상
학대와 파멸의 아픔을 뒤흔들어 털어버리고
드러누운 절망과 침묵을 떠나
숨결을 눈 들어 올려보면서
꿈을 현실로 비나이다 비나이다
광주 무등산 품안에서 민주, 인권, 평화도시
눈부신 아침마다 꽃 피기 비나이다
문화가 살아 숨쉬는 詩 書 畵 판소리가
마음 속에 새겨나와
사람마다 마음 속에 출렁이는
기쁨을 비나이다.[24]

—「증심사 연등」 전문

24 손광은, 91쪽.

무등산 한 자락에 앉아 있는 증심사는 오랜 동안 광주의 역사를 지켜보았던 증인이다. 무등산은 일명 무덤산이라고도 불리는 한이 많은 산이다. 그가 지켜보아왔던 광주의 쓰라린 역사는 얼마나 아픈지 모른다.

무등산은 호남인의 인성을 상징하는 서사를 전설로 기억하고 있다.[25] 특히 김덕령의 비운이 함께 하고 있어 더욱 그 애절한 사연이 서럽다. 초파일을 맞아 증심사에 켜진 연등은 충신이면서도 역적으로 몰려죽은 김덕령의 부라린 불덩이같은 눈동자인지 모른다.

> 춘산에 불이나니 못다핀 꽃 다붙는다
> 저뫼 저불은 끌 물이나 있거니와
> 이몸에 내없는 불이나니 끌물 없어 하노라

김덕령이 억울함을 호소했던 "춘산곡(春山曲)"이라는 시조이다.[26] 역사는 반복되는 것인가? 김덕령 장군의 억울함이 광주인들의 가슴 속에 전설로 깊이 생채기가 나있는데, 그 생채기를 또다시 북북 날카로운 칼날로 긁어놓았던 것이 바로 5·18이었다.

> 광주 무등산 품안에서 민주, 인권, 평화도시 : 문화가 살아 숨쉬는 詩 書 畵 판소리

시인은 시 속에서 두 가지를 병치시켜 놓고 있다. 어쩐지 어울릴 것 같지 않다. 그러나 묘한 대조 속에 묘한 동화를 얻는다. 정치와 예술의 병치를 통한 광주의 문화에 대한 옹호가 있다. 소위 광주정신이라 부르

---

25 나경수, 「무등산 전설의 연구」, 『한국민속학』 41집, 한국민속학회, 2005.

26 김덕령, 『金忠壯公遺事』 / 正朝(朝鮮) / 命編 1.

는, 그리고 그 광주정신이 발현하게 된 역사와 현대를 조화롭게 열거하여 아닌 듯싶지만, 깊게 둘을 매듭지어 묶어놓았다.

서정을 노래하는 시인이면서도 슬픈 역사를 아파하고 사회적 책무를 지니는 지식인으로서 노정 손광은 시인이 스스로 시적 화자로 등장하고 있는 예를 위의 시들에서 보았다.

참고문헌

김덕령, 『金忠壯公遺事』 / 正朝(朝鮮) / 命編 1.
김경일, 『공자가 죽어야 나라가 산다』, 서울: 바다출판사, 1999.
나경수, 「남도의 민속사회를 통해서 본 실용과 허영의 현상적 파노라마」, 『실용과 성과주의시대의 민속학』, 한국민속학자대회논문집, 한국민속학술단체연합회, 2013.
나경수, 「무등산 전설의 연구」, 『한국민속학』 41집, 한국민속학회, 2005.
나경수, 「문학민속학적 비평방법을 통한 송기숙 소설 읽기」, 『송기숙의 소설세계』, 서울: 태학사, 2001.
동은지춘상선생정년퇴임기념논총발간위원회, 『남도민속학의 진전』, 서울: 태학사, 1998.
손광은, 『고향 앞에 서서』, 서울: 문학세계사, 1996.
손광은, 『파도의 말』, 서울: 현대문학사, 1972.
손광은, 『그림자의 빛깔』, 광주: 시와사람사, 2001.
손광은, 『내 마음 속에 눈부신 당신』, 광주: 도서출판 한림, 2006.
손광은, 『땅을 딛고 해가 뜬다』, 광주: 도서출판 한림, 2007.
손광은, 『민속의 숨결 신명을 풀어라』, 광주: 도서출판 한림, 2010.
송기숙, 『오월의 미소』, 서울: 창작과비평사, 2000.
M. Eliade, *The Myth of Eternal Return*, New York: Princeton University Press, 1974.
Sandra Dolby Stahl, Sandra Dolby Stahl, *Literary Folkloristics and Personal Narrative*, Bloomington: Indiana University Press, 1989.

손광은 시의 토포필리아와 '南道'

김동근

1. 머리말

손광은 시인은 1935년 12월 6일(호적 1936. 4. 6.)에 전라남도 보성군 노동면 금호리에서 출생하여 보성중학교, 광주 숭일고등학교, 전남대학교 국어국문학과를 졸업하였다. 이후 1962년부터 3년에 걸쳐 김현승의 추천을 받아 『현대문학』지에 「제3광장」(1962. 7.), 「산책」(1963. 1.), 「나의 반란」(1964. 12.)을 발표하면서 등단하였다. 《전남일보》 기자를 거쳐 전남대학교 국어국문학과 교수로 재직하면서 많은 시인과 후학들을 배출하였으며, 퇴임 후에는 〈김현승 기념사업회〉 회장을 맡는 등 광주 · 전남의 문단과 학계에 지대한 기여를 한 시인이다. 현재까지 총 6권의 시집[1]을 상재하고, 시론에 관한 여러 권의 저서를 집필하였으며, 남도 땅 곳곳에 세워진 수많은 시비에 그의 시가 새겨져 있는 것으로도 유명하다. 특히 그의 저서들 중 『전남의 문학』, 『광주권문집해제』, 『전남권

1 제1시집 『파도의 말』(현대문학사, 1972), 제2시집 『고향 앞에 서서』(문학세계사, 1996), 제3시집 『그림자의 빛깔』(시와사람사, 2001), 제4시집 『내 마음 속에 눈부신 당신』(한림, 2006), 제5시집 『땅을 딛고 해가 뜬다』(한림, 2007), 제6시집 『민속의 숨결 신명을 풀어라』(한림, 2010).

문집해제』 등 남도의 지역문학을 집대성한 역저들, 그리고 광주·전남의 문단을 이끌면서 지역의 문화예술을 활성화시켜왔던 노력들은 그의 문학적 삶이 '南道'와 호흡을 같이하여 왔음을 확인케 한다.

본 논문은 손광은의 시에 일관되어 있는 시정신을 '고향의식'과 '남도정신'으로 상정하고 이를 시적 토포필리아의 측면에서 분석적으로 살피고자 한다. 필자는 이미 손광은 시인을 '천성(天性)의 시인'으로 명명한 바 있다.[2] 이는 그의 성품이나 언사, 그리고 일상의 삶을 살아가는 일거수일투족과 마주해본 사람이라면 누구나 그가 천성으로 타고난 시인이라는 점에 동의한다는 점 때문이었다. 그의 몸, 그의 삶은 시가 깃들 수 있는 최적화된 장소라고 할 수 있다. 또한 손광은 시인은 특히 남도의 민속예술, 남도의 소리 가락을 아름다운 색채의 언어로 가장 잘 승화시킨 시인이다. 시각과 청각이 앙상블을 이룬 눈부신 소리의 빛깔을 손광은의 예술적 자화상이라고 평한 견해도 있다.[3] 이러한 평가들에 기대, 손광은 시의 토포필리아(topophilia)를 유형화하고 토포스(topos)로서의 '남도'의 형상성을 찾고자 한다.

토포필리아를 우리말로 가장 근접하게 옮기면 '장소애' 정도가 된다. 이 용어는 이푸 투안(Yi-Fu Tuan)이 1961년에 「토포필리아, 혹은 경관과 돌연의 만남」이라는 논문에서 사용함으로써 문화지리학과 관련된 대표적인 용어로 자리 잡았다. 이푸 투안은 인간과 자연환경의 기계적인 결합이 아닌 감성적·정서적 결합을 강조하면서 토포필리아라는 용어를 채택하여 사용했다. 토포필리아에서 강조되는 것은 '지리적인 경험'이다. 특정 공간은 인간과의 정서적 연계성을 통해 장소로 거듭난다. 이푸 투

2 김동근, 「소리의 시학과 존재론적 메타포」, 손광은 외, 『우리시대의 시인연구』, 시와사람, 2001, 378쪽.

3 전정구, 「존재의 빛을 찾아서」, 손광은, 『현대시의 공간적지평』, 한림, 2003, 289쪽.

안은 경험의 현장으로서의 장소에 대해 유발되는 의식 · 무의식적인 정서적 반응에 주목한다. 장소는 고유성 · 개체성 · 역사성을 띠면서 인간주의 지리학의 핵심 주제가 되었다.

계량지리학은 정량적 방법을 통해 지역의 차이를 드러내는 것이었다. 이에 대한 반발로 등장한 인간주의적 지리학은 '인간 중심'이라는 측면에서 변화를 요구받고 있다. 문화지리학의 등장은 이런 시대의 흐름과 맞물려 있다. 문화지리학은 인간주의 지리학을 포함하여 다채로운 관점과 방법을 모두 포괄하는 개념으로 자리한다. 특히 문화지리학은 인간 집단의 삶이 영위되는 지표에 대한 구체적인 이해를 가능하게 한다. 문학에서 지리적 배경은 환경에 대한 인간적 체험의 가치와 욕망에 대한 지식을 제공할 수 있다.[4] 하지만 이것은 주로 서사물에서 배경으로 자리하고 있는 장소의 탐색에 적합한 것이다.

본 논문에서 손광은 시의 토포필리아와 남도의 토포스를 탐색하는 작업은 큰 틀에서는 문화지리학을 지향하면서, 좁게는 문학지리학의 관점에 해당한다. 또 서사 중심의 문학지리학을 극복하면서 시적 토포필리아를 중심으로 문학지리학의 범주를 현실에서 시인의 내면으로까지 확장하고자 하는 시도이다.

2. '南道'의 토포스적 의미

'南道'는 '호남'과 혼용되는 경향이 있지만, 주로 광주 · 전남을 가리킨다. 그래서 '남도'라는 말은 '전라남도'와 관련이 깊어 보인다. 하지만 충청남도나 경상남도의 '남도'처럼 지정학적 위치를 표시하는 말이 아니다.

---

4 이혜원, 「김소월과 장소의 시학」, 『상허학보』 제17권, 상허학회, 2006, 81쪽.

'남도'는 문화적인 위상과 역할을 함축하고 있는 문화적인 말이다. 문화·예술의 고유성은 특정 시기에 형성된다기보다는 특정한 공간 속에서 형성된다. 그렇게 형성된 문화와 예술은 장소성에 바탕을 두고 전승되고 전파된다. 그런데 한국에서 전개되고 있는 문화, 문학예술과 관련된 담론은 공간의 다양성보다는 시간의 변화에만 주목하고 있다. 흔히 장소는 '한반도'라는 단일 공간을 당연한 것으로 전제해 왔다.

이에 대한 비판적 입장에서 임성운 교수는 "단일 공간 관념을 전제한 문학사는 다양한 지역문화 공간들의 차별성을 소홀히 하기 마련이다. 설령 지역 공간에 대한 인식이 있다 하더라도 지역문화를 상호간의 구조적 관계로 인식하기보다는, '지역'을 주변부로 인식하여 종속 관념을 지닌 '지방'문화로 인식하는 수준에 머물 뿐이다"[5]라고 말한다. 따라서 우리가 문학을 논하는 자리에서 언급하게 되는 한국문학의 정체성은 관념적인 총체성일 따름이다. 이것을 구체적인 총체성으로 바꾸기 위해서는 공간의 다양성, 다변화에 주력할 필요가 있다.

> 시간이 물리적인 시간과 심리적인 시간이 공존하듯이, 공간도 외적인 공간과 내적인 공간이 공존한다. 지리와 환경이 외적인 공간이라면 기억과 심리는 내적인 공간이다. 내적인 공간이 존재한다는 것은 인간이 공간을 감각할 뿐만 아니라 정신의 복합적인 작용으로 인지한다는 것이다. 그런데 사실상 외적 공간과 내적 공간은 뚜렷하게 구별되지 않는다.[6]

위의 논의처럼 외적 공간과 내적 공간이 뚜렷하게 구별되지 않는 것은

---

5 임성운, 「우리 문학사의 지역문학 인식-호남지역문학을 중심으로」, 『남도문화연구』 제6집, 순천대 남도문화연구소, 1997, 260쪽.

6 정현숙, 「윤대녕 소설의 공간과 토포필리아」, 『강원문화연구』 제24집, 강원대학교 강원문화연구소, 2005, 166쪽.

사실이다. 그러나 그 원인을 정신의 복합적인 작용으로 돌려버리면 논의는 더 이상 진전을 이루지 못한다. 현상학적 차원에서 보면 외적 공간은 '시간(사건)성'을 부여받음으로써 장소가 된다. 반면 내적 공간은 의식의 흐름이라는 시간성에 의해 그 지평이 열리고 닫힌다. 애매모호한 흐름에 명석판명한 선명과 구획이라는 공간성이 부여됨으로써 장소가 된다. 외적 공간과 내적 공간은 각각 지향을 달리하는 '장소의 이중성'을 통해 구분할 수 있다. 물론 어떤 공간을 특별한 의미가 있는 장소로 만들어주는 데는 노래보다 '시간(사건)성'과 밀접한 관계에 있는 이야기가 더 유리할 수 있다. 그동안 토포필리아에 대한 논의가 서사물에 집중된 것은 이와 무관치 않다.

시적 토포필리아의 경우에도 서사적인 경향이 짙은 시 혹은 풍물시, 경관시에서 주로 다뤄졌다.[7] 서사적 장소애는 우리가 살아가는 세계 속의 구체적인 대상, 어떤 것(thing)에 대해 발현된다. 이와 구분되는 시적 장소애는 구체적인 대상이 아니라 정서적인 대상, 언어 자체에 의해 유발된다. 이 차이를 명확하게 함으로써 우리는 장소애의 개념을 확장할 수 있으며, 정서적인 감흥의 심도 또한 깊게 할 수 있다. 이러한 점은 김열규 교수가 "천기와 일기의 변화 등이 시시각각으로 묘사될 때, 이 엄청난 알라베스크 속에서 토포스는 움직이고 있다. 그 자체가 이미 사건이다. 그러면서 인물의 감정과 정신의 파노라마가 되고 장차 있을 사건의 '시뮬레이션'이 된다."[8]고 포착한 바 있다.

---

7 김병욱 교수는 손광은 시인의 『고향 앞에 서서』의 발문에서 "이번 시집을 계기로 삼아 손 시인이 그의 고향 보성에 대해서 서사적 시(이야기가 있는 시)를 비롯하여 장소애가 듬뿍 묻어나는 서정시를 써서 한 권의 시집으로 묶어내기를 우리는 바란다"고 말하고 있다. 여기에서 말하는 장소애는 서사적 측면의 토포필리아이다(김병욱, 「토포필리아 詩學」, 『고향 앞에 서서』, 문학세계사, 1996, 117쪽).

8 김열규, 「Topophilia: 토포스를 위한 새로운 토폴로지와 시학을 위해서」, 『한국문학이론과비평』 제20집, 한국문학이론과비평학회, 2003, 19쪽.

장소와 공간을 구분할 때 근거로 드는 고유성/일반성, 개별성/총체성, 역사성/탈역사성이라는 이분법은 시적 토포필리아를 탐색하는 자리에서는 쓸모가 없어진다. '남도'라는 말은 고유성, 개별성, 역사성을 갖지 않았을 때는 하나의 공간이다. '북도'와 짝을 이루면 행정구역을 지칭하게 된다. 행정구역을 지칭하는 '남도'를 장소성을 획득한 언어라고 하기는 힘들다. '남도 예술' 혹은 '남도 민속예술', '남도의 미학', '남도인' 이라고 할 때 '남도'는 동서남북의 방향을 가리키는 개념에서 벗어난다. '북도'와 짝을 이뤄 행정구역을 지칭하는 말도 아니다. 이때의 '남도'는 정서적인 반응, 특별한 의미와 효과를 발생시키는 '장소화된 언어'인 것이다.

시적 토포필리아를 다루면서 '남도'에 주목하는 것은 '남도'라는 말 자체가 지정학적 의미를 넘어서 문화적인 의미를 갖는 언어라는 점이다. 이 말을 들을 때 우리는 구체적인 장소, 대상을 떠올리는 것이 아니라 '따뜻함', '미적', '웅숭깊음', '정한(情恨)' 등 특정할 수 없는 정서적인 감흥을 얻게 된다. 특히 남도를 '예향'이라고 일컫는 것은 예로부터 문학을 필두로 예술의 전통이 살아 숨 쉬며 오늘에까지 면면히 계승되고 있기 때문일 것이다. 우선 남도의 지세만 보더라도 산자수명한 자연풍광의 모든 실체들이 문학적 요소로 어우러지기에 부족함이 없다. 예부터 산문은 북쪽이요, 운문은 남쪽이라 하였던 것 역시 이를 말하고 있거니와, 역사적으로 학문적 바탕이 현저했던 경상도에 비해 전라도에는 시가의 문학적 요소가 뿌리 깊게 산재되어있었다는 점도 이를 반증한다.

남도창을 위시한 서편제, 남종화 등 남도에서 꽃피운 예술적 실체가 한국 예술사에서 차지하는 비중이 매우 높지만, 그 중에서도 남도를 예향으로 자리매김하는 데 가장 중요한 역할을 한 것은 담양을 중심으로 누정 가단을 형성하고 이를 기반으로 문학적 흥취를 발현시켜 온 가사문학이라 할 수 있다. 가사문학으로 대표되는 남도의 시가문학은 이러한 예술 영역 중에서도 특히 오래된 전통을 지니고 있을 뿐만 아니라, 이

지역의 정서와 사상을 집약적으로 담고 있다는 점에서 예향 남도의 가치를 가장 확실하게 담지하고 있는 것이다.

한국 시문학사에서 남도의 시문학이 갖는 위치는 이러한 전통으로서의 의미에만 그치지 않는다. 이 지역에서 발아한 이러한 시문학 정신이 통시적으로 면면히 계승되어 왔음은 물론이려니와, 시대와 사회의 변화에 따라 한국 시문학의 양식적 변화를 추동해온 강력한 진원지 역시 남도라 할 수 있다. 즉 우리 근 · 현대 문학사에 큰 획을 그은 시기마다 광주 · 전남 시문학은 중요한 역할을 담당해왔었고, 독보적인 시인들이 등장하여 그에 상응하는 공시적 실체로서의 작품들을 발표하였다.[9]

남도의 이러한 문학적 전통이 손광은을 비롯한 남도 지역의 시인들에게 가장 지배적인 토포스로 작동하고 있음은 분명한 사실이다. 따라서 '남도'라는 근원적인 장소에 대한 욕망이 문학 텍스트 속에 투영되었을 때, 그것은 단순히 표면적인 소재나 주제, 모티프 수용의 차원을 넘어, 시인의 글쓰기 전체를 추동하고 지속시키는 일관된 힘을 발휘할 수 있다는 점에서 좀 더 근본적인 효과를 발휘한다.[10]

여기에서는 이러한 토포스로서의 남도정신을 첫째, 인간 존재의 터전으로서의 '생명의식', 둘째, 체험적 정서화의 원형으로서의 '고향의식', 셋째, 공동체적 정신 표상으로서의 '예술의식'으로 유형화하고, 이들이 손광은의 시에서 시적 장소애와 어떻게 상응하여 형상화되고 있는지를 살피게 될 것이다.

---

9 김동근, 「광주 · 전남 현대시문학사」, 한국지역문학인협회 편, 『광주 · 전남문학통사』, 현대문예, 2011, 133~135쪽 참조.

10 신재은, 「'토포필리아'로서의 글쓰기」, 『한국문학이론과비평』 제20집, 한국문학이론과비평학회, 2003, 118쪽.

3. 손광은 시의 토포필리아와 남도정신

손광은 시인의 첫 시집 『파도의 말』 서문에서 다형 김현승은 손광은의 시세계를 "이 시인이 새로이 추구하고 있는 근년의 작품들에게는 이 시인의 잡초와 같은 질긴 생명력이 줄기차게 꿈틀거리고 있다. 이 개인의 생명의 총화 - 그것은 곧 다름 아닌 민족의 생명력이라고 할 수 있다."[11]고 평가한다. 즉 손광은의 시는 그 출발에서부터 '개인의 생명'과 '민족의 생명력'을 외연으로 삼고 그 자장 안에서 밀도와 강도를 더하면서 변주하고 있다. '생명의 자기 정립'에 대한 욕망이 강렬할 때는 '고향'을 지향하고, '민족의 생명력'에 대한 욕망이 강렬할 때는 우리 민족의 근원성에 대한 추구에 시적 언어의 강도를 더했다. 따라서 손광은 시에서 펼쳐지는 시적 토포필리아의 유형은 이 두 개의 욕망 사이에서 다채롭게 펼쳐진다.

> 손광은의 시에 있어서 가장 중요하고 가장 빈번하게 차용되는 모티프는 바로 '소리'이다. 그는 수많은 천의 소리를 들으며, 그 소리에 민감하게 반응한다. 내성으로서의 생명의 소리는 물론이려니와 자연의 변화와 시간의 흐름과 고향의 의미까지도 소리로써 매개한다. 그리고 그 소리에 의해 인간으로서의 존재론적 고뇌와 열망을 육화하고 토해낸다.[12]

시가 유발하는 토포필리아는 고정되지 않고 움직인다. 정서적 반응의 강도와 밀도에 따라서 시적 토포필리아의 대상이 되는 이미지의 강렬성 또한 달라진다. 따라서 이런 이미지를 포착하기 위해서 활성화시켜야하

11 김현승, 「서문」, 손광은 제1시집 『파도의 말』, 현대문학사, 1972, 3~4쪽.

12 김동근, 앞의 글, 2001, 220쪽.

는 것은 시각이 아니라 청각이다. 그것은 시적 토포필리아가 '내밀한 소리'[13]에 의해서 표출되는 경우가 많기 때문이다. 시적 토포필리아를 탐색하는 데 있어서 무엇보다 중요한 것은 '소리'이다. 그런 측면에서 손광은 시인의 시에 드러난 소리 모티프는 남도의 시적 토포필리아를 탐색하는 데 매우 유리하다. 그는 초기시의 경향성을 점차 인간 존재의 문제로 확장시키고 이를 체험적 서정으로 형상화하는 데로 나아간다. 그의 시는 발전적면서도 일관된, 그리고 고유한 자기 세계를 형상하고 있는 것이다.[14] 이 자장 안에서 펼쳐진 손광은 시의 토포필리아를 심리적 공간, 체험적 공간, 문화적 공간에의 지향성으로 유형화하고 이에 상응하는 토포스로서의 남도정신이 무엇인지 탐색해 본다.

1) 심리적 공간의 장소애와 생명의식

서정시에서 장소는 정서의 배경으로만 고정되지 않는다. 여기에서 나아가 내밀한 심층의 정서와 직접적으로 호응하면서 감정의 이미지를 구현한다.[15] 즉 서정시의 장소는 현실의 장소가 아니라 내면의 공간, 심리적 공간이라는 것이다. 서정적 자아인 '나'는 이 심리적 공간에 존재한다. 시간성으로 규정되는 현존재로서의 '나'가 공간적인 존재라는 것은 토포스로서의 '나'를 전제로 하는 말이다. 시간적 · 공간적 현존재로서의 '나'는 끊임없이 존재성의 거소인 심리적 공간을 지향한다. 따라서 존재성의 거소를 지향하는 시적 장소애는 시간적 측면을 통해 고찰하게 될 '남도'의 토포스를 탐색하는 것과 다르지 않다. 즉, 손광은의 시에서 심리적

13 김병욱, 앞의 글, 1996, 114쪽.
14 김동근, 앞의 글, 2001, 220쪽.
15 이혜원, 앞의 글, 2006, 100쪽.

공간으로 소환되는 현존재는 그의 시에 등장하는 남도의 사물들과 언제나 등가적이기 때문이다.

어느 날 밤 파도는
내 방에 들어와 나를 깨웠다.
다른 事物들은 일제히
다른 이름들을 하나씩 더 갖고
눈뜨기 시작했다.

모양도 없고 그림자도 없는
거대한 것이
엄청난 사람같은 것이
내 목을 누르고
내게 말했다.

그냥 이대로만 있기냐
그냥 있기냐
다시 태어난 다음에야 볼 수 있는
벌판의 외침 소리 하나
나를 죽이고
끝끝내 들려왔다.

―「파도의 말」 전문

이 시는 시인이 자신의 고향인 보성의 어느 앞바다에 이는 파도의 소리를 듣고 쓴 것일 수 있다. 따라서 '파도'를 현실의 것으로 상정하면 이 시는 자연과의 내밀한 대화로 읽어야 할 것이다. 그러나 그럴 경우 마지막의 "나를 죽이고/끝끝내 들려왔다"에 대한 해석이 거의 불가능해진다. 이 시의 정서는 '파도'에 의해 유발된 것이 아니다. '나'를 둘러싸고 있는 내면과 외면의 일렁임으로 인해 '파도'라는 말이 심리적 공간으로 들어오게 된 것이다. 이 시에 등장하는 '파도'가 세상 속의 '파도'가 아닌 것처럼 '다른 사물들' 역시 일제히 '다른 이름'을 '하나씩' 갖게 된다. 즉, '파도'는 세계 속의 파도가 아니라 자의식 속에서 일렁이는 파도이다. 또 다른 '나'의 목소리로 나에게 말하고 있는 것이다. 그리고 그것은 '벌판의 외침소리'가 되어 나의 주체성을 '죽이고' 끝끝내 들려온다.[16] 자의식의 밑바닥으로부터 분출되는 실존의 몸부림으로서의 파도의 말과 벌판의 외침이 동시줄탁으로 작용해 나의 껍질을 깬다. '죽어버린 나'에게 "끝끝내 들려왔다"는 역설과 모순은 그러나 '현상-외부의 나'를 죽이고 '본질-내부의 나'로 부활하는 새로운 자아탄생의 과정을 함축하는 것이다.[17]

껍질인 나를 죽이고 진정한 나를 불러일으킨 것은 내존(內存)으로서의 '파도의 말'과 외존(外存)으로서의 '들판의 외침'을 동시에 함의하고 있기 때문이다. 따라서 진정한 나는 내적으로부터 비롯된 일방향의 존재가 아니다. 안과 바깥이 교차하는 경계에서 바로 껍질이 깨어진 자리에 새롭게 생성되는 '나'이다. 이렇게 생성된 '나'는 또 얼마 지나지 않아 "그냥 이대로만 있기냐/그냥 있기냐"라는 말을 들어야 할 정도로 굳어지게 된다. 파도와 같은 내면과 외면의 일렁임을 제대로 받아 안을 수 없게 된다. 그러면 '일렁이는 나'는 딱딱하게 굳어진 '나'를 죽이고 다시 태어난다.

인간은 언제나 '안의 존재' 혹은 '속의 존재'이다. 여기에 기반할 때 '더불은 존재'의 가능성도 열린다. 내존은 공존의 바탕이 된다. 그 '내존의 나'가 현존재로서 '나'의 '토포스'가 된다.[18] '내존'과 '공존'을 매개하는 것,

---

16 김동근, 앞의 글, 2001, 228쪽.

17 전정구, 앞의 글, 2003, 284쪽.

두 존재의 통로가 되는 것은 다름 아닌 '웃음'이다.

웃음은 내 심장에서
달려나와
눈속에서 숨쉬고
헐벗은 어깨로부터
내 實体의 信仰心을 고집하듯
그 속에 온갖
발자욱 소리를 내세우고,
내 心臟의 血管속에
여러겹의 時間위에 일어선다.

저, 먼, 空間을
휘젓듯
叡智의 손들이 휘젓듯
숨어있는 잡동산이를
豫感에서 휘젓듯
한적한 오늘을 문질러도 보고…

…(중략)…

이제, 웃음은
내안에 돋는 孤獨과 같이
마음깊이

18 김열규, 앞의 글, 2003, 20쪽.

무거운 시간을 키운다.

—「웃음 1」 부분

시적 화자의 웃음은 '심장'에서 비롯된다. 그 심장의 혈관을 흐르는 것은 '피'가 아니라 여러 겹의 '시간'이다. 웃음의 한 쪽 끝자락은 내 안에 돋는 '고독'에 닿는다. 그 웃음은 '마음 깊이'에서 '무거운 시간'을 키우는 탯줄 혹은 뿌리와 같다. 웃음의 다른 한 자락은 타자를 향한다. 이 웃음은 "나를 밖으로 끌어내는 소리/당신들이 안으로 들어가는 소리/우리들이 모여들 때에 손을 흔드는 소리"이다. '저, 먼, 공간'을 휘젓고, '예지의 손들'을 휘저으며 타자에게 가 닿는다. 예지나 예감은 웃음이라는 강렬한 시간의 촉수에 의해 포획되는 것이다. 웃음을 통해 고독으로서의 '나'와 예지로서의 '타자'가 이어진다. 그럴 때 '한적한 오늘은' 비로소 평범한 일상에 벗어나 특별한 시적 순간, 특별한 '예감의 시간'이 되는 것이다.

'나'의 토포스에 대한 탐색과 정체감의 확립을 토대로 시인은 남도인으로서의 '우리'의 토포스에 대한 탐색과 정립으로 나아가게 된다. 진정한 장소감은 개인과 공동체의 일원으로서 '나의 장소'에 속해 있다는 느낌[19]일 때 생긴다. 그러기 위해서는 정체감을 이루는 공동체의 일원으로서 '나의 장소'에 대한 확인이 필요하다. 손광은 시에서 특이성은 그 확인이 경관이 아니라 소리에 의해서 비롯된다는 것이다.

어릴 적 머슴인 내 아버지는
마당 복판에 무더위를 불러들인
보리단을 놓아둔다.

---

19 이혜원, 앞의 글, 2006, 95쪽.

까실까실한 사슬이 매달린 보리,
단정히 부수지 않고
손가락을 대본다.
실한 머슴은 곁에 있는
農酒를 마시며
푸른 보리를 생각한다.

풀잎 같은 풀잎이었다가
풀잎 같은 보리였다가
풀잎 같은 보리국물을
겨울에는 마시며,
지금은 풀잎같이
意識을 일으켜
秘密의 構造를 갖고 누렇게 살아 있는,
보리를 술잔에 비쳐보곤 히죽이 웃으며,

「여 때리라
저 때리라」

거만스럽게 삐걱이며
도리깨질을 하면서
잠 깊은 누런 이마를
후려친다. 후려쳐……

서성이는 어머니
빗자루를 치켜들고

왔다, 갔다,

튀어나는 보리알을 쓸면서

신비로운 내 시선 사이로 지나간다.

큰물소리가 지나간다.

—「보리타작」 부분

시인은 보리를 타작하는 모습을 시각적으로 묘사하고 있는 것이 아니라 그 소리로 매개로 하고 있다. 시각적으로 묘사된 장면은 독자에게 직접 주어지기 때문에 독자의 상상력이 위축될 수밖에 없다. 반면 소리로 주어질 때 독자들이 펼칠 수 있는 상상력은 훨씬 더 커진다. 따라서 상상력의 진폭만큼이나 이 시에 대한 평가 역시 다양함을 알 수 있다.

> ① 그 소리를 매개로 해서 자아의 의식을 도리깨질 하고 있는 것이다. …… 이제 모티프로서의 소리는 자의식 속에 내성일 뿐만 아니라, 건강한 육성으로 울려 퍼진다.[20]

> ② 그 미의 주체인 머슴인 아버지는 알통 밴 건강한 팔뚝에 도리깨를 매고 마당 한복판에 불러들인 무더위, 까실까실한 사슬이 매달린 보리단과 마주선다. 적을 향한 돌격의 자세가 아니다. 한없이 오지고 사랑스런 자신이나 아내를 향한 애정이듯 때리는 그 자체 속에 야릇한 생명의 교감까지 느낀다.[21]

> ③ 시인의 분노와 저항의 감정을 "여, 여, 저, 저" 들고 치고 살짝 놓고

---

20 김동근, 앞의 글, 2001, 225쪽.

21 문병란, 「손광은의 시세계」, 손광은 제3시집 『그림자의 빛깔』, 2001, 144~145쪽.

치는 민중의 소리를 박진감 있게 미메시스한 보리타작의 노동현장으로 대신하고 있다. 북받치는 감정의 격랑(激浪)을 밖으로 표출하지 않고 안으로 삭혀서 풍자하는 수법이 인상적인데, 자신의 감정을 직접 배설하는 것은 그의 시 창작관과 맞지 않는다.[22]

①은 내면의 '나'의 소리가 건강한 육성이 되어 세상에 울려 나오는 과정으로 분석하고 있다. 보리타작 소리를 통해서 온전히 '자기 공동체'가 형성되고 있는 것으로 보는 것이다. ②는 여기에서 더 확장해 '가족 공동체'를 형성하고 있는 '생명력'을 읽어내고 있다. ③은 '분노와 저항의 감정'에 대한 미메시스로서 보리타작을 읽어냄으로써 '사회적, 민족적 공동체'가 형성되는 장소로까지 '보리타작'의 현장을 확장하고 있는 것이다. 이 시에 대한 이러한 평가들이 해석적 강조점은 서로 다르다 할지라도, 공히 심리적 공간을 지향하는 손광은 시인의 장소애가 '남도'의 토포스를 개인과 공동체의 생명의식으로 발현하고 있다는 점에 동의하고 있는 것으로 볼 수 있다.

2) 체험적 공간의 장소애와 고향의식

대표적인 토포필리아의 대상은 '고향'이다. 공간에는 우리의 경험이 투사되지 않은 데 비하여 장소에는 체험적 가치가 주어져 있다고 보는 것[23]이 일반적인 견해이다. 그 장소 중에서도 '고향'은 가장 중요한 위치를 차지한다. 김병욱 교수는 "고향을 떠나보지 않은 사람은 진정으로 고향을 말할 자격이 없다. 고향은 우리의 마음속에 둥구나무마냥 뿌리를

22 전정구, 앞의 글, 2003, 277쪽.

23 이푸 투안, 『공간과 장소』, 구동회 · 심승희 역, 도서출판 대윤, 2011, 15~22쪽 참조.

튼튼히 내리고 있다"고 말한다.[24] '고향'은 인식 대상(Noema)으로서의 고향이기도 하고 인식 작용(Noesis)으로서의 고향이기도 하다. 서사적 토포필리아는 고향을 인식 대상으로 삼는다. 반면에 시적 토포필리아는 인식 작용으로서의 고향을 대상으로 한다. 비록 서울에서 태어난 사람이라 할지라도 '고향'이라는 말과 함께 '산바람', '강바람', '들꽃', '풀꽃'들을 떠올리게 된다.

손광은 시인의 고향은 지척에 있다. 맘만 먹으면 하루에 네댓 차례 행보할 거리밖에 되지 않는다. 그런데 그의 시에는 누구보다 진한 향수가 야금야금 번져나가고 있다.[25] 고향은 지정학적 위치에 언제나 그대로 자리하고 있는 대상, 사물이 아니다. 향수 역시 그런 지정학적인 장소에 대한 정서적 반응이 아니다. 실제로 현실에 있는 장소이지만 불귀의 거리로 전이되면서 고향은 현실과 이상 사이에 심각한 단절과 괴리를 불러일으킨다.[26] 그러나 그 거리가 멀다고 더 강렬한 장소애가 발현되는 것은 아니다. 이 거리는 심미적 체험의 거리이기 때문이다. 이 거리는 시간과 공간과 인간이 상호주관적으로 작용해 의미의 장을 형성함으로써 메워지게 된다. 이 의미의 장으로 떠오른 인식 작용으로서의 '고향'이 진정한 시적 의미의 고향이 된다.

> 나는 고향 앞에 서서
> 무엇으로 우뚝 서랴.
> 아흔 아홉 굽이 봇재 바람에 마음을 열어
> 무엇을 다짐하랴.

---

24 김병욱, 앞의 글, 1996, 108쪽.
25 같은 글, 109쪽.
26 이혜원, 앞의 글, 2006, 88쪽.

가슴 헤집는
세월을 뒤적이고 비비꼬면서
옷섶품으로 스며드는 산바람 되랴.
강바람 되랴.
들꽃이 되랴. 풀꽃이 되랴.
고향을 떠난 나그네 되랴.

봇재를 넘어
저만큼 가까이 마음을 보내
수천 년 부르고 이끄는 사람이 되랴.
정든 땅에 돌아와 씨뿌리듯
내 마음 여기 심어 놓고
나는 고향 앞에 무엇으로 우뚝 서랴.

—「고향 앞에 서서」 전문

시적 현재에 되살아난 '고향'은 과거의 것이 아니다. 고향은 향수를 불러일으키는 과거의 장소가 아니라 현재적인 체험의 장소인 것이다. 고향은 시적 자아의 정서가 일방적으로 투사되어 있는 무생물의 대상이 아니다. 시적 화자가 시적 현재에서 마주보고 서 있는 대화의 상대이며 살아 숨쉬는 존재이다. 시적 화자가 "정든 땅에 돌아와" 다시 만나게 되는 산바람, 강바람, 들꽃, 풀꽃의 소리는 과거의 것이 아니라 '지금 여기'라는 시적 현재의 것이다.[27]

서정시가 공간적 토포필리아에서 발현하는 위력은 '사라진 것'을 현현시킬 수 있다는 데서 기인한다. 장소애는 고립된 상태에서 자동적으로

---

27 김동근, 앞의 글, 2001, 232쪽.

주어지는 것이 아니라 주체가 타자와 맺는 유대 속에서 발생한다.[28] 물론 집이나 고향이 장소애의 중심을 이루는 것은 그곳에 거주하는 사람들과의 관계와 애착에 기인한다. 그러나 장소 자체가 인간의 유대를 벗어나서는 아무것도 줄 수 없다[29]는 단언은 시적 토포필리아에서는 일면에 지나지 않는 것이다. 시적 토포필리아는 인간적인 유대보다는 자연의 내밀한 소리를 들을 수 있는 자연과 인간의 유대를 바탕으로 한다. 그리고 최종적으로 발생하는 토포필리아는 인간의 유대나, 경관이 아니라 '체험적 언어'이다.

물 속에 고향을 두고 온 날은
빈 손바닥을 들여다볼 수 있었다.
빈 손바닥에는 고향이 그대로 새겨져 있었다.
빈 손바닥에는 언덕과 들판이 넘실거리고
아담한 산이 내려다보이고
어머니 아버지 동구 밖으로 끌려나갔다.
시냇물, 바람 소리 그림자를 뛰우듯
대숲을 흔들어 서걱이듯
물살 밖으로 끌려나갔다.
찬물이 차오를수록 떠오르는 고향은 가라앉고 있었다.

…(중략)…

물 속에 묻히는 내 고향을 바라보며

---

28 이혜원, 앞의 글, 2006, 85쪽.
29 같은 글, 86쪽.

빈 손바닥을 바라보며
하늘을 보며
호적을 마지막 떼어 온 면사무소 하늘을 보며……
고향을 마지막 보고
빈 손바닥을 쓰담아 가슴에 묻히고 있었다.

―「水沒 고향(1)」 부분

이 시는 다분히 서사적이다. 고향이 물에 잠겨가는 과정이 담겨 있고, 면사무소에서 마지막으로 호적을 떼어보던 과거의 이야기도 들어 있다. 그리고 물에 잠긴 마을을 보며 시적 화자는 손바닥에 고스란히 담겨 있는 고향의 '언덕과 들판', '아담한 산', '어머니 아버지', '시냇물 소리', '바람 소리'를 가슴에 옮겨 심는다. 이 시에서 인간적 유대를 가장 강력하게 보여주고 있는 시어는 '호적(戶籍)'이다. 화자는 마지막 연에서도 "물속에서 떼어 온 호적을 쓰담아 보듯/물속에 고향을 두고 온 날은/빈 손바닥을 들여다 볼 수 있었다"라고 쓰고 있다. 사건을 가장 강력하게 증거하고 있는 것은 사건의 '현장'이다. 서사의 '장소'가 명료할수록 사건을 구성하는 힘이 강하다. 반면 시적 장소는 그 현장성이 모호할수록 더 많은 것들을 그려내게 만든다. 희미할수록 '사라진 것들'에 대해 '적나라하게'가 아니라 '진실하게' 체험할 수 있게 된다.

「水沒고향1」은 시적 대상으로서 현실의 고향, 즉 지정학적 위치를 갖고 있는 고향이 물면으로 가라앉는 안타까운 상황을 서사적으로 그려내고 있다. 화자는 현실의 고향을 손바닥에 담고 이내 가슴으로 옮겨 왔다. 시적 화자가 상실한 현실의 고향은 아주 소수의 사람들에게만 '고향'을 환기시킬 뿐이다. 반면 시인이 가슴에 심은 고향은 시적 대상으로서의 고향이 아니라 시적 인식으로서의 체험적 고향인 것이다. '사라지는 것들'이라 해서 완전히 사라지는 것은 아니다. 현실에서 아무런 자취가 남지 않게 되었다고 하더라도 기억해야할 '진실'이 있다면 '언어'가 그것을 간직한다. 시적 언어에 기억된 장소는 가장 고차적으로 정제된 장소, '흠도 티도 없는 장소'로 태어난다. 「水沒고향8」에서 우리는 그런 고향을 만날 수 있다.

내 마음 속에
쑥냄새처럼 스며 와서
그리움으로 피는 꽃이여.
내 마음 언저리에 와서
눈부시도록 꽃 피어라.

먼 하늘 푸른 물결 소리로 와서
빈 가슴 채울 때까지
텅 빈 들녘에서 불타는 강이여.

솔바람소리 꽃물결 흘러 와서
동구 밖 가득 채운 바람에 묻혀
햇살이 더욱 뚜렷이
내 마음 밑둥까지 바라보고,
마음타는 지순한 노을이여.

내 마음 속에
드린 물처럼 스며 와서
나를 깨우고
눈부시도록 꽃 피어라.

―「水沒 고향(8)」 전문

이 시의 능동적 독자는 '수몰민'에 한정되지 않는다. 시적 화자 역시 현실에서 수몰된 고향을 시적 대상으로 삼아 노래하고 있지 않다. 이 '고향'은 가슴 속에 잠겨 있는 것이다. 언젠가는 꼭 떠나야할 도시에서 결코 떠나지 못하고 생을 마감해야 하는 도시인들은 모두 가슴에 고향을 수몰시킨 사람들이다. 시인은 노을에 불타는 강을 바라보면서 한편으로 망연자실하면서도 그의 상상력을 총동원하여 마음의 그림을 그린다. 고여 있는 강에 드리운 저녁노을은 일시적 자연현상이다. 그런데 시인은 여기에다 자신의 체험을 불어 넣어 부피를 부풀린다. 저녁노을은 정지된 자연 현상이 아니라 시인의 전생애가 투영되고 있는 것이다.[30] 이 과정에 독자들 역시 능동적으로 참여할 수 있게 된다. 고향을 잃은 사람들이 함께 하는 것이 아니라, 함께 함으로써 새로운 고향을 갖게 되는 것이다. 시적 토포필리아 특히 서정시에서 체험적 토포필리아가 갖는 의의는 여기에 있는 것이다.

3) 문화적 공간의 장소애와 예술의식

남도의 문화적 전통이 손광은을 비롯한 남도 지역의 시인들에게 가장 지배적인 토포스로 작동하고 있음을 앞에서 전제한 바 있다. '남도'라는 근원적인 장소에 대한 욕망이 문화적 공간으로서의 장소애로 나타났을 때, 그것은 단순히 표면적인 소재나 주제, 모티프 수용의 차원을 넘어, 시인의 글쓰기 전체를 추동하고 지속시키는 토포스로서의 예술의식이 되는 것이다. 시인은 '시'가 혹은 '시인'이 몸에 배인 사람이다. 화가는 '그림'이 몸에 배인 사람이다. 이때의 '몸'이 바로 예술의식의 토포스인 셈이다. 남도를 곧 예향이라고 부를 때, 손광은 시인은 그 예술의식을 철저하게 '몸'의 사유로 육화하고 있다. 그의 시에는 유독 남도의 가락과

30 김병욱, 앞의 글, 1996, 118쪽.

춤사위, 그림, 민속놀이 등이 많이 등장한다. 또 스스로 남도창을 노래하고 화가들과 어울려 그림 그리기를 즐긴다. 이는 남도문화에 대한 애착과 사랑, 그리고 이를 통해 시적 상상력을 구체화시키고자 한 그의 예술의식을 보여주는 것이다.

내 그림자 속에는
장구치고 북치고
하늘치고 북치고
보이지 않는 또 다른 그림자가 있다
가장 고요하게 물들어 가는 화선지처럼
발묵으로 스며 번지는 화면일 게다

아무리 보아도,
끝끝내 껴안아지지 않는 영혼일 게다
만나지도 못하고 떠나지도 못한
먼, 먼 날을, 신바람으로 덧칠하는 물감일 게다

우리 서로 가장 가까이
숨겨 놓은 숨소리같이 가까이 스며들지만
물들지 않는 시간의 무거운 무게일 게다

내가 풍부한 몸부림으로 부르면
장구치고 북치고
하늘치고 북치고
안기어오는 메아리 같이 되돌아오지만,

마음결로 되돌아오는 내 마지막은
눈부신 무슨 빛깔일 게다

—「그림자의 빛깔」 전문

손광은 시인은 웃음을 "여러 겹의 時間위에 일어선다"(「웃음(1)」)고 노래한 바 있다. 우리 몸은 여러 겹의 시간이 겹친 공간이자, 여러 겹의 몸이 겹쳐 있는 시간이기도 하다. 어떤 빛을 어떤 강도와 밀도로 만나느냐에 따라서 다른 몸이 그림자로 드러난다. 이때 그림자의 빛깔은 세 겹의 은유가 겹친다. 내면에 자리한 이미지로서의 은유, 그 이미지가 드러난 그림자로서의 은유, 그리고 그 그림자에서 빛깔을 읽어내는 텍스트의 은유가 그것이다. 그렇다면 이 시에서 '그림자의 빛깔'의 은유적 매개물은 무엇인가? 그것은 '장구', '북', '화선지', '발묵'이다. 이들 시어들은 남도창의 가락과 남종화의 그림을 환기시킨다. 이렇게 남도의 토포스로 구성된 은유는 문화적 장소애로서의 특별한 치유력을 발휘한다. 이러한 은유는 본질적으로 '의미의 다의성'과 함께 '허구를 통한 현실(실재)의 재기술'을 주제로 삼음으로써 새로운 이해 및 새로운 실재를 창조하는 특별한 힘과 유효성을 제공할 수 있기 때문이다.[31]

덕진공원 연꽃 앞에 서서
스스로를 낮추고 피어 있는 연꽃을 본다
흙탕물 속에서도 티 하나 없이 웃음을 머금은 꽃.
고매하고 온화한 정 얽혀 다시 곰곰 사무친 연꽃을
본다.

---

31 신재은, 「유년의 기억 속에 투영된 공간 수사학」, 『현대문학의 연구』 제28집, 한국문학연구학회, 2006, 325쪽.

백년도 한 나절 꺾어 휘어가는 대낫에
바람같이 막 자치고 누워 있는 꽃.
연인들같이 서서 엉켜 무엇을 속삭이는 꽃.

귓속말로 흘러온 이야기. 아래로 아래로 이야기 나누다가
세월을 뒤적이고 매듭매듭 물이 되고 꽃이 되고
산이 되고 산맥을 이루는 꽃

내가 다시 찾아와 당신 곁에 있으면
보고 듣는 말씀이 숨결되어 번지네, 맑은 숨결 번지네.
얕푸른 푸른 숨소리 저 하늘 자락에 번지네.
강물 소리같이 산물 소리같이 맑은 미소 번지네.
산 속으로 번지네, 물 속으로 번지네.

—「연꽃 앞에 서서」 전문

연꽃은 나의 그림자와 당신의 그림자가 함께 피워낸 것이다. 이 그림자들은 농도가 다른 것이 아니라 다른 빛깔을 가진다고 말한다. 현존하는 나와 부재하는 당신의 협화음으로 피어나는 '연꽃'의 색은 무색(無色)이며, 모든 색(色)에 다름 아니다. 그렇기 때문에 그 연꽃의 숨결은 '하늘 자락에 번지'고, '산 속으로', '물 속으로' 모든 것들 속으로 자연스럽게 번질 수 있는 것이다. 연꽃의 의미가 이렇게 은유화될 수 있는 것은 그 꽃이 예향 남도의 오래된 '이야기'로 피어난 꽃이며, 지금 이 순간에도 시적 화자에게 번지는 '숨결'이기에 가능한 것이다. 즉, 연꽃은 어느 불특정한 연못에 핀 꽃이 아니라 남도문화의 역사성으로 피어난 꽃이며 시적 토포스로 전해오는 꽃인 것이다.

시인은 스스로 어떤 '장소'인지를 알지 못하는 사람들에게 그것을 알려

주고자 한다. 나의 '몸'은 어떤 장소성으로 이루어졌을까. 시는 자신의 장소성을 비춰보는 거울과 같다. 손광은 시인의 시편 중에는 사람의 이름을 표제로 달고 있는 시가 많다. 표제로 쓰인 이름은 실재하는 인물의 이름이지만, 그러나 그 이름의 의미를 역사적이거나 실제적인 삶의 의미로만 그리지 않는다. 그 이름은 시적으로 포착된 '장소'로서의 그림자이다.

허름한 흰색 통치마, 옥양목 적삼 갈아입고
자라목으로, 움츠리고, 비비틀어
짚신 구겨진 얼굴을 하고
저, 깊을 대로 깊은 내 마음속까지
껍질을 벗길 대로 다 벗긴 껍질
병신춤을 춘다.

나를 향하여 인간에 대하여
포효하듯 삐딱하게 춤사위하고
솔직, 천연덕스럽게, 익살, 재미있게
눈물과 한으로 아픔을 펼쳐놓는다

―「살풀이 춤 4-공옥진」 부분

현실세계에서 사람을 가장 확실하게 증명하는 것은 '얼굴'이다. 얼굴에는 세상과 소통하는 오감이 모두 모여 있다. 웃음과 울음이 나오고, 표정이 드러나는 곳도 얼굴이다. 서사적 토포필리아로서 인간을 탐색할 때 '얼굴성'은 핵심에 놓인다. 그러나 시적 토포필리아에서 얼굴은 그다지 중요하지 않다. 존재의 본질은 얼굴이 아니라 그림자를 통해 드러난다. 공옥진의 병신춤에서 '병신'이 가장 잘 드러나는 것은 얼굴이다. "저고리 뒷섶을 뒤로 젖히기만 하면/벌써 앙바틈하게 턱을 내려뜨리고 있다"에서처럼 턱을 내려뜨림으로써 얼굴은 '병신'이 표상될 수 있는 최적의 장소가 된다. 이 얼굴에 표상되는 '병신'은 공옥진의 내면에 자리한 '병신'이 아니라, 관객과 독자의 내면에 자리한 '병신'이다. "짚신 구겨진 얼굴"은 "저, 깊을 대로 깊은 내 마음속"으로부터 비롯된 것이다.

공옥진의 얼굴은 우리의 내면의 그림자가 드리워지는 장소이다. '인간의 찌들어진 웃음'과 '가슴속에 응어리진 울음'에 한꺼번에 투영되는 곳이다. 그리고 그러한 시적 순간을 이 시는 포착하고 있다. 숱한 사람들의 '병신'이 현현하는 무대 위의 공옥진의 얼굴은 일회적이다. 그 일회성은 시적 언어에 의해 반복성을 획득하게 된다. 이 시를 통해 공옥진은 현실의 예술가의 이름이 아니라, 문화적인 언어가 된다.

'공옥진'이라는 말은 하나의 장소가 되어 시시각각으로 변화하는 독자의 내면을 반영하고, 반영된 그림자의 빛깔을 분광할 수 있는 프리즘과 같은 역할을 하게 되는 것이다. 자신의 내면의 그림자가 분광하는 것을 지켜볼 수 있다면, 우리는 우리 자신을 누구보다 잘 아는 사람이 될 수 있을 것이다.

장소는 신비한 힘을 지니고 있다. 장소의 신비한 힘을 인정하는 것은 인간의 주체성을 존중하고 인간의 의식과 비인간의 관계를 윤리적으로 이끌어가게 한다. 인간은 타자와 자연과의 관계 속에서 자신을 발견하고 공존을 도모하게 된다. 타자와 맺는 윤리적 관계에 대한 자각 속에서는 자신과 함께 타자에 대한 존중이 바탕을 이룬다.[32] 시적 토포필리아가 발현하는 신비의 힘은 여기에 머물지 않는다. 따라서 시적 토포필리아에 의해 새롭게 구축된 진정한 장소는 '나와 타자와 자연'에 만족하지 않고, '나와 다른 나(내존의 나)와 타자와 자연'의 균형과 조화 속에서 실현될 수 있는 것이다.

---

32 이혜원, 앞의 글, 2006, 97쪽.

4. 맺음말

이 논문은 손광은 시의 토포필리아를 '남도'의 토포스적 의미와 관련시켜 살핀 글이다. 손광은의 시적 토포필리아를 본격적으로 규명하기에 앞서 '남도'라는 말이 지닌 장소성을 밝히고 이를 남도정신의 차원에서 손광은의 시의식과 연계시키고자 하였다. 시적 토포필리아는 서사적 토포필리아와는 달라서 구체적인 대상으로부터 촉발되기보다는 정신적 · 심미적 대상, 언어 자체에 의해 비롯되는 것이다.

이런 전제를 바탕으로 삼아 손광은 시의 토포필리아 유형을 심리적 공간, 체험적 공간, 문화적 공간으로 나누고, 손광은 시에서 찾아지는 토포스로서의 '남도'의 의미를 생명의식, 고향의식, 예술의식으로 대응시켜 살펴보았다. 그 결과 심리적 공간의 장소애에서는 「파도의 말」, 「웃음(1)」, 「보리타작」 등 초기작품을 분석했다. 시인의 심리적 공간은 '내존의 나'가 깃드는 장소이다. 여기에서 '내존의 나'가 어떻게 공동체의 나로 드러나는지를 생명의식의 차원으로 밝혔다. 체험적 공간의 장소애에서는 「고향 앞에 서서」, 「水沒 고향(1)」, 「水沒 고향(8)」을 분석 대상으로 삼았다. 이를 통해 시적 토포필리아는 사라진 것에서 더 큰 정서적 감흥을 유발하며, 이는 손광은 시에서 고향의식으로 드러난다는 것을 알 수 있었다. 문화적 공간의 장소애에서는 「그림자의 빛깔」, 「연꽃 앞에 서서」, 「살풀이 춤(4)-공옥진」을 분석했다. 손광은의 시에서는 '남도'라는 근원적인 장소에 대한 욕망이 문화적 공간으로서의 장소애로 나타나며, '시적 화자' 혹은 시적 주인공으로 등장하는 인물은 현실적인 인물이 아니라 문화적 언어로서의 이름임을 밝혔다. 또한 '나'와 '다른 나' 그리고 '타자'와 '자연'이 균형과 조화를 이루며 만나는 몸적 언어, 몸의 장소성에 대해 살펴보았다.

인간주의 지리학을 일각에서는 현상학적 지리학으로 병행해서 사용하는 경우도 있다. 현상학적 지리학은 시적 토포필리아와 맥을 같이 한다고 보는 것이 타당하다. '현상학'의 현상은 세계의 현상이 아니라 내적 현상 혹은 의식의 현상에 대한 성찰을 출발점으로 삼는다. 시적 토포필리아는 장소에 대한 사랑이 아니다. 그 장소 그리고 그 장소에 대한 정서적 반응을 통한 내적 성찰과 깊게 연관되어 있기 때문이다. 토포필리아에 대한 현상학적 천착이 뒷받침될 때, 문학 특히 서정시에서의 '장소'에 대한 논의는 학문적 엄밀성을 더할 수 있을 것이다.

참고문헌

김동근, 「'소리'의 시학과 존재론적 메타포」, 손광은 외, 『우리시대의 시인연구』, 시와사람, 2001.

김동근, 「광주 · 전남 현대시문학사」, 한국지역문학인협회 편, 『광주 · 전남문학 통사』, 현대문예, 2011.

김병욱, 「토포필리아의 시학-손광은의 시세계」, 손광은 제2시집 『고향 앞에 서서』, 문학세계사, 1996.

김열규, 「Topophilia: 토포스를 위한 새로운 토폴리지와 시학을 위해서」, 『한국문학이론과비평』 제20집, 한국문학이론과비평학회, 2003.

문병란, 「손광은의 시세계」, 손광은 제3시집 『그림자의 빛깔』, 도서출판 한림, 2003.

손광은, 『현대시의 공간적 지평』, 도서출판 한림, 2003.

신재은, 「'토포필리아'로서의 글쓰기」, 『한국문학이론과비평』 제20집, 한국문학이론과비평학회, 2003.

신재은, 「유년의 기억 속에 투영된 공간 수사학-'토포필리아'와 '토포포비아'의 수사적 차이를 중심으로」, 『현대문학의 연구』 제28집, 한국문학연구학회, 2006.

이혜원, 「김소월과 장소의 시학」, 『상허학보』 제17권, 상허학회, 2006.

임성운, 「우리 문학사의 지역문학 인식-호남지역문학을 중심으로」, 『남도문화연구』 제6집, 순천대 남도문화연구소, 1997.

전정구, 「존재의 빛을 찾아서-손광은 시인론」, 『현대시의 공간적 지평』, 도서출판 한림, 2003.

정현숙, 「윤대녕 소설의 공간과 토포필리아」, 『강원문화연구』 제24집, 강원대학교 강원문화연구소, 2005.

가스통 바슐라르, 『공간의 시학』, 곽광수 역, 동문선, 2003.

이푸 투안, 『공간과 장소』, 구동회 · 심승희 역, 도서출판 대윤, 2011.

향토와 민속, 남도정신의 아카이브
-시인 손광은의 문학적 생애-

이동순

1. 서론

광주전남 지역은 시문학의 고장이다. 시문학의 고장으로 불리게 된 정신사적인 맥락에 대한 깊은 연구가 필요하겠지만 광주전남 지역 시인들의 문학적 영향력이 시문학사를 견인해 온 것만은 부인할 수 없는 사실이다. 전남 영광에서 민족운동을 이끌었던 시인 조운은 한국시조 시단을 대표하는 작가 중의 한 사람이고, 시문학파를 이끈 박용철과 김영랑 또한 1930년대 시문학파의 중심에 있으며 그 뒤를 이은 시인 김현승도 빼놓을 수 없는 위치에 있다. 시인 조운에서 시작하여 박용철, 김현승을 거쳐 박봉우, 이성부, 조태일에 이르기까지 광주전남 지역작가들의 활약이 곧 현대시문학사라고 할 만큼 역동적이었던 것이다.

특히 1950년대부터 1960년대에 이르기까지 광주전남 지역문단에 절대적인 영향을 끼친 시인은 김현승이라고 할 수 있다. 박봉우, 박성룡, 이성부, 조태일 등이 1960년대와 1970년대 참여시의 핵심 작가들로 부상할 수 있었던 것은 김현승의 절대적인 영향이 있었다. 김현승이 추천하여 등단한 시인 중에서 광주전남 지역 출신은 32명이나 된다. 이 사실만으로 그가 광주전남 지역문단에 미친 영향력은 짐작된다. 김현승이 추천한 시인 32명 중에 시인 손광은이 있다.

시를 쓰는 건 숨을 쉬는 것과 마찬가지라고 했던 파블로 네루다처럼 '내 시는 내 삶이다'고 힘주어 말하는 손광은 시인은 올해로 등단 50년을 맞았다. 한 작가가 등단의 과정을 거치고 난 뒤 작품활동 여부에 따라 작가에 대한 평가는 탄생의 순간보다는 문학적 지속성과 문학적 성취에 있다. 그런 점에서 시인 손광은은 50여 년 동안 쉼 없이 시를 쓴 작가로 문학적 지속성을 유지하고 있을 뿐만 아니라 그가 이룬 문학적 성취는 광주전남 지역문단에 하나의 사건으로 남을 것이다. 그러나 아직까지는 손광은의 작품에 대한 본격적인 학술적 연구는 미비한 실정이다.

그동안 시집해설과 평론 등에서 손광은 시에 대한 평가가 없는 것은 아니었다. 시집해설과 발문[1] 등을 통해 손광은의 시세계를 밝히고 있고, 손광은의 삶과 시세계를 조명해온 평론들[2]도 있지만 본격적인 학술연구는 아니었기 때문에 지역문단의 원로시인인 손광은의 문학적 생애를 규명하고 정리함으로써 시세계에 대한 본격연구의 토대를 마련할 필요성이 제기된다. 이에 손광은의 문학적 생애를 밝혀 그의 문학적 생애가 지역문단의 사적인 맥락과 연관성과 그 안에서 수행됐던 역할이 갖는 의미

---

1 김현승, 「서문」, 『파도의 말』, 현대문학사, 1972.
김현, 「발문1」, 『파도의 말』, 현대문학사, 1972.
이성부, 「발문2」, 『파도의 말』, 현대문학사, 1972.
김병욱, 「토포필리아의 시학」, 『고향 앞에 서서』, 문학세계사, 1996.
문병란, 「손광은의 시세계」, 『그림자의 빛깔』, 시와사람사, 2001.
김동근, 「'소리'의 시학과 존재론적 메타포」, 『내 마음 속에 눈부신 당신』, 한림, 2006.
문병란, 「살아 움직이는 현장 시집」, 『땅을 딛고 해가 뜬다』, 한림, 2007.
이성부, 「현대시에 보태는 오랜 겨레의 숨결」, 『민속의 숨결 신명을 풀어라』, 한림, 2010.

2 김동근, 「'소리'의 시학과 존재론적 메타포」, 『문학춘추』 47, 2004. 5.
문병란, 「손광은의 시세계」, 『문학춘추』 47, 2004. 5.
전정구, 「존재의 빛을 찾아서」, 『시와사람』 가을, 2003.
김병욱, 「강을 흘러야 강이다」, 『민속의 숨결 신명을 풀어라』, 한림, 2010.

를 확인하고자 한다. 시인 손광은은 지역문단의 산증인으로 여전히 왕성한 작품 활동을 하고 있지만 문학적 생애에 대한 1차적으로 정리한다는 점에서 의미가 있다. 본 연구를 위하여 진행한 손광은과의 인터뷰는 중요한 구술자료의 가치로 남게 될 것이다.

2. 문학적 출발과 '시인-되기'

시인 손광은은 1936년 4월 6일 전남 보성군 노동면 금호리 254번지에서 아버지 손성행(孫聖行)과 어머니 김조내(金兆內) 사이에서 3남 1녀 중 막내로 태어났다. 막내의 특권이란 특권을 다 누린 탓에 "떼보"[3]라는 별명을 얻었다. 떼만 쓰면 안 되는 것이 없는 어린 시절을 보내면서 초등학교 입학 전에 이기남 선생에게 『사략』과 『추구』 등을 사사받았다. 2년 뒤 간이학교가 생기자 그곳에서 공부하다가 노동남초등학교가 개교하여 초등학교에 입학하였다. 손광은은 보성 노동남초등학교 1회 졸업생이다. 그리고 1951년 보성중학교로 진학하였다. 보성군 노동면 금호리 집에서 보성읍내의 보성중학교까지는 30리길, 왕복 60리길이었다. 그는 단 하루도 결석하지 않은 성실함으로 3년 개근상을 받았다. 새벽 4시 30분에 등교를 시작해서 한밤중에 돌아오는 등하굣길이 그에게는 책을 읽을 수 있는 도서관이었다.

손광은은 보성중학교 재학 중에 "고려대학교 재학 중이었던 이강재 선생님, 이금례 선생님(국어), 지 선생님(역사), 세 분의 영향을 받았다."

---

3 손광은 인터뷰(2015. 4. 10): 시인 손광은은 인터뷰를 하면서 자신의 별명을 처음으로 밝혔다. 집안의 막내로서 특권이라는 특권을 다 누린 대가로 얻은 별명이 "떼보"라며 웃는 그 모습에서 천진난만한 모습을 볼 수 있었다.

그 때부터 "시가 좋았다. 정신의 위안, 마음의 드러냄이어서 일기를 쓰기 시작했다. 내 역사는 내가 기록한다고 썼다. 그 때부터 내 시는 나의 일기이고 삶이 되었다." "책을 읽으면서, 단어를 외우면서 다닌" 학교지만 "공부는 1등을 해보지 못했"다. 고등학교는 광주에서 다녔다. "제일 가고 싶은 학교는 사범학교였는데 사범학교는 시험에서 떨어졌다. 그래서 광주고등학교는 포기하고 숭일고등학교에 입학했다. 숭일고등학교에 입학해서는 몇 배의 노력을 했다. 학교가 나를 결정해 주지 않는다."는 것을 증명하기 위해서였다. 그 결과 숭일고등학교 시절 교내 백일장에 1등으로 당선되었고 그 시는 〈호남신문〉에 발표되기도 하였다.

1950년대 광주는 새로운 시인들의 등장으로 문학적인 분위기가 넘쳤다. 이런 분위기는 손광은이 "김현승 시인 등 박봉우, 박성룡, 주명명, 윤삼하 등이 '하나다방'에서 시낭송회를 하면 빠짐없이 구경"[4]할 수 있는 기회를 제공했다. 그렇게 문단을 기웃거리다가 이성부를 만나게 되었고 「등문학」 동인회를 결성하면서 의형제를 맺었다. 손광은은 이성부와 함께 시인 김현승을 찾아 습작 원고를 들고 다니면서 시인 되기를 구체화하기 시작하였다.

> 김현승 선생님께 대학 때, 1960년부터 작품을 보여드렸다. 그러면 직접 커피를 끓여주었다. 작품에 대한 평가는 한 적이 없었다. 가끔 '나하나 다방'이나 '아카데미 다방'으로 데리고 나갔다. 걸음걸이가 아주 빨랐고 걷기를 좋아했다. 다방에 가면 미리 와서 기다리는 사람이 많았다. 정현웅, 박봉우, 주명영 등이 그 다방에서 기다리고 있었다. 작품은 집으로 보내지 말고 『현대문학』으로 보내라고 했다. 나는 '추천작 공고'만 기다리면서 계속 투고만 했다. 1달에 10편 이상 보냈다. 내 키보다 더 많을 것이다. 그 작품은 남아

---

4 손광은의 구술과 「손광은 주요 문학 연보」를 토대로 정리하고 재구성한 것이다.

있지 않다. 그 과정이 좋은 작품을 쓸 수 있게, 시인이 되게 한 것이다. 그렇게 해서 3년 동안 추천을 완료했다. 5년 동안 쓴 작품은 사라지고 없다. 김현승 선생은 그 뒤로도 세계 명작을 많이 읽으라는 조언만 했다.[5]

김현승은 손광은에게 작품에 대해서는 한 마디의 조언도 없이 커피만 끓여주었을 뿐이다. 그래도 손광은은 5년 동안 '추천작 공고문'을 받기 위해 습작을 멈추지 않았고 김현승이 추천하여 『현대문학』에 1962년 「제3광장」, 1963년 「산책」, 1964년 「나의 反亂」 추천된 것이다. 5년 동안 썼던 수백 편의 작품은 쓰레기통에 버려지고 말았지만 그 중 단 3편이 추천을 받은 것이다. 첫 추천작 「第三廣場」은 "시정이나 의욕보다 언어가 더 중요"하며 그런 점에서 "숨은 방언을 발굴 채집하여 질적표현에 적당히 활용하는 것은 기대할만한 손군의 유니크한 수법"[6]이라는 평을 받았고, 두 번째 추천작인 「散策」은 "평범한 말인 듯 하면서도 군데군데 함축 있는 구절들이 발견"[7]되는 작품으로, 세 번째 추천작인 「나의 反亂」은 "서정이기보다는 내면세계를 파헤치"는 것이 특징이라는 평가를 받았다. 김현승은 "내면세계일수록 복잡하고 깊은 것이니까 더욱 적확한 이미지를 포착하기에 힘써야만 작품의 모호성을 극복"[8]할 수 있을 것이라는 첨언도 아끼지 않았다. 손광은의 추천완료 소감으로 시작의 의지를 밝혔다.

眞實(詩)하게 사는 날까지 내게 주신 榮光의 座席(素材)을 바꿀(技法)것이며, 많은 사람(思想)들을 만날 것이며, 많은 음성(個性)을 들려주겠으며, 많

5 손광은 인터뷰(2015. 4. 10).
6 김현승, 「시천후감」, 『현대문학』, 1962. 7, 86쪽.
7 김현승, 「시천후기」, 『현대문학』, 1963. 11, 53쪽.
8 김현승, 「시천후기」, 『현대문학』, 1964. 12, 297쪽.

은 반란(感化)을 일러나게 하겠습니다.

복잡하고도 선명한 이미지, 정묘한 메타포, 아이러니, 풍자, 역설, 위트, 辨證法的 認識態度, 劇的構成과 會話體言語의 感度를 충분히 親近하고 싶은 慾心이며 無技巧의 技巧 속에 번개같이 驚異스러울 수 있는 서슬푸른 表現의 두려움을 選擇하고 싶습니다.[9]

손광은은 신인답게 김현승에게 감사로 응답한 뒤 '無技巧의 技巧 속에 번개같이 驚異스러울 수 있는 서슬푸른 表現의 두려움을 選擇'하겠다는 당찬 포부를 밝혔다. 등단 이후 그의 문학적 활동은 『영도』 동인으로 이어진다. 1955년 박봉우와 강태열의 주도에 의해 창간된 동인지 『영도』[10]는 한국문학사의 중요한 전환점을 차지하고 있다. 『영도』의 창간은 전후의 고발 문학적이고 실존주의적인 문단의 흐름을 바꾼 사건으로 『영도』 동인지는 "시대의 경향을 대변하고 그들 나름의 천착과 방법이 고유성을 보여줌으로써 시사적 연계성의 한 기틀을 형성"[11]한다. 『영도』는 광주고등학교 출신들인 선후배들인 박성룡, 정현웅, 김정옥, 강태열, 주명영, 박봉우가 의기투합하여 결성한 동인지이다.[12] 이들은 광주고등학교 다니던 시절부터 교지 등을 통해 작품 활동을 하였던 문학청년들이다.

『영도』가 창간될 당시 『문학예술』(1954. 4)과 『현대문학』(1955. 1)이

9 손광은, 「천료소감」, 『현대문학』, 1964. 12, 55쪽.

10 『零度』 창간호: 동해당, 1955. 2. 정가는 기재되지 않음. 『零度』 제2집: 동해당, 1955. 5. 정가는 기재되지 않음. 『零度』 제3집: 서구출판사, 1966.1(복간1호), 정가 70원, 『零度』 제4집: 서구출판사, 1966. 4(복간2호), 정가 70원. 이상 4권의 발행부수는 기재되어 있지 않아 알 수 없음. 경제적인 문제 때문에 많은 부수가 발행되지 않았을 것으로 추정됨. (「통일에의 가교」와 만나게 될 것이라는 4집의 예고가 있었던 것으로 보아 5집도 발간예정이었음을 알 수 있다.)

11 김재홍, 「동인지운동의 변천- 동인지운동의 면모와 그 약사」, 『심상』, 1975. 8, 56쪽.

12 박성룡과 정현웅, 김정옥은 광주고등학교 2회 졸업생이고, 박봉우와 강태열, 주명영은 3회 졸업생이다.

있었을 뿐이고, 신문사는 신춘문예를 통해 막 신인들을 배출하기 시작하였던 때였다. 이에 "전통과 질서와 가치 붕괴로 일체는 '零'에서의 시작이었다. 적나라한 현실파악이 급했고, 삶은 그저 쥐진 지식의 종합이 아니었다. 현실은 자기비판과 자기 부정을 통한 건설의 약동을 촉구"[13]하였다. 손광은도 『영도』 복간호에 이성부, 김현, 임보, 최하림과 함께 참여하였는데 『영도』(1966. 1) 제3집에 시 「나의 반란」을 발표했고, 『영도』(1966. 4) 제4집에 시 「내 안에 돋는 소리」를 발표하면서 새로운 시쓰기에 열의를 올린다.[14]

그리고 1967년에는 박홍원, 문병란, 범대순, 진헌성, 김현곤, 권일송, 문도채, 활길현과 함께 '비애콜의 개성을 생명으로 여기는' 원탁시문학회를 결성하였다. 뿐만 아니라 1970년 4월 3일부터 7일까지 서울예총회관에서 「영랑·용아 시비 건립을 위한 시화전」을 열기도 하였다. 이 시화전을 위하여 그림을 그려준 화가들은 '의재 허백련, 오지호, 소전 손재형, 취당 장덕, 남농 허건, 송곡 안규동, 양수아, 석성 김형수, 금봉 박행보, 도촌 신영복, 장전 허남호, 양인옥, 박철교, 오승윤, 강연균, 황여성, 이태길, 문장호, 박상섭, 학정 이돈흥, 경앙 김상필, 평보 서희한' 등이었다. 한국화단을 대표하는 이들이 그림을 젊은 시인의 열정에 재능 기꺼이 동참하여 시 「군무」 등이 시화 41점으로 전시되었다.[15] 그런 그의 노력으로 사직공원에 용아 박용철 시비와 김영랑의 시비가 나란히 세워졌다. 그는 시집을 내기에 바쁜 여타의 시인들과 달리 등단 10년 만에야 첫 시집 『파도의 말』을 냈다. "성급한 목소리의 외침에 반대"[16]하고 "할 말이 많

---

13 장백일, 「다시 회상해 보는 영도동인회」, 『광주전남 문학동인사』, 한림, 2005, 87~88쪽.

14 이동순, 「지역문학의 중앙문학화 사례-시동인지 『영도』를 중심으로」, 『한국언어문학』 80, 한국언어문학회, 2012.

15 동아일보, 1970. 4. 4.

은 날을 말없이 묻혀 살면서도 말없는 시간이 더 바쁘고 고뇌에 찬 해독"[17]의 시간 속에서 나온 시집이다.

평론가 김현은 「발문1」을 통해 시인 손광은과 손광은의 시에 대해 다음과 같이 말하고 있다.

> 이성부 형의 소개로 손 형을 처음 만났다. 딴딴하고 시커멓고 농군같이 생긴 사람이 내부의 반란이니 의식이니 하는 말을 거침없이 사용하는 시를 쓰는 것을 보고 나는 인간과 의식사이의 거리를 다시 한 번 느끼지 않을 수 없었다.
>
> 그러나 나는 그와 몇 번 만나면서 그의 생명에의 끈질긴 집념을 확인할 수 있었다. 그의 힘은 그것이 재료가 되어 쓰여지는 그의 시에서뿐만 아니고, 그의 어투, 걸음걸이, 작별, 악수, 그리고 막걸리 집에서의 서툰 농담속에 있었다. 그것은 내가 그의 「제삼광장」에서 확인한 「근엄한 목숨」과 통하는 것이었다. 그 근엄한 목숨, 뜨거운 얼굴이 그를 이끌고 다녀, 내부에 난파하지 않고 계속 반란할 수 있는 소지를 마련해 주는 모양이었다.[18]

김현은 '딴딴하고 시커멓고 농군같이 생긴 사람이 내부의 반란이니 의식이니 하는 말을 거침없이 사용하는 시'를 쓰면서 '인간과 의식사이의 거리' 좁히기를 하고 있는 손광은을 '내부에 난파하지 않고 계속 반란'한다고 간파하였다. 손광은은 "끝까지 혼자서 바로 「바르게」 살고자 하는 노력"으로 "온갖 기만과 불합리성이 판치는 우리 사회의 증세와는 너무나 떨어져"[19] 있었지만 거리로 뛰쳐나갈 용기가 없었을 뿐 그의 내면은

---

16 이성부, 「발문Ⅱ」, 『파도의 말』, 현대문학사, 1972, 126쪽.
17 손광은, 「후기」, 『파도의 말』, 현대문학사, 1972, 128쪽.
18 김현, 「발문Ⅰ」, 『파도의 말』, 현대문학사, 1972, 124쪽.
19 이성부, 「발문Ⅱ」, 『파도의 말』, 현대문학사, 1972, 127쪽.

끊임없이 현실을 직시하고 있었고 역사적로부터 시선을 거두지 않았다.

시인 손광은이 문단에 이름을 내민 1960년대는 희망과 절망이 교차하였던 시기였다. 4 · 19혁명의 환희와 기대는 1961년 5 · 16 쿠데타로 좌절과 암흑으로 기표화되고 내면화되어 갔다. 이때 그는 "생경한 목소리로 참여와 저항의 기치를 내세운 질풍노도의 시대"에도 "'내면에 있는 나의 나'를 성찰하면서 있는 그대로의 그 모습에서 한치도 벗어나지 않는 예술적 삶의 일관성을 유지"[20]하였다. 그가 4 · 19혁명을 기표화하고 의미화한 것은 "한 개인의 의식의 내부에서 자책하는 목소리"이자 "손광은만이 가능한 예술적 형상화의 방식"[21]으로 평가된다. 그는 시집 『파도의 말』로 전라남도 문화상을 수상하였는데 "현실에 대한 시의 올바른 참여는 오히려 직접적인 방법보다는 간접적인 방법"으로 "가치있는 체험으로 형상화된 인생의 의미가 내포"[22]되어 있어야 한다는 시적 논리를 높이 산 것이다. 그것을 보여주는 대표적인 시가 「보리타작」이다.

풀잎이 출렁거리듯
새로운 혁명이 부르는 흔들림,
새로운 파멸의 不正처럼
물살치는 가슴을
실한 머슴은 들여다 보면서

「여, 여, 저, 저,」

들고 치고, 살짝 놓고 치고

---

20 전정구, 「존재의 빛을 찾아서」, 『시와사람』, 2003. 가을, 193쪽.
21 전정구, 「존재의 빛을 찾아서」, 『시와사람』, 2003. 가을, 194쪽.
22 손광은, 『현대시의 논리와 현장』, 태학사, 2001, 33쪽.

소리를 만들면서
먼지가 소리를 만들면서
마을을 울리던
도리깨질을 하면서

「여 안때리고
어데 때리노
복판 때리라
가에 때리라」

도리깨질을 하면서
머슴은 머슴인 아버지를
머슴으로 길들였다.

—「보리타작」 부분[23]

「보리타작」과 같은 일련의 작품들이 읽는 사람에게 마력을 풍겨주는 까닭은 지금은 아무도 눈여겨보지 않는 그늘진 구석을 찾아내어 보여주었다는 소재의 물이성이나 토속성에만 있는 것은 아니다. 만일 작자가 시나 소설이나를 막론하고, 어떤 이색적인 소재로써 작품의 가치를 자극하거나 돋보이게 하려 한다면 그것부터가 그 작품가치의 한계를 드러내 보이는 것이 되고 말 것이다.

문학의 가치는 결코 그 소재자체가 결정하는 것이 아니고, 그 소재에다 작자 자신의 혼을 주입하는 강도와 열도의 여하가 그 가치를 좌우하게 되기 때문이다. 이 시인이 새로이 추구하고 있는 근년의 작품들에는 이 시인의

23 손광은, 『파도의 말』, 현대문학사, 1972.

잡초와 같은 질긴 생명력이 줄기차게 꿈틀거리고 있다. 이 개인의 생명의 총화 - 그것이 곧 다름 아닌 민중의 생명력이라고 할 수 있다. 한 시인이 일생을 통하여 전진하며 변모를 꾀한다는 것은 매우 어려운 일이다.[24]

그의 수작으로 평가되는 「보리타작」은 '아무도 눈여겨보지 않는 그늘진 구석을 찾아내어 보여주었다는 소재의 물이성이나 토속성에만 있는 것'이 아니라 '소재에다 작가 자신의 혼을 주입하는 강도와 열도의 여하가 그 가치'가 있고, '잡초와 같은 질긴 생명력'이 담겨있기 때문이다. "내 유년은 산과 들 헤매며/눈 닿는 산하마다 초록 빛깔 사이로/초록빛깔 펼쳐지는 초록의 보리이삭 이랑 사이로/고요처럼 푸른색으로 가라앉는"(「내유년」) 원초적 공간의 체험은 무의식적으로 신체 안에 구조화함으로써 대사회적으로 드러난 문제를 전경화하지 않고 보이지 않는 곳에 내재화된 근본적인 문제를 건드리며 시대에 눈 돌리지 않았다. 시인의 시대정신이 녹아 있는 작품에는 「全南緊急同議-全羅道보리」 등에도 잘 나타난다.

손광은이 "고향은 내 모든 삶의 원천이다. 시도 고향에 관한 시가 많다. 지금도 고향은 내 전부다"[25]라고 말하는 것도 유년의 체험들의 구조화에 풍자를 가미해온 기법이다. 따라서 손광은에게 문학적 출발을 제공한 고향은 '시인-되기'를 성공시킨 토양이었다. 고향의 풍요로운 자연과 물리적 환경은 시창작의 기초가 되었고 정신적인 중심을 균형 있게 하는 의식적 성장을 가져다주었기 때문이다.

---

24 김현승, 「서문」, 『파도의 말』, 현대문학사, 1972.
25 손광은 인터뷰(2015. 4. 10).

3. 교육자와 시인 사이, '고향-되기'

시인 손광은은 첫 시집 『파도의 말』을 낸 이후 시 창작활동을 거의 멈추었다고 해도 과언이 아니다. 그도 그럴 것이 전남대 국문과를 졸업하고 1966년부터 2년간 모교인 광주숭일고등학교 교사로 근무하였고, 1968년부터 2001년까지 전남대 국문과 교수로 재직하였으며, 1975년부터 1977년까지 일본으로 유학을 떠나 동경교육대학 대학원 문학연구과를 졸업하는 학자로서의 삶에 충실하였기 때문이다. 그래서 문학 석사학위가 2개나 되는 특별한 이력을 갖고 있다. 그뿐만이 아니라 충남대학교 대학원에서 박사학위를 받은 학문적 열정도 놓지 않았다.[26] 후학을 양성하면서도 학자로서의 자세를 고수한 것이다. 그의 학문적 성취는 『현대시의 논리와 현장』,[27] 『현대시론』,[28] 『현대시의 공간적 지평』[29] 등에 집약되어 있다. 그리고 1989년부터 2년간 시인이며 교수로 '시론'을 강의하는 사람들만 회원 자격이 있는 '한국시문학회' 회장으로 활동하였다. 1대 회장 정한모, 2대 회장은 문덕수에 이어 3대 회장이 된 것이다. 그것으로 부족하여 1996년부터 2년간 '한국언어문학회' 회장을 역임함으로써 학자로서의 위치도 굳건히 하였다. 교육자로서, 학자로서의 삶에 충실하다보니 시를 창작할 정신적인 여유가 없었던 것으로 판단되지만 그는 1987년 8월 광주문인협회 회장에 당선되어 첫 사업으로 무등산에 김현승 시비의 조성사업을 추진[30]하는 등 문단활동에 앞장선 시기이기도 하다.

---

26 손광은은 1986년 충남대학교 대학원 국문과에서 박사학위를 받았다.

27 손광은, 『현대시의 논리와 현장』, 태학사, 2001.

28 손광은, 『현대시론』, 한림, 2003.

29 손광은, 『현대시의 공간적 지평』, 한림, 2004.

30 동아일보, 1987. 8. 13.

그는 동료교수들에 대한 애정도 깊다. 특히 "이돈주 교수의 『한자학총론』은 세계성을 갖고 있는 연구인데 건강이 안 좋으니까 학술원회원이 되지 못했다"[31]고 안타까워하면서 "나는 내 마음 속 더 으슥한데까지/깊이 감춘 내 마음 밑바닥까지/햇살에 다 비춰서까지/밖으로 들어내어 할 말은 「자네를 존경하네」"(「내 마음 속을 출렁거리네-이돈주교수 정년-」)에 잘 나타나 있다. 손광은이 어떤 사람인가는 다음 글에 잘 나타난다.

> 그는 항상 남을 도우려 동분서주한다. 한마디로 그는 발이 부지런하고, 귀가 부지런하다. 그는 남의 말을 경청할 줄 안다. 그러기에 그는 자연의 내밀한 소리를 들을 수 있다. 그는 허세를 부릴 줄 모른다. 그는 그래서 자연에 대해 외경심을 가졌는지도 모른다. 그는 유머를 체득한 사람이다. 그리고 밉지 않은 허풍도 떨 줄 안다. 이 모든 것이 그의 유머감각에서 비롯된 것이리라. 그러나 그는 우리의 어려운 시대를 살아온 사람답게 정의감도 있다.[32]

위 글에서 확인되는 인간 손광은은 부지런하고 허세도 있고 유머감각도 있으며 정의로운 사람으로 정리된다. 거기에 덧붙여 "술은 취하지 않는다/다만 몸이 흔들릴 뿐……"(「술잔 앞에서」)라고 읊는 데서 막걸리를 사랑하는 애주가라는 사실도 드러난다. 술은 취하는 것이 아니라 몸이 흔들릴 뿐이라는 시인의 낭만은 「판문점」과 「휴전선」, 「철마는 달리고 싶다」를 불러내는 것도 서슴지 않고, 「영원한 젊은 넋들이여」와 「독재는 끊어라 민주에 살고 싶다」고 거침없이 노래하기를 멈추지 않는다.

그런 시를 쓸 수 있었던 단초는 "70년대 군사독재 시절에 YWCA 강당

31 손광은 인터뷰(2015. 4. 10).

32 김병욱, 「토포필리아의 시학」, 『고향 앞에 서서』, 문학세계사, 1996.

에서 내가 무슨 시국강연 비슷한 것을 할 때 그 건물 주변에 기관의 형사들이랑 이상한 사람들이 서성이는데 그 속에 대학생들의 강연 청취를 막으려 대학교의 학생과장인 그가 어정쩡한 자세로 끼어 있었다. 나를 보더니 민망한 자세로 '나 그냥 가네' 하면서 사람좋은 허탈한 웃음을 남기고 총총히 사라지는 것"[33]에서 확인된다. 당시 '학생과장'이었던 손광은이 임무수행을 형식적으로는 해치우고 '나 그냥 가네' 하면서 '사람좋은 허탈한 웃음'에서 알 수 있다. 시국강연에 동의하는 묵언은 고향공간이 내재화 되어 의미체를 이룬 결과이다.

제2시집인 『고향 앞에 서서』는 첫 시집 『파도의 말』을 1972년에 상재한 후 24년 만에 발간한 시집이다. 앞서 살폈던 것처럼 대학교수로서, 학자로서의 삶에 열정을 태우다 보니 "감당할 수 없는 유신시대 고향과 자기 내면 속에 칩거를 시도한 것이다. 그는 솔직히 시가 현실참여의 무기가 된다는 저항과 투쟁에 대해서는 사양할 수밖에 없는 시창작 태도를 '고향'에다 함축"[34]하느라 "고향과 고향 사람과 수많은 외로운 삶과 함께 있느라"[35] 더디었던 것이다.

손광은 시인의 직관에 의해 직조되는 원초적 공간에 대한 애정이 시 「고향 앞에 서서」에 잘 나타난다. 시인의 "잠재의식적인 애착은 단순히 친숙함과 편안함, 양육과 안전의 보장, 소리와 냄새에 대한 기억, 오랜 시간동안 축적되어 온 공동의 활동과 편안한 즐거움에 대한 기억"[36]으로 재현됨으로써 "천성의 시인"[37]으로 자리매김된다.

---

33 문병란, 「손광은의 시세계」, 『그림자의 빛깔』, 시와사람사, 2001, 158쪽.
34 문병란, 「손광은의 시세계」, 『그림자의 빛깔』, 시와사람사, 2001, 152쪽.
35 문병란, 「손광은의 시세계」, 『그림자의 빛깔』, 시와사람사, 2001, 154쪽.
36 이푸-투안, 구동회 · 심승희 역, 『공간과 장소』, 논형, 2005, 255쪽.
37 김동근, 「소리의 시학과 존재론적 메타포」, 『내 마음 속의 눈부신 당신』, 한림, 2006, 124쪽.

이 곳은 우리나라 맨 끝의 땅
갈두리 사자봉 땅끝에 서서
길손이여
토말의 아름다움을 노래하게

먼 섬 자락에 아슬한
어룡도 백일도 흑일도 당인도까지
장구도 보길도 노화도 한라산까지

수묵처럼 스며가는 정.
한 가슴 벅찬 마음 먼 발치로
백두에서 토말까지 손을 흔들게

수천 년 지켜 온 땅끝에 서서
수만 년 지켜 갈 땅끝에 서서
꽃밭에 바람일 듯 손을 흔들게

마음에 묻힌 생각
하늘에 바람에 띄워 보내게.

—「우리나라 땅끝-땅끝탑-」 전문

땅끝에 서서 '백두'로 '한라'로 향하는 두 개의 시선을 만나 '마음에 묻힌 생각/하늘에 바람에 띄워'보내는 화자의 목소리를 통해 "사실 통일을 염원하는 시"[38]임을 알 수 있다. 화자가 영토의 남쪽 끝자락에 있는 '한라

38 손광은 인터뷰(2015. 4. 10).

산'을 향해, 육지의 끝자락에 있는 북쪽의 '백두산'을 향해 손을 흔들어 하나 되기를 바란다. 그래서 "저 당당한 이성으로/저 당당한 야성으로/저 당당한 햇빛과 바람과 온도가 알맞게 흔들"(「자유발상법」)리면서 "서로 기대고 의지하는/벼이삭처럼 꺾이지 않는 혼으로 모"(「탑」)여야 하며, 그것이 "우리의 마음속에 둥구나무 마냥 뿌리를 튼튼히 내리"[39]기를 호소하고 있다.

그는 문학적 여정 속에서도 「광주광역시 문화예술 중장기 발전 종합계획」[40]을 수립하는데 관여하는 등 지역의 문화예술 진흥에도 열심이었다. 『광주권 문집해제』,[41] 『전남권 문집해제1』,[42] 『전남권 문집해제2』,[43] 『전남문학변천사』[44] 등에 관여하면서 지역문화 발전을 위한 노력을 아끼지 않았다. 그의 역할은 시인과 교육자의 삶에 머물지 않았던 것이다. 1993년부터 1997년까지 광주광역시 교육청 공직자 윤리위원회 위원으로, 1994년부터 2001년까지 전라남도 선거관리위원회 위원으로 활동하면서 문학 외적인 활동으로 지역에 봉사하는 것도 잊지 않았다. 그러다 보니 첫 시집 『파도의 말』을 낸 후 24년 만에 낸 시집이 『고향 앞에 서서』였고, 그로부터 5년 만에 낸 세 번째 시집은 그가 "장구치고 불치고 하늘치고 북치듯, 내 마음 뛰노는 끼를 담아 보이면서도 내 마음의 영원한 무엇을 찾"아서 쓴 시들을 묶은 『그림자의 빛깔』이었다.

두 권의 시집 『고향 앞에 서서』와 『그림자의 빛깔』에 실린 시들은 원초적 공간인 고향을 노래하는데 집중함으로써 고향을 호명하는데 게으

---

39 김병욱, 「토포필리아의 시학」, 『고향 앞에 서서』, 문학세계사, 108쪽.

40 「광주광역시 문화예술 중장기 발전 종합 계획」은 1991년과 1997년, 두 차례에 걸쳐 수립하였다.

41 『광주권 문집해제』, 광주직할시, 1992.

42 『전남권 문집해제1』, 전라남도, 1997.

43 『전남권 문집해제2』, 전남대인문과학연구소, 1997.

44 전남문학백견사업추진위원회, 『전남문학변천사』, 1997.

르지 않은 '고향-되기'로 승화시켰다. 그는 전남대학교 국문과에 입학해서 전남대 국문과 교수로 정년퇴임하기까지 45년의 시간을 전남대학교 교정에 머물렀다. 그는 "시인이자, 교육자이며, 지역문화계의 여러 자리에서 종사해온 원로 지도자"로 "시 쓰는 일과 대학 강단에서 학문을 교수하는 두 가지를 아우르기란 그다지 쉽지 않"[45]았을 것이지만 그럼에도 불구하고 소임을 다하여 2001년 옥조근정훈장을 받았다. 정년퇴임은 그의 시가 고향에서 머물지 않고 남도 전체로 확대하여 민속에 천착하게 되는 출발점이 된다.

4. 남도의 민속, '아카이브화-하기'

시인 손광은으로 가장 활발하게 시 창작활동을 한 것은 전남대학교 국어국문학과 교수로 정년퇴임을 한 이후라고 할 수 있다. 정년퇴임 후에 낸 시집이 『내 마음 속에 눈부신 당신』, 『땅을 딛고 해가 뜬다』, 『민속의 숨결 신명을 풀어라』 등 3권이고 보면 정년퇴직 후 시 창작활동은 눈부실 정도로 정열적이다. 그럴 수밖에 없는 것은 광주전남의 역사적인 현장을 두루 체험하면서 그것을 시로 승화시켜 나가는 노력은 남도에 대한 사랑과 역사의식에서 비롯된 것이다. 그래서 광주전남의 역사적 현장마다 그의 시가 금석문으로 새겨지게 된 것이다.

그의 첫 시비가 된 1987년 해남 땅끝의 「우리나라 땅끝」을 시작으로, 전남 담양군 월산면 용흥리 바심재에 있는 1949년 2월 순국 희생자 34명의 기상과 숭고한 넋을 받들어 구국정신을 횃불로 빛나게 하는 「바심재 충혼탑」, 그리고 「보성소리-송계 정응민 선생 예적비」와 1993년에 광역

45 문병란, 「손광은의 시세계」, 『그림자의 빛깔』, 시와사람사, 2001, 136쪽.

시 남구 칠석동 고싸움 전수회관 앞에 세워진 「고싸움놀이 기념비」, 1999년 12월에 전남대 정문 앞에 세워진 「독재는 끊어라 민주에 살고 싶다」 등 금석문에 새겨진 시비만 35개에 달한다. 그의 역사적 현장을 꿰뚫어보는 심미적 혜안과 감화를 일으키는 시어를 조탁하는 능력은 제4 시집 『땅을 딛고 해가 뜬다』로 집약된다. 시집 『땅을 딛고 해가 뜬다』에는 1970년 2월 14일부터 16일까지 서울예총회관에서 「영랑 · 용아 시비 건립을 위한 시화전」을 열었던 시와 그림 30편을 포함한 작품과 「고색 초가에서-오지호 화백」 등의 헌시 30여 편이 실려 있다.

손광은이 끊임없이 천작하고 지향하고 있는 세계가 태생적으로 갖고 있는 원초적 공간에 대한 애착이다. 거기서 비롯된 장소애, 그 장소애는 "몸은 습관화를 통해 기억을 안정시키고 정열의 힘을 통해 그것을 강화한다. 기억의 육체적 성분으로서의 격정"[46]과 만나 '민속'으로 옮겨졌다. 그런 점에서 손광은 시의 민속은 "집단적 망각의 단계를 넘어 기억을 확인하고 보존할 수 있는 곳"[47]으로 또 하나의 장소가 된다. 그는 민속이라는 "장소에 이름을 붙임으로써 인간에 의해 파악된 장소의 질에 의해서 그리고 인류의 필요에 더 잘 부응하도록 장소를 개조함으로써 지리적 공간은 인간화된 특정 문화의 의미 있는 공간"[48]으로 재탄생시켰다. "수천 년 동안 이어져온 민족의 삶이자 놀이이며 정서인 민속놀이를, 현대시로 재구성한 최초의 집대성이자 민족정서의 총화"[49]인 여섯 번째 시집 『민속의 숨결 신명을 풀어라』이다.

---

46 알라이다 아스만, 변학수 · 채연숙 역, 『기억의 공간』, 그린비, 2011, 24쪽.
47 알라이다 아스만, 변학수 · 채연숙 역, 『기억의 공간』, 그린비, 2011, 25쪽.
48 이푸-투안, 구동회 · 심승희 역, 『공간과 장소』, 논형, 2005, 54쪽.
49 이성부, 「현대시에 보태는 오랜 겨레의 숨결」, 『민속의 숨결 신명을 풀어라』, 한림, 2010, 183쪽.

고싸움이 패기 넘친 악착같은 놀이라는 것은 이미 알려져 있다. 정월 16일 시작된 놀이가 진편이 도전하면 재차 붙고 하여 스무날까지 계속되다가 그래도 승패가 나지 않을 때에는 2월 초하룻날 고를 풀어 줄을 만들고 이 줄을 당겨 승패를 가리고 만다. …(중략)… 그러므로 호남 지방의 대표적인 편싸움 놀이들은 악착같은 끈질긴 투지와 일사불란한 통제력 밑에 협동심을 바탕으로 한 패기와 충천하는 승벽심을 필수 요건으로 한다. 한 마디로 말해서 징한 기질이 바탕이 된 징한 놀이이다.[50]

위의 고싸움놀이에 대한 설명에서 드러나듯이 '악착같은 놀이', '징한 놀이'인 고싸움놀이는 '끈질긴 투지와 일사불란한 통제력 밑에 협동심을 바탕으로 한 패기와 충천하는 승벽심이 필수 요건'인바 손광은은 고싸움 놀이를 다음과 같이 승화시켜 노래한다.

설레는 마음끼리
흥을 잡고 노는 온 마을은
소리소리 술렁이고
맑은 소리 눈빛끼리 엉켜 나갔다.

깽매 깽매 깽매깽
깨갱 깽매 깽매깽
고를 대고 맞대고
띄를 대고 떨어져
쿵덕 쿵덕 나가고
울긋불긋 휘어져 동구 밖을 나갔다.

---

50 지춘상, 「남도문화특질론」, 『대학국어』, 전남대학교출판부, 1995.

고를 대고 맞대고
다시 대고 맞대는 앙가슴 숨소리
가득 가득 나가고 징소리 북소리
바람치고 북치고 하늘치고 북치고
얼룩진 마음까지 가득 씻어 나갔다.

소구 장구 옆으로 돌고
벅구잡이 밖으로 돌아
살 재미가 넉넉한 웃음으로 풀면서
웃음의 뿌리가 보일 때까지
풍요로운 웃음을 외쳐 불렀다.

—「고싸움놀이 기념비-고싸움놀이」 전문[51]

"지춘상 교수는 민속을 조사할 때마다 데리고 다녀서 많이 체험했다. 고싸움 시도 현장을 보고 쓴 시다."[52]라고 밝히고 있듯이 그가 민속을 소재로 쓴 시는 체험에 바탕하고 있다. 민속은 역사성과 예술성뿐만 아니라 향토성을 반영하고 있다는 점에서 손광은의 문학적 여정은 '잡초와 같은 질긴 생명력'에 기반해 예술성으로 역사를 시적으로 승화해 온 여정이다. 그의 시적 상상력은 민속을 소재로 하였다고 하더라도 민속의 의미를 드러내는 바탕은 내적 심상에 있다. 그 심상이 민속 혹은 사물을 비추는 거울이자, 동시에 의미 없는 것의 의미화를 가능하게 한 것이다.

그의 민속에 대한 집념은 2008년 12월 5일부터 28일까지 광주민속박물관에서 「사진과 시로 엮은 남도의 민속문화」 기획전으로 이어졌다. 이

51 손광은, 『땅을 딛고 해가 뜬다』, 한림, 2007.
52 손광은 인터뷰(2015. 4. 10).

기획전은 구수하고 정감어린 토속어로 풀러낸 시인 손광은의 창작 민속시와 사진작가이자 남구문화원장인 이종일이 1970년대부터 1990년대에 걸쳐 30여 년 동안 지역의 생생한 민속문화의 현장을 촬영한 사진이 어우러진 합작전시회로 성황을 이뤘다.[53] 1부는 「신명과 화합의 한마당- 민속놀이」로 「강강술래」 등 27편, 2부는 「사라져가는 옛 모습과 정취-세시풍속」으로 「증심사 연등」 등 28편이 전시됨으로써 민속의 현장이 되게 하였다. 그의 민속에 대한 사랑은 결국 "장소는 정감어린 기록의 저장고이며 현대에 영감을 주는 찬란한 업적이다. 또한 장소는 영속적이며, 그리하여 자신의 연약함을 알고 어디에서나 우연과 변화를 느끼는 사람들을 안심시켜"[54] 정서적인 울림을 준다.

옛 민족의 삶의 세계에서 조용히 숨 쉬고 있음을 느끼게 하고 싶다. 삶과 죽음이 별개의 것이 아니라 낮과 밤 시간의 추이에 따라 우리 의식 속에 떠오르는 현상의 양면성으로 보고 싶었다.

농민들의 숙명적인 삶은 민속 문화였다. 민속이 누대에 걸쳐서 지속 전승되는 생활양식이라고 규정할 때 전통처럼 문화의 원형이다. 민속은 생활문화예술이다. 지식의 세계가 아니라 감성의 세계다. 지식사회는 한정된 지역 지구를 맴돌지만 감성의 세계는 상상력으로 우주를 누빈다. 원초적 삶의 가치가 스며있는 신비한 곳이다.

오랫동안 형성 축적된 민속은 삶의 양식이다. 민속은 시대에 따라 변화되어 오지만 불변의 가치는 그대로 전통적이다. 삶의 의미와 긴밀성이 없으면 생명력도 잃고 말까봐서 소재인 남도 민속문화를 서정시의 새로운 비전을 창조적으로 변형코자 했다.[55]

---

53 고선주, 「사진과 시로 만나는 남도 민속문화」, 〈아시아경제〉, 2008. 12. 4.
54 이푸-투안, 구동회 · 심승희 역, 『공간과 장소』, 논형, 2005, 247쪽.

민속시를 쓴 손광은의 의도대로 '원초적 삶의 가치가 스며있는 신비한 곳'이 바로 민속이요, 민속은 '민족 문화의 원형'임을 간파하여 쓴 일련의 시들은 잊힌, 혹은 잊고 있는 우리들의 잠든 정신세계를 일깨우고 있다. 그래서 그는 "모든 가치가 물질에 깔려 납작하게 사라질 뻔한 민속의 숨결에서 슬픔과 고독이 꿈틀거린 겨레의 숨소리를 엿듣고 곁에 가까이 가서 흥청거리지 않고, 뛰어들지 않고, 신명이 들어 고정된 지평이 아닌 자유의 지평에서 도덕과 자유와 예술이 하나일 꺼라 믿으면서 잃어버릴 뻔한 옛 삶의 향수, 민속적 삶의 성찰"[56]이라고 말하는 것이다. 그것은 "내 시만은 개념에 머물지 않겠으며, 언제나 주입된 노력과 나의 반란에 승화가 「그노시스」의 시간을 믿고 그 지, 그 미, 그 진실과 성실을 섬기는데 오랜 시간을 보낸"[57] 결과이다.

손광은은 등단하면서 약속했던 초심을 지키며 '眞實(詩)하게 사는 날까지 내게주신 榮光의 座席(素材)을 바꿀(技法)것이며, 많은 사람(思想)들을 만날 것이며, 많은 음성(個性)을 들려주겠으며, 많은 반란(感化)'을 일으키고 있다. 그 반란은 결국 지역문화 예술의 시적 승화로 발현되어 『민속의 숨결 신명을 풀어라』에 집약되어 있다. 민속은 단순히 소재적 차원이 아니라 "웃으며 우는 시인"[58]의 내면 정서, 그리고 "힘없고 가난하고 천대받았던 이 땅 대다수 민중들의 한과 원망과 소박한 삶을 담아낸 노래"[59]로서 "손광은류의 서정시"[60]가 되었다. 그의 시는 민속의 아카이브만이 아니라 남도정서의 아카이브이다. 그럼으로써 그의 시적 여정의 많은

---

55 손광은, 「한국 현대 어디로 갈 것인가?-짧은 시론-」, 『강의자료집』, 2015.

56 손광은, 「자서」, 『민속의 숨결 신명을 풀어라』, 한림, 2010.

57 손광은, 「천료소감」, 『현대문학』, 현대문학사, 1964. 12, 55쪽.

58 김병욱, 「토포필리아의 시학」, 『고향 앞에 서서』, 문학세계사, 1996, 113쪽.

59 이성부, 「현대시에 보태는 오랜 겨레의 숨결」, 『민속의 숨결 신명을 풀어라』, 한림, 2010, 184쪽.

60 김병욱, 「「토포필리아의 시학」, 『고향 앞에 서서』, 문학세계사, 1996, 117쪽.

부분은 남도 민속의 '아카이브-하기'였다고 할 수 있다. 그는 지금도 "1주일에 꼭 1편씩 시를 쓰고 있"으며, 김현승기념사업회 회장으로, 임방울국악진흥회의 상임이사, 서재필기념사업회 부이사장으로, 『문학춘추』 주간으로, 한국현대시인협회 회원이자 고문으로 활동하고 있다.

5. 결론

등단 50년을 맞은 손광은의 문학적 생애는 고향에 대한 애착을 남도 민속으로 승화시켜온 여정이었다. 그가 등단한 1960년대의 시대정신을 표면으로 드러내기보다는 내면화하는 과정을 거치면서 시대에 눈돌린 작가라는 일부의 평을 일거에 수거하고, 교육자로서 삶도 게을리 하지 않았던 시인 손광은의 문학적 생애를 조명하고자 하였다.

손광은에게 문학적 출발을 제공한 곳은 고향이고, 광주는 그가 시인의 꿈을 구체화한 곳이다. 작품에 대한 평가를 하지 않고 커피만 끓여준 김현승이 『현대문학』에 추천완료 하여 등단한 것이 1965년으로 5년 동안 『현대문학』에 투고한 결과 3편이 추천됨으로써 손광은의 시인-되기는 실현되었다. '시인-되기'를 성공시킨 토양인 고향의 풍요로운 자연과 물리적 환경은 시창작의 기초가 되었고 사회 정치적 조건에서도 균형을 잡게 한 동력이 되어 시인-되기에 성공한 것이다.

시인 손광은보다는 전남대학교 국문과 교수로, 학문을 연구하는 학자로, 지역문화발전에 헌신하는 시간이 많아진 이 시기에는 지역문화 발전을 위한 활동으로 지역에 봉사하였다. 시창작은 활발하지 못했지만 『영도』 동인으로, 그리고 『원탁시』 동인을 창간하여 활동하면서원초적 공간인 고향을 노래하는데 집중함으로써 '고향-되기'를 구체화하였다.

그의 문학적 생애 중 가장 활발하고 역동적인 창작활동은 '민속'을 소재로 한 시에 역량을 집중하면서 남도 민속에 녹아있는 정서를 승화시켜 나간 정년퇴임을 이후다. 그의 '민속'은 토속적이고 한국적인 것의 발견이자, 남도 민속의 아카이브-하기였다. 이것은 남도정신의 아카이브화이기도 하다. 고향인 전남 보성군 노동면민회와 노동초등학교 동창들은 그의 생가터에 시비 「보리타작」을 세워 시적 여정에 힘을 보탠 것은 시인-되기를 통해 지역문화예술의 발전에 힘을 보태고 있는 지금의 문학적 활동에 대한 격려인 셈이다.

손광은은 시인이자 학자이자 교육자, 그리고 지역문화 예술계의 산증인으로 활동영역이 넓다. 다양한 스펙트럼을 가지고 있기 때문에 향후 개별적인 연구가 진행된다면 시인 손광은 뿐만 아니라 지역의 문화예술 발전을 위해 헌신했던 존재의 의미 등도 규명될 것이다.

참고문헌

고선주, 「사진과 시로 만나는 남도 민속문화」, 〈아시아경제〉, 2008. 12. 4.
김동근, 「'소리'의 시학과 존재론적 메타포」, 『문학춘추』 47, 2004. 5.
김병욱, 「도포필리아의 시학」, 『고향 앞에 서서』, 문학세계사, 1996.
김병욱, 「강을 흘러야 강이다」, 『민속의 숨결 신명을 풀어라』, 한림, 2010.
김재홍, 「동인지운동의 변천- 동인지운동의 면모와 그 약사」, 『심상』, 1975. 8.
김 현, 「발문1」, 『파도의 말』, 현대문학사, 1972.
김현승, 「서문」, 『파도의 말』, 현대문학사, 1972.
문병란, 「손광은의 시세계」, 『문학춘추』 47, 2004. 5.
문병란, 「살아 움직이는 현장 시집」, 『땅을 딛고 해가 뜬다』, 한림, 2007.
손광은, 『파도의 말』, 현대문학사, 1972.
손광은, 『고향 앞에 서서』, 문학세계사, 1996.
손광은, 『그림자의 빛깔』, 시와사람사, 2001.
손광은, 『현대시의 논리와 현장』, 태학사, 2001.
손광은, 『현대시론』, 한림, 2003.
손광은, 『현대시의 공간적 지평』, 한림, 2004.
손광은, 『내 마음 속에 눈부신 당신』, 한림, 2006.
손광은, 『땅을 딛고 해가 뜬다』, 한림, 2007.
손광은, 『민속의 숨결 신명을 풀어라』, 한림, 2010.
알라이다 아스만, 변학수·채연숙 역, 『기억의 공간』, 그린비, 2011.
이성부, 「발문2」, 『파도의 말』, 현대문학사, 1972.
이성부, 「현대시에 보태는 오랜 겨레의 숨결」, 『민속의 숨결 신명을 풀어라』, 한림, 2010.
이푸-투안, 구동회·심승희 역, 『공간과 장소』, 논형, 2005.
장백일, 「다시 회상해 보는 영도동인회」, 『광주전남 문학동인사』, 한림, 2005.
전정구, 「존재의 빛을 찾아서」, 『시와사람』 가을, 2003.
지춘상, 「남도문화특질론」, 『대학국어』, 전남대학교출판부, 1995.

손광은의 詩世界

문병란

1.

세월을 이길 장자는 없다. 항상 사람 좋은 얼굴을 하고 그의 머리 위에 봄바람이 살랑거리던 노정(蘆汀) 손광은(孫光殷)도 어느덧 이순을 맞아 60대 중반을 훌쩍 넘기고 대학 강단에서 정년을 맞이하게 되었다.

그가 금년 8월 말로 끝을 맺는 정년식에 찾아오는 벗들에게 선사할 예정이라고 그동안 여기저기 발표한 시고 뭉치를 내게 보내왔을 때 그 사이 스쳐간 세월의 무상감에 잠깐 애수를 금치 못하였다. 낙천가도 비관주의자도 결국 늙고 모든 자리에서 물러나는 시간이 오는 것이다. 한두 해 연상인 나는 이미 1년 전 교단을 물러난 터라 호형호제 막역했던 우정의 결실삼아 그의 정년기념 시집의 발문을 쓰면서 아울러 그의 40년 걸어온 외길 시업의 발자취를 일별해 볼 심산으로 펜을 들었다.

손광은 그는 시인이자 교육자이며 이 고장 문화계의 여러 자리에서 종사해온 원로 지도자이다. 시 쓰는 일과 대학 강단에서 학문을 교수하는 두 가지를 아우르기란 그다지 쉽지가 않다. 가인으로서 시는 풍류에 가깝고 그것이 '끼'가 있고 하는 예술이지만 대학 강단의 교수는 학문의 세계로서 아카데미즘의 영역이다. 시에 심취하면 학문이 덜하고 학문에 열중하다 보면 그 끼가 죽어버린다. 그러니 두 가지의 접합이나 융합은 그다지 용이치 않다. 그 삶의 무게가 교수 쪽에 기우는가 시인 쪽에 기우는가.

손광은은 교단과 시단을 아우르면서 지금까지 두 권의 시집을 펴냈고 금번 정년기념 시집까지 40여 년 동안의 업으로 세 권의 시집을 펴내는 셈이다. 과작 타입은 아닌데 그의 게으름 탓이거나 겸손에서 연유된 것 같다. 『파도의 말』(현대문학사, 1972. 4), 『고향 앞에 서서』(문학세계사, 1996. 9), 그리고 금년 펴내려는 『그림자의 빛깔』(시와사람사) 정년기념 시집(2001. 3)이 그 시업의 중간 결산이 되는 셈이다. 교단을 정리하고 이제부터 시작에만 전념할 수 있는 새로운 출발의 의미로 보고 그의 시세계와 과거와 현재, 그리고 내일의 전망을 조언해 보는 것도 동도를 걸어온 벗으로서 걸맞는 역할이라 여겨 그 의의가 한층 흥겹다.

그는 『현대문학』지에 다형(茶兄) 김현승(金顯承) 시인의 지도와 추천을 받아 문단에 등단하였다. 「제3광장」(91호, 1962년 7월), 「산책」(107호, 1963년 1월), 「나의 반란」(120호, 1964년 12월)이 그것이다. 등단과정을 보면 1962~64년 3년 걸려 터덕거리지 않고 그 재능이 전광석화격으로 빛났음을 알 수 있다.

그의 성장을 돕고 지도하고 시단에 내보낸 김현승 시인께서 얹어준 첫 시집 『파도의 말』 서문에 의하면 그 경위나 손광은의 산뜻한 시적 출발을 익히 알 수 있다.

"10년 전 현대문학에 추천 형식을 통하여 처음으로 시단에 얼굴을 보였을 때 손광은 군의 시의 특징을 한 마디로 요약하면 '생명의 자기 정립에 대한 강렬한 추구'라고 할 수 있다. 그리고 그 강렬은 분방하기 보다는 절도 있는 지적 뒷받침으로 언제나 상당한 안정을 유지하여 앞날을 촉망하게 하였다."

「제3광장」, 「산책」, 「나의 반란」 등으로 시단에 내보낸 다형의 이 말은 그가 충분한 역량을 발휘하여 촉망과 기대가 실려 있었음을 말해주고 있다.

그러나 3년 간 진을 다 빼버린 힘겨운 추천과정이 끝나면 그 긴장이 풀리면서 다소의 공백기가 오기 마련인데 손광은의 경우도 숨고를 기회가 필요했던 것 같다. 그 공백에 대한 다형을 꾸지람에서 그것을 엿볼 수 있다.

"그 후 7, 8년 동안 손 군의 시적 행로에는 기복이 무상하여 성공한 작품의 수는 결코 실패한 작품 수보다 많지 않았으나 그 성공한 작품들도 데뷔 당시의 작품들을 뛰어넘어 앞으로 보다 활기있게 나아가는 것들은 솔직히 말하여 아니었다. 그러한 시인이 근년에 이르러 이 시집에서 보는 바와 같이 「보리타작」, 「직녀도」와 같은 눈부시게 하는 작품들을 써놓았다. 이러한 작품들은 초기의 지적 취향과는 자못 다르면서도 이 시인의 그 동안의 꾸준한 노력의 결실을 갑자기 눈앞에 보여주는 생명력 있는 작품들이다."

젊은 시학도를 문단에 내보내놓고 7, 8년 더 눈여겨 본 다음 추천 당시의 작품을 능가하는 쾌작이 나오자 비로소 자기의 추천이 오심이 아니었음을 안도해 하는 그 스승의 조심성 깊은 관찰이 역력히 나타나 있다. 그러니까 손광은은 「보리타작」이란 작품에서 비로소 김현승을 떠나는, 이유기 선언의 작품으로서 자기 세계 구축이 완료된 진짜 시인으로 거듭나 보무도 당당히 자기 시세계를 걷기 시작했음을 알 수 있다.

「제3광장」, 「산책」, 「나의 반란」의 등단시기 '지적 취향과 자기 정립의 강렬한 생명감의 추구'에서 후자 쪽을 발전 확산시킨 「보리타작」, 「직녀도」 그것을 다시 대면적 역동의 세계로 상승 고무시킨 「파도의 말」로 이어지는 일련의 작품 창작 발자취는 가위 눈부신 시적 완숙을 대하기에 족하다.

그의 등단시기 추천작품을 보면 우선 제목부터 온건한 서정시의 감상

취향과는 달리 매우 지적이며 파격미까지 보이는 대담성이 엿보인다. 「제3광장」이니 「나의 반란」은 나름대로 실험성과 신선미가 돋보인다. 「산책」이란 제목은 앞의 두 편보다는 기존의 시인들이 손댔음직한 소재지만 그 시적 전개는 역시 온건한 재래적 서정주의는 아니다.

감촉이 조금씩 미쳐가는
오후.
풍성한 음악, 그리고
술.

박수가 남아 있는 오후 한 때,
투덜대고
날름거리는 허다한 사건들 사이,
내가 몰림을 당하고 있을 때……
—이성이 밀려 간다
—공허가 밀려 간다.

—「산책」의 2, 3연

이 부분적 인용 속에서도 그의 산책이 바람 쐬는 여가의 소요가 아니라, 자기 추구를 위한 치열한 내면적 탐구를 상징하고 있음을 알 수 있다. 이러한 시적 취향과 자기 정립에 대한 강렬한 탐구 정신이 다형의 눈에 들었을 것이다.

—나는 떠나가리.
—푸른 뿌리 밑의 물면 밖으로.

한참은 귀납적인 나를 잃을 수도 있을
저 쪽을 지나
누군가 나의 밖과 안을, 지금 지나간
소문이 떠돌라치면
나는 분별도 없이 달려가리.

—「나의 반란」의 1, 2연

대뜸 허두에 "—나는 떠나가리"를 내세워 그의 반란은 시작된다. 그의 반란은 과거의 인습과 타성, 진부한 일상과의 결별을 통한 자기 혁명의 시도임이 분명하다.

어제는 꽃내음 타고, 어리고 숫된
숨결이
흘러 나리는 소리결 꽃무늬……
오늘은
외어진 길목에서
불씨 남은 심지를 돋구는데
아,
선지피 묻은 4월의 옷자락같이
발돋움하는
뜨거운 얼굴이여
활활 타는 목숨이여
근엄한 목숨이여.

—「제3광장 2-불꽃」의 끝부분

이 인용 부분 역시 그 불꽃이 강렬한 생명 추구의 상징성을 띠고 있다.

'불씨 남은 심지', '선지피 묻은 4월의 옷자락', '뜨거운 얼굴', '활활 타는 목숨' 등의 메타포는 모두 치열한 생명 의식이 절도 있는 지적 균형감에 의해 안정감을 유지하고 있다. 3편 모두 깐깐한 언어선택과 적절한 행과 연의 운행으로 안정감 있는 형태미를 형성했고 감상이 제거된 정서적 건강성이 돋보인다. 20대에 빠지기 쉬운 감상주의나 탐미성을 극복했고 진부한 서정의 색동옷 입히기도 그는 거부하고 있다. 추천자의 호감과 문단에 등단시킨 그 선택의 이유가 이 작품들이 입증한다 하겠다.

그러나 세월이 격한 뒤 나이가 든 친구로서 또 과거의 시를 읽는 독자로서, 추천작이 대표작이고 출세작이라는 통념에도 불구하고 그 시제가 가지고 있는 크기나 매력과는 달리 지나친 지적 절제 때문인지 유연성이나 흥취가 부족하고 손광은 시인 특유의 '멋'과 '끼'가 적절한 윤활유 구실을 하고 있지 않다. 또 추천자의 취향이지만 꽤 난해하기까지 하다. 다른 사람은 도중하차도 잘 시키고 4년 넘게 골탕도 멕이던 다형이 3년 연속 선뜻 문단에 내보낸 그 시재 인정의 쾌속도 다음에 「보리타작」과 「직녀도」가 이어지지 않았다면 그 시적 무게가 어떠했을 것인가 군더더기 말을 붙여본 것이다. 그만큼 이 두 편의 작품이 추천 당시의 작품보다 손광은 특유의 풍류와 멋 그 인간미가 절절이 묻어나리는 투박한 향토성으로 하여 훨씬 손광은의 체취가 풍겨난다.

> 소가 웃는다.
> 소가 웃는다.
> 소리없이 웃는다.
> 보리가리 백만섬, 그 큰 기쁨을
> 파면서
> 소가 외친다.
> …(중략)…

밭이 웃는다.
밭에는 마음의 물결이
일지않는 탓으로
밭고랑을 따라 이랑을 따라
부스럭 부스럭
흙이 웃는다.

간지럼을 타고…

보리가 웃는다.
전라도 보리가 웃는다.

—「전라도 보리」의 전반부

거침없는 시행의 활달한 윤행도 그렇거니와 전라도 특유의 풍류와 멋이 묻어나고 소와 흙의 웃음 속에 손시인의 인간미와 그 모습이 저절로 떠오른다. 이 전라도 보리에 대한 애착이 한층 차원을 높여 그 대표적 수작으로 창작된 것이 그의 일생일대의 대표작으로 꼽아 조금도 손색이 없을 「보리타작」의 출현을 보게 된 것이다. 이 작품에 대해선 손광은 시인을 문단에 내 보낸 다형이 서문에서 '특평'을 하였다.

"「보리타작」과 같은 일련의 작품들이 읽는 사람에게 매력을 풍겨주는 까닭은 지금은 아무도 눈여겨보지 않는 그늘진 구석을 찾아내어 보여 주었다는 소재의 특이성이나 토속성에만 있는 것이 아니다. 만일 작자가 시나 소설이나를 막론하고, 어떤 이색적인 소재로써 작품의 진가를 자극하거나 돋보이게 하려한다면 그것부터가 그 작품 가치의 한계를 드러내 보이는 것이 되고 말 것이다. 문학의 가치는 결코 그 소재 자체가 결정하는 것이 아니고, 그 소재에다 작자 자신의 혼을 주입하는 강도와 열도의 여하가 그 가치를 좌우하기 때문이다. 이 시인이 새로이 추구하고 있는 근년의 작품들에는 이 시인의 잡초와 같은 질긴 생명력이 줄기차게 꿈틀거리고 있다. 이 개인의 생명의 총화—그것이 곧 다름 아닌 민족의 생명력이다—" 『파도의 말』 서문에서 김현승 시인은 이 「보리타작」을 두고 '잡초와 같은 질긴 생명력이 줄기차게 꿈틀거리고 있다.'고 격찬을 아끼지 않고 있다.

어릴 적 머슴인 내 아버지는
마당 복판에 무더위를 불러들인
보릿단을 놓아둔다.
까실까실한 사슬이 매달린 보리,
단정히 부수지 않고
손가락을 대본다.
실한 머슴은 곁에 있는
農酒를 마시며
푸른 보리를 생각한다.

풀잎 같은 풀잎이었다가
풀잎 같은 보리였다가
풀잎 같은 보리국물을
겨울에는 마시며,
지금은 풀잎 같이
意識을 일으켜
秘密의 構造를 갖고 누렇게 살아 있는,
보리를 술잔에 비쳐보곤 히죽이 웃으며,

「여 때리라
　저 때리라」

거만스럽게 삐걱이며
도리깨질을 하면서
잠 깊은 누런 이마를
후려친다. 후려쳐……

서성이는 어머니
빗자루를 치켜들고
왔다, 갔다,
튀어나는 보리알을 쓸면서
신비로운 내 시선 사이로 지나간다.
큰물소리가 지나간다.
곁에 가던 먼지가
불타듯 연기되어 깔리면서
대낮이 무너진다.
모든 것이 지나가며 무너진다.

—「보리타작」 전반부 1~5연

한 점의 감상이나 이데올로기적 목적의식이 깔려 있지 않은 건강한 생활 풍속도를 소재로 가져다가 노동 그 자체의 역동적인 생명감이 팔팔하게 살아 움직이는 언어로 형상화되었다. '아름다움'이 무엇이냐고 물을 때 그것은 '진실'이라고 말한 사람이 있지만 나는 그 일부를 바꾸어서 아름다움이란 힘, 즉 '생명감'이라고 말하고 싶다. 그 미의 주체인 머슴인 아버지는 알통 밴 건강한 팔뚝에 도리깨를 매고 마당 한복판에 불러들인 무더위, 까실까실한 사슬이 매달린 보릿단과 마주선다. 적을 향한 돌격 자세가 아니다. 한없이 오지고 사랑스런 자식이나 아내를 향한 애정이듯 때리는 그 자체 속에 야릇한 생명의 교감까지 느낀다. 워즈워드가 말한 'Poetry is the spontaneous overflow of powerfull feeling' 그 정의 그대로 절박한 감정의 자연적 발로 그대로의 건강한 힘의 미학이 주조를 이룬다. '까실까실하다'는 독특한 감각어나 '푸른보리'의 싱싱함, '풀잎'을 5번이나 반복하는 음성의 음악적 효과, 조금도 눈치 보지 않는 자연스런 행간의 윤행이 전통적 율조의 활용을 통한 내재율의 빼어난 음악성을 보여 준다. 뿐만 아니라, '때린다'의 동사가 지닌 강력한 생명감과 함께 그 쾌감은 이 시를 생동감 있게 만든다. 굳이 심층에 쌓인 강박관념의 표상으로써 어떤 저항의지나 혁명에의 상징성을 끌어다 붙이지 않아도 '때려라'의 반복이 주는 쾌감이 매우 통쾌하다. 이 때린다를 받아오는 '후려친다'의 역동감을 통해 제왕같이 거만한 머슴인 아버지와 동격의 화자인 자신의 일체감 속에서 도리깨질의 그 쾌감에 감정이입되고 있다. 여기에 다시 등장하는 어머니, 그는 빗자루를 치켜들고 튀어나오는 보리알을 쓸면서 신비로운 자기 시선 사이로 지나간다. 큰 물소리가 지나가고 대낮이 무너져 내리는 것이다. 농악이 나 판소리의 절정에서 맛보는 어떤 '신명'같은 무아경의 액스타시(axtacy)같은 희열감이 출렁거린다.

풀잎이 출렁거리듯
새로운 혁명이 부르는 흔들림,
새로운 파멸의 不正처럼
물살지는 가슴을
실한 머슴은 들여다보면서

「여, 여, 저, 저,」

들고 치고, 살짝 놓고 치고
소리를 만들면서
먼지가 소리를 만들면서
마을을 울리던
도리깨질을 하면서

「여 안 때리고
어데 때리노
복판 때리라
가에 때리라」

도리깨질을 하면서
머슴은 머슴인 아버지를
머슴으로 길들였다.

—「보리타작」의 끝부분

휘모리장단에 맞추어 넘어가는 판소리 육자배기 어느 가락을 연상시키는 감정의 폭포수가 일진광풍에 쏟아지는 소나기의 시원함 같은 감동을 불러일으킨다. 그가 국악에도 일가견이 있고 대가 조상현 명창과 동향임을 곧잘 자랑하고 목로판의 젓가락 장단의 대가임을 뽐내는 연유를 이 시의 숨어있는 비밀로 연상해도 무방할 것 같다. 구태여 건강하고 힘있고 아름다운 이 시를 70년대 유신시대의 암울함과 연결할 필요가 있으랴. 다형이 지적한 잡초와 같은 질긴 생명력의 아름다움 그 자체의 순수성이 더 돋보이는 시이다.

내 여자가

물굽이 휘어 흐른
강언덕에 앉아
무슨 비밀을 가슴에 짜다가
햇살을 따라
창변으로 베틀을 놓아둔다.
고조선 창호지 문처럼
갈대로 얽힌 그물 방.

이 방 벽들의 복판에
베틀을 놓아
머언 산 햇살이 묻어오도록
베를 짠다.

—「직녀도」의 1~2연

견우와 직녀의 전설에서 취한 소재지만 그 설화와는 전혀 무관하게 아름다운 조선 아가씨 직녀의 베 짜는 그 비밀한 연정을 가장 아름다운 조선어로 그림 속의 시, 시 속의 그림 같은 회화성이 풍부한 연가, 아니 역시 「보리타작」의 남성미와 대조되는 섬세한 여성미의 극치가 담긴 노동시를 형상화했다.

거울이 내 얼굴을 비춰보듯
내 마음이 내 비밀을 비춰보듯
날과 올 사이 지나가는
〈북〉소리로 하여
햇살을 부수며 에워오는 베를 짠다.

—「직녀도」 3연

서양의 서사시 오디세이의 여인 페넬로페의 직조, 재혼을 강요하는 적들에게 자기 아버지의 수의감을 짜놓은 다음 수락하겠다 약속해 놓고 낮엔 베를 짜고 밤엔 다시 그 베의 올을 풀어버리는 그 장면은 역시 서구적 여성미이지만 여기 나오는 직녀의 베짜는 모습은 님의 나들이 옷감을 지어드리려 짜는 듯한 연정이 올과 날에 스며들고 북소리 속에 흥겨운 가락으로 울린다. 그래서 연가로서 절창을 이루었다 하겠다.

손광은은 여기서 만족하지 않고 시흥의 절정을 향하여 내친 걸음에 한번 더 비약을 꾀하여 자기 실험을 했다. 그것이 다름아닌 「파도의 말」이다. 그의 제1시집의 표제가 「파도의 말」로 되었다는 것은 작자 자신의 대표작임을 간접적으로 나타낸 것이다. 실제로 그의 첫 시집엔 '파도'라는 말이 직접 소재가 되었거나 제목으로 표현된 것은 무려 5편이나 된다. 이런 점에 비추어 볼 때 그는 이 시편들에서 그의 창작적 실험을 건 듯하다. 「보리타작」과 다른 의미에서 그의 시적 야심이 엿보이는 작품이다.

어느 날 밤 파도는
내 방에 들어와 나를 깨웠다.
다른 事物들은 일제히
다른 이름들을 하나씩 더 갖고
눈뜨기 시작했다.

모양도 없고 그림자도 없는
거대한 것이
엄청난 사람 같은 것이
내 목을 누르고
내게 말했다.
그냥 이대로만 있기냐

그냥 있기냐
다시 태어난 다음에야 볼 수 있는
벌판의 외침 소리 하나
나를 죽이고
끝끝내 들려 왔다.

—「파도의 말」 전문

이 파도가 의인화된(관념을 의인화시킨 표상) 내면세계의 의식 상태를 나타내고 있다. 내 방은 심층세계이거나 자기의 의식세계이고 깨우는 것은 잠재된 욕망의 발동을 의미할 것이다. 의식의 바다 속에 꿈틀거리는 생명력, 어떤 시대적 강박관념이 엄청난 중량감으로 내 목을 누르는 것이다. 이상의 「오감도」적 난해성을 극복한 수법이다. 유치환의 「그리움」에 나타난 '파도야 어쩌란 말이냐'의 체관보다 훨씬 시적 강도가 높은 "그냥 이대로만 있기냐/그냥 있기냐"는 불의의 현실 앞에 무력한 자아에 대한 극복 의지이다. 종련 4행은 광야의 요한 같은 예언적 외침이 나를 죽이고 들여왔다고 끝맺었다. 요한의 죽음이 바로 메시아의 도래를 예언한 것이라면 그의 죽음이 의미하는 메타포는 선지자적 이미지로 선명해진다. 「보리타작」이 한국적 소재를 다룬 사실적 기법 위주라면 「파도의 말」은 초현실주의적 상징기법을 통해 서구적 현대성을 전통적 시상에 용해하고 있다.

제1시집 『파도의 말』에 나타난 60년대 등단기와 70년대 초까지의 작품을 통해 그의 눈부신 완숙은 어떤 절정을 연상시키는 성과로서 그의 젊은 날의 시재가 충분히 발휘된 느낌을 준다. 과연 그는 70년대와 80년대에 어떻게 대응할 것인가. 염려스러운 눈으로 그의 돌파작전을 주시할 수밖에 없었다.

2.

아니나 다를까, 그는 70년대 유신치하 정치적 격동과 학원가의 반유신, 반독재, 저항운동 등 감당할 수 없는 시대고에 밀리면서 조금씩 시필을 느슨히 잡기 시작했고 사회와 인생을 관망하기 시작했다. 따라서 시집 출간 소식은 끊어졌다. 그런 까닭에 초기시의 빛나는 자취가 일시 사라져 그 나름의 시련을 통해 새로운 시적 안착지를 모색하기 시작한 것 같다. 그 결과 그는 새삼 '고향'이라는 근원적 모성을 발견하게 된다. 그는 70년대 80년대의 격동기를 거치면서 방황과 고뇌의 틈바구니에서 나름대로 관념적이지만 귀거래를 시도한 것이다. 이러한 손광은의 시세계를 「토포필리아의 시학」이라 제하여 해설을 김병욱의 손광은의 제2시집 『고향 앞에 서서』의 발문에 그러한 시적 특징이 고찰되어 있다.

"손광은의 시집 『고향 앞에 서서』를 관류하는 주제는 장소애(topophilia)라고 할 수 있다. 중국계 미국 인문지리학자인 이-푸 투안의 대표적인 저서인 *Topophilia*를 보면 인간이 얼마나 장소에 애착을 가지는지 다양한 실례와 장소에 대한 깊이 있는 통찰을 알 수 있다. 공간은 우리의 경험이 투사되지 않은데 비하여 장소는 가치가 주어져 있다는 점에서 구분된다. 그 장소 중에서도 고향은 가장 중요한 위치를 차지한다. 고향을 떠나보지 않은 사람은 진정으로 고향을 말할 자격이 없다. 고향은 우리의 마음속에 동구나무마냥 뿌리를 튼튼히 내리고 있다. 우리 모두는 어떤 면에서 릴케가 말했듯이 실향민이다. …(중략)… 인간은 근원적 고향을 찾아 헤매는 행려인(Homo Viator)이다."

위의 글은 손광은의 제2시집 『고향 앞에 서서』에 수록된 57편의 시적 특징을 해설하기 위한 개요문이다. 그는 강퍅한 유신독재와 정면대결보다는 빗겨서서 '고향'이란 안주지로 은거한 것이다. 「칩거」란 시도 그 한 예이다.

아무것 가진 것 없으면서도
밥 짓는 듯 연기인 듯
산안개 피어오르고
물안개 정자강을 휘돌아 금성산 벽옥산 뫼봉산까지
구름되어 가든 오든 한가히 한눈팔고
산바람 넘고나 돌면 이래저래 저절로 넉넉한 듯
푸짐한 듯 사는 일을 묻지 말게.

–「칩거」 1연

초기 시에 비하여 난해성도 가시고 유연한 서정성이 주조를 이루고 있다. 감당할 수 없는 유신시대 고향과 자기 내면 속에 칩거를 시도한 것이다. 그는 솔직히 시가 현실 참여의 무기가 된다는 저항과 투쟁에 대해서는 사양할 수밖에 없는 시창작 태도를 '고향'에다 함축한 것이다. 학교의 보직관계로 유신교수란 오해 속에서 시련을 겪은 것도 그의 자연 속에 귀거래한 것과 결코 무관하지 않을 것 같다.

나는 고향 앞에 서서
무엇으로 우뚝 서랴.
아흔아홉 굽이 봇재 바람에 마음을 열어
무엇을 다짐하랴.

가슴 헤집는
세월을 뒤적이고 비비꼬면서
옷섶 품으로 스며드는 산바람 되랴.
강바람 되랴.
들꽃이 되랴. 풀꽃이 되랴.

고향을 떠난 나그네 되랴.

봇재를 넘어
저만큼 가까이 마음을 보내
수천 년 부르고 이끄는 사람이 되랴.
정든 땅에 돌아와 씨뿌리듯
내 마음 여기 심어 놓고
나는 고향 앞에 무엇으로 우뚝 서랴.

―「고향 앞에 서서」 전문

이 순박한 바램이 담긴 서정시를 보면서 그에게 특별히 주문하거나 시비를 걸 수가 없다. 더구나 왜 엄청난 시대고와 정면대결하지 않고, 그렇다고서 도연명처럼 대학교수 자리 내던지고 귀거래하지도 않고 고향을 시적 도피의 방패막이로 우려먹었느냐 나무랄 수도 없다. 오히려 어떤 상처투성이가 된 우리 같은 처지에선 그가 부럽기까지 할지 모른다.

내 마음 속에
쑥냄새처럼 스며와서
그리움으로 피는 꽃이여.
내 마음 언저리에 와서
눈부시도록 꽃 피어라.

―「수몰 고향·8-저녁 노을」 서두

어떤 평론가는 이 시를 가리켜 서러우리만큼 아름답다고 평했다. 그의 초기시를 눈여겨 본 사람이면 그의 실험정신이나 지적 비판정신의 행방에 대하여 「보리타작」의 생명력 넘치는 파워에 대하여 아쉬워 할 것이다.

덕진 공원 연꽃 앞에 서서
스스로를 낮추고 피어 있는 연꽃을 본다
흙탕물 속에서도 티 하나 없이 웃음을 머금은 꽃.
고매하고 온화한 정 얽혀 다시 곰곰 사무친 연꽃을 본다.
백년도 한 나절 꺾어 휘어가는 대낮에
바람같이 막 차지고 누워 있는 꽃.
연인들같이 서서 엉켜 무엇을 속삭이는 꽃.

귓속말로 흘러온 이야기. 아래로 아래로 이야기 나누다가
세월을 뒤적이고 매듭매듭 물이 되고 꽃이 되고
산이 되고 산맥을 이루는 꽃

내가 다시 찾아와 당신 곁에 있으면
보고 듣는 말씀이 숨결되어 번지네, 맑은 숨결 번지네.
얕푸른 푸른 숨소리 저 하늘 자락에 번지네.
강물 소리같이 산물 소리같이 맑은 미소 번지네.
산 속으로 번지네, 물 속으로 번지네.

—「연꽃 앞에 서서」 전문

이 절창을 빚은 그 연치 앞에서 우리는 말을 잃는다. 그는 결코 놀고 있지 않았다. 한눈만 팔거나 역사를 빗겨나 있지도 않았다. 고향과 고향 사람과 수많은 외로운 사람, 어려운 사람과 함께 있었구나 하는 그런 깨달음이 그의 관조와 달관 속에서 고개를 끄덕이게 된다.

3.

이상 두 권의 시집엔 60년에 문단에 데뷔한 이래 96년까지 무려 36년의 시작을 단 두 권에 담아놓은 것이다. 그리고 이제 그는 교단을 떠나며 96년 이후 4년 간 여기저기 발표한 시들을 묶어 친구들에게 선물하겠다는 것이다.

앞에서 고찰했다시피 그는 초기시에서 시도한 시적 야심이 2시집에선 고향에 대한 관조로 완화되었고 금번 시집은 그런 시적 야심과 무관한 상태에서 우정의 선물로 묶는다는 태도다. 새삼 무슨 변모를 꾀한다든가 제1시집, 제2시집의 성과를 총괄하는 야심적 집대성의 그런 의도가 전혀 없다. 그의 근자의 시작 태도는 그의 겸허한 성격에다가 시에서마저 사람을 편하게 하자는 스스로 마음 비우기를 게을리 하지 않는 것 같다. 술술 잘 읽히고 동료들이나 정다운 이웃들 높고 낮음 가릴 것 없이 축시도 기념시도 쉽게 쓰고 있음을 볼 수 있다. 일생동안 필은 놓을 때까지 긴장하고 잡문 한 편이라도 유서 쓰는 심정으로 글을 쓰라고 경계한 사람도 있지만 글 모르는 이웃 아저씨나 아주머니 대필 편지 쓰다가 소설가나 시인된 사람이 많음을 생각해 볼 필요가 있다.

그러나 필자로선 우정있는 성실성으로 제3시집 후보작을 꼼꼼히 다 읽었다. 읽고난 결과 토속적 정서를 담은 「어머니 무당 굿거리」, 「살풀이 춤 1~6」, 「산아지타령」, 「남도농악」 등의 작품이 「보리타작」의 계보에 연결될 수 있다는 시적 가능성을 발견하였다. 「보리타작」을 두고 쓴 다형의 특평 가운데 '소재주의'를 경계한 부분이 있다. '이색적인 소재로써 작품의 가치를 자극하거나 돋보이게 하려 한다면 그것부터가 그 작품 가치의 한계를 드러내 보이는 것'이라 경계한 것을 곱씹어 본다면 「보리타작」의 우수성이 어디 있는가 알게 될 것이요, 그 계보 계승에 다시 절차탁마의 시 작업을 일으킬 필요가 있음을 절감하게 될 것이다. 이제 교단을 떠났으니 본격적인 창작혼을 불태워 초기시의 그 정열과 노년의 심오함과 중후한 사상성을 더할 때가 아닌가 과제를 주문하고 싶다.

> 흥으로 추는 춤,
> 소리판의 멋과 흥에 젖는다.
> 장단 따라 소리 따라 춤사위 슬금슬금 젖는다.
> 멋으로 디딤새가 늘고 흥으로 살짝 휘어
> 들어올린 팔에서, 멋과 흥을 풀어낸다.
> 바람잡은 손끝
> 어딘가에서 소리 높낮이 박자를 끌어내듯
> 슬쩍 비껴뉘는 어깨놀림에서 풍류가 흘러나온다.
> 굽힌 듯 만 듯한 무릎의 굴신에서 굿거리 장단을 끌어낸다.
>
> —「살풀이 춤 · 1-공대일」 전문

이 시가 「보리타작」과 어딘가 다른가 비교 감상해 보면 작자나 독자가 쉽게 발견할 것이 있다. 김현승 시인의 경계의 말과 칭찬의 말을 잊고 있는 점이다. 살풀이 춤 그 자체의 설명이나 점묘가 되어서는 안 된다는 것이다. 지루하지만 다형의 말을 다시 상기시키자면 '그 소재에다 작자 자신의 혼을 주입하는 강도와 열도'가 필요하다는 것이다. 필자가 한 마디 더 붙인다면 그 고전적 전통미는 현대적인 미와의 접맥을 염두에 두어야 된다는 것이다. 토속적인 정서나 고향에 대한 관심을 좀더 깊이 파고 들어가 거기에 숨어있는 시적 금싸래기를 파내야 할 것이다.

끝으로 영부인을 여윈 기간 동안 그 내색 않는 애도를 담아 빚은 서정시(일종의 엘레지이리라) 「목련꽃」을 인용해 본다.

저물 녘 서녘 하늘
끌고 가는 바람소리 만나면,
하얀 목련꽃은
우물물 여나르는 몸짓을 하고,
수줍은 듯 소박한 체 다소곳이 떨어졌다.

떨어진 슬픔인 듯 저녁노을 붉게 흐르는 소리
들릴 듯 말 듯 핏빛으로 울고
논두렁 물결소리 끌고 갔다.

나는 당신을 땅속에 묻고
하늘보고 땅보고 한숨 섞여 따라가다가
산비탈 논둑길 돌아오는 길에
산바람소리 엎드린 길을 되돌아 보면,
싱싱한 배추, 상추, 풋고추, 흔들어 씻듯
산바람이 따라와 휑궈 가지만,

내마음 출렁이는 소리 산바람소리,
흙냄새까지 씻어지지 않아
슬픔을 휘어잡고 중얼중얼 무슨 말을 건넸다.

—「목련꽃」 전문

참다운 시는 감동을 강요하지 않는다. 저절로 감동될 수밖에 없는 것이 감동이다. 좋은 시는 많은 여백을 감춰두어야 한다. 그것이 독자의 몫이다. 독자의 몫까지 죄다 말해버린다면 무엇 때문에 시를 쓰랴. 손광은 시인은 그 서정시의 비밀을 일찍이 터득한 뛰어난 시인이다.

4.

손광은과 나는 같은 스승에게서 배웠고 같은 문학지에 추천 형식을 통해 비슷한 시기 60년대 초에 시단에 데뷔하였다. 또 연배도 비슷하고 고등학교 교단을 거쳐 대학에서 교수 노릇하다가 정년한 것까지 같다. 그리고 나의 가까운 제자들, 어려운 시대 전대 총학생회장을 지낸 황일봉 군이나 김승남 군 등과의 정과 이념 의리면에서도 서로 인연이 깊어 그 괴로운 시대고 속에서도 우리의 우정은 지속되었고 원탁시에서도 초기부터 지금까지 오랜 회원이다.

그럼에도 불구하고 그와 나는 많이 다르게 걸어왔다. 70년대 군사독재 시절에 YMCA 강당에서 내가 무슨 시국강연 비슷한 것을 할 때 그 건물 주변에 기관의 형사들이랑 이상한 사람들이 서성이는데 그 속에 대학생들의 강연 청취를 막으려 대학교의 학생과장인 그가 어정쩡한 자세로 끼어 있었다. 나를 보더니 민망한 자세로 '나 그냥 가네' 하면서 사람 좋은 허탈한 웃음을 남기고 총총히 사라지는 것이었다. 그리고 날로 더 어려운 정치적 격동기 속에서 그와 나의 길은 전혀 같은 길이 아니었다.

그런데 대학 강단에서 정년맞고 한결 같이 시업에 매달렸고 문민시대 이후, 특히 국민의 정부 등장 이후 전라도나 광주는 운동의 평준화 현상이 일어나 손광은과 나는 동일한 귀착점에 서 있음을 느낀다. 나더러 손광은의 인품을 물으면 나는 장단점 반반이라면 그는 장단점 7:3 정도라고 말하고 싶다. 나는 곧잘 시비 가리고 길들이기 어려운 사람이지만 그는 사귐성 좋고 품안이 넓은 사람이다.

나는 70년대 「땅의 연가」, 「고무신」, 「직녀에게」 등 저항과 참여를 표방하여 반체제 시인이라는 악명이 따라다녔지만 그는 도청이나 시청 주변에서 인기도 있었다. 우연하게 명시 해설집 같은 게 있어 펼쳐 보았더니 대학 시절에 문단에 나가고 싶어 썼던 「꽃씨」라는 초기 작품이 실려 있었다. 시대와 아무 관계도 없는 「호수」라는 시의 애독자가 많음도 알았다. 결국 시로써 손광은과 나는 그 귀착점이 같다는 것을 느낀다. 그와 나를 지탱해 준 것은 은사 다형의 인도와 더불어 고인이 되신 그 분의 연치를 넘기면서 시를 버리지 않은 그의 집념이 맺어준 것임을 느낀다. 그러므로 손광은과 나는 다형이라는 거목에서 자라난 한 뿌리임을 다시 재확인해 본다.

코스모스
꽃씨를 받으면서
햇살을 손으로 휘감으면
푸른 하늘 향해 파닥이는
꽃 향기 흘러 나온다.
짓이겨질듯한 꽃이여 간들어질듯한 꽃이여
옛날 아스라이 먼 기억으로
그리운 꽃 향기 나를 휩싸고 돈 꽃이여.

누구도 알 수 없는 깊은 반짝임 흘러 꽃씨된 넋이여
앙큼상큼한 그 들끓는 숨소리가 숨어
千里밖 까마득한 기다림이 여물어
바람 안아 내리면서, 마음은 하늘을 향해
달을 안으면서 까마득히 알 수 없는
깊은 숨결소리 끓어 밀리는 소리 꽃된 넋이여.

—손광은의 「꽃씨」 전문

이 시는 그의 3시집 원고 중에서 무작위로 골라본 것이다. 일견 어수룩한 데도 있고 계산할 줄 모르는 소박한 그 인간미가 스며 있다. 초기의 시처럼 깐깐하거나 단단하지도 않다. 그러나 잘 들여다보면 틈새도 있고 독자가 들어 쉴 만한 여백이 있다. 그의 너그러운 휴머니티가 만년 들어 더욱 더 빈자리가 있는 허술함을 통해 벗을 부르는 것 같다. 꽃에서 푸대접 하면 앞에서 자고 가던 그 선인들의 풍류와 멋이 아닐까.

가을날
빈 손에 받아 든 작은 꽃씨 한 알!

그 숱한 잎이며 꽃이며
찬란한 빛깔이 사라진 다음
오직 한 알의 작은 꽃씨 속에 모여든 가을

빛나는 여름의 오후
핏빛 꽃들의 몸부림이며
뜨거운 노을의 입김이 여물어
하나의 무게로 만져지는 것일까.

비애의 껍질을 모아 불태워 버리면
갑자기 뜰이 넓어가는 가을 날
내 마음 어느 깊이에서도
고이 여물어 가는 빛나는 외로움!

오늘은 한 알의 꽃씨를 골라
기인 기다림의 창변에
화려한 어젯날의 대화를 묻는다

—문병란의 「꽃씨」 전문(한국의 대표 명시 3권에서)

동일한 소재 동일한 제목이어서 감히 남의 시집에 올려 본 것이다. 서정시의 귀착점에서 시로써 만나는 아름다운 우정을 기념하고자 함이다. 손광은 아우님과 독자 제현의 오해 없으시기 바란다.

정년이 없는 시인, 교단 정년을 시창작의 새로운 출발삼아 대표작 「보리타작」의 경지를 더욱더 심화시킨 기념비적 대작을 고희 때쯤 다시 논할 수 있게 되길 바란다.

손광은 시인론-존재의 빛을 찾아서

전정구

1.

한 시인의 시세계를 총괄하다보면, 그 시인의 예술혼과 의도를 가장 잘 드러낸 대표적인 표현대상이 있게 마련이다.[1] 그것을 찾아내는 작업이 한 시인의 시세계를 조명하는 키포인트가 되는 것은 두말 할 필요가 없다. 필생의 예술적 주제에 매달린 다형(茶兄) 김현승(金顯承, 1913~1975)의 경우, 그것은 '고독'으로 나타난다. 일생을 믿어온 신과 기독교에 대한 회의로부터 비롯된 고독의 문제는 다형으로 하여금 관심의 초점을 천국에서 지상으로, 신에서 인간으로 옮겨놓게 한다. 그리하여 그는 신을 잃은 고독과 대면하게 된다. 그 고독은 김현승이 지금까지 의지해 왔던 거대한 믿음이 무너졌을 때에 허공에서 느끼는 고독이었다.[2] 절대

---

1 예술혼이나 의도 등을 거론하는 것은 예술적인 작품이 지닌 다양한 의미의 스펙트럼을 제한한다는 점에서 작품 자체를 분석하는 족쇄가 될 수 있다. 그러나 이 글은 작품론이 아니라 시인론에 맞춰져 있다. '의도의 오류'라는 지적에도 불구하고 한 예술가의 의도는 그의 예술세계의 성격을 밝히는 데는 유용하다. 유수한 해석학자들은 아직도 의미의 궁극적 근거나 원천으로서 '작가의 의도'를 존중한다(O. 푀겔러 엮음, 박순영 옮김, 『해석학의 철학』, 서광사, 2001).

2 김현승의 고독은 케엘케고르가 말한 고독과는 구분된다. 인간을 고독한 존재라고 규

고독의 시인 김현승으로부터 문단에 안내 받은 노정(蘆汀) 손광은(孫光殷)의 시작품 전체를 조감할 때도 마찬가지 현상이 나타난다.[3]

다형의 시풍(詩風)이 감지되는 첫 시집 『波濤의 말』(1972)의 주요 모티프는 '바다의 물결'이다. 「波濤의 말」「波濤」「눈波濤」 등에서 바다의 물결은 손광은의 고독까지 사로잡아 흔든 소재로 등장하는데, 그 물결을 뒤집어 보면 그 안에 시인의 '내면을 응시하는 나'가 있었다. "고독에서 싹튼 내 마음의 몸부림"과[4] 관련된 초기 시편에서 손광은이 '의식 내부의 나'를 응시하는 것은 '자기의 또 다른 자기'를 성찰하는 행위이고, 다른 말로 표현하면 그것은 한 개인의 '실존에 관한 탐색'의 의미를 지닌다.

손광은의 첫 시집은 물론이고 자신의 예술적 개성을 펼쳐 보인 두 번째 시집 『고향 앞에 서서』(1996), 그리고 정년을 앞두고 발간된 세 번째 시집 『그림자의 빛깔』(2001)에 일관되게 나타나는 표현대상은 '자기'이다. 노정의 시쓰기는 자기를 탐구하는 과정이고 그것은 한 개인의 실존에 관한 성찰로 이어진다. '자기'라는 구체적인 대상을 목표로 삼아 실존의 문제를 탐색한 결실이 첫 시집 『波濤의 말』이다. "生命의 自己 定立"이[5] 그것인데, 이러한 결실을 가능케 한 손광은 시의 기법상의 특징은

정한 키엘케고르는 고독을 벗어나기 위해 그리스도를 붙잡으려고 하였다. 궁극적으로 키엘케고르의 고독은 구원에 이르기 위한 수단으로서 고독이었다. 하지만 다형의 고독은 "구원에 이르는 고독이 아니라 구원을 잃어버리는, 구원을 포기하는 고독"이다. 그의 고독은 수단으로서의 고독이 아니라 "순수한 고독 그 자체"이다(김현승, 「나의 文學白書」, 이운룡 편저, 『한국현대시인연구 10-김현승』, 문학세계사, 1993).

3 이 글에서 논의된 손광은의 작품 출처는 『波濤의 말』(현대문학사, 1972), 『고향 앞에 서서』(문학세계사, 1996), 『그림자의 빛깔』(시와사람사, 2001)이다. 3권의 시집에 수록되지 않은 작품을 인용할 경우에만 출처를 밝히기로 한다.

4 첫 시집의 주요 모티프인 '바다의 물결'은 그의 고독까지 사로잡아 흔들었다. 그 물결을 뒤집어 보면 그 안에 "나의 내면을 응시하는 내가 확실히 있었다."는 첫 시집의 「후기」 참조.

5 김현승, 「서문」, 『波濤의 말』, 현대문학사, 1972.

청각적 이미지의 활용이다. 소리에 관한 한 그는 타고난 "천성(千聲)의 시인"이다.[6]

2.

손광은의 시편들은 우리의 청각을 자극하는 각종 소리들로 채워져 있다. 미사여구를 동원하여 사물의 겉모습을 화려하게 그려내는데서 그의 시의 매력을 찾으려는 독자가 있다면 손광은 시의 본령을 놓치게 될 것이다. 그의 시의 묘미는 소리의 울림에 있다. 온 산야를 붉게 물들이는 단풍의 계절 시월 달에도 시인은 눈을 질끈 감아버린다. 대신에 그는 귀를 활짝 열어 놓고 "짜랑 짜랑 목마른 하늘 목소리"(「丹楓」)를 듣는다. 시인의 귀는 너무나 맑고 총총해서 자연의 내부에서 들려오는 섬세하고 미묘한 목소리를 놓치는 법이 없다. 청각이라는 감각기관을 활용하여 자신의 내부에 숨겨진 비경(秘境)과 비의(秘意)를 표현한 「가을은 내것이다」를 살펴보기로 하자.

꽃물결 소리
갈 바람 소리
저, 정원은 온통
살여울 물소리로 흘러가는 동안
가을은 내것이다.

달이 뜨고

---

6 김동근, 「'소리'의 시학과 존재론적 메타포」, 『우리시대의 시인연구』, 시와사람사, 2001.

꽃들이 도란도란
江물 속에 모여들고
숲길은 넓어지고
물빛 고운 실솔의 향기
흘러가는 동안
가을은 내것이다.

—「가을은 내것이다」 부분[7]

가을이 내 것인 이유는 그가 갈 바람 소리와 꽃물결 소리를 들을 수 있기 때문이다. 심지어 그는 꽃들마저 도란도란 이야기하는 소리까지 놓치지 않는다. 의인화(擬人化)된 자연풍광 속에 간직된 내밀한 우주의 소리를 청각적 이미지로 전환하여 그윽한 울림의 풍취를 전달하는데 그의 시의 진면목이 있다. 그러한 풍취가 '청동세문경'을 대상으로 삼은 작품에서도 나타난다. 시인의 의식 안쪽에서 살아있는 수풀처럼 "느닷없이 웃으며/쓸리는" 고대 유물의 소리가 들려온다.[8] 최근에 발표된 작품에서도 이러한 점이 확인된다.

산바람 소리
강바람 소리 더듬고 가면서
더욱 뚜렷이 내 마음 밑둥까지
숨소리로 살아나서
흙 내음소리 두엄냄새까지

7 첫 시집에 수록된 이 작품은 두 번째 시집 2부의 표제시로 재수록되어 있다. 시인이 애착을 보인 이 작품의 인용은 첫 시집에 실린 것이다.

8 "내 意識의 안쪽/끝없는 蓄積의 바다와 같이/출렁이는 곳에/살아 있는 수풀처럼/느닷없이 웃으며/쓰리는 소리가 들려 온다."(「靑銅細紋鏡」)

드린 물처럼 스며와서
영산강 강바람 소리
나를 깨우고 풍류로 세상을 다 채웠다.

—「영산강」 부분[9]

시인을 깨워 풍류로 세상을 다 채우게 만든 영산강 강바람 소리를 노래한 이 작품에서 주목되는 것은 '흙 내음소리'이다. 냄새와 소리가 합쳐진 '내음소리'는 일종의 공감각적 이미지에 해당한다. 취각을 청각으로 바꾼 이것이 노정시의 중요한 표현특징의 하나이다. "두엄냄새까지/드린 물처럼 스며와서"에서 '냄새가 물처럼 스며온다'는 표현 또한 공감각이 일종으로 놓쳐서는 안될 대목이다. '냄새'라는 취각을 '스며들다'의 감촉, 즉 촉각으로 받아들이도록 변화를 준 것은 이용악의 "타지 않은 저녁 하늘을/가벼운 병처럼 스쳐 흐르는 시장기/어쩌면 몹시두 아름다워라"(「집」)나 조지훈의 "달빛에 젖은 塔이여!//온 몸에 흐르는 윤기는/상긋한 풀내음새"(「여운」) 등 다양한 감각이 앙상블을 이룬 선대 시인의 뛰어난 기법과 비교될 수 있다.

"해가 질 때 소처럼 웃다가/해가 뜰 때까지 땀으로 울었다"(「노동자 아들-아산 정주영」)라고 자수성가한 재벌의 어린 시절을 회상한 구절에서 '땀으로 울었다'는 대목을 비롯하여 역사적 인물 장보고를 그린 작품의 "천년이 지난 숨소리"(「海上王 淸海鎭-장보고」)는[10] 청각을 활용한 좋은 예이다. 소리에 관한 한 그는 명인의 반열에 선 시인이다. 어떤 대상을 표현하든 그것이 지닌 속성을 청각적 이미지로 전환하는 비법을 터득한 그의 시에는 그윽한 소리의 울림으로 가득 차 있다. 은은하고 담담하

9 『원탁시』, 시와사람, 2001, 하반기.
10 위의 책.

게 자기가 표현하고자 하는 대상을 그려냄으로써 그의 시는 대부분 현란하지 않다. 시대역사적 현장과 접맥되는 참여적 성격의 시편들이 적절한 증거이다.

박정희 군사정권의 지역차별을 풍자한 초기시 「全南緊急動議-全羅道보리」를 비롯하여 두 번째 시집에 수록된 「판문점」, 「휴전선」, 「철마는 달리고 싶다」, 그리고 세 번째 시집에 실린 「영원히 젊은 넋들이여-5·18 민주화운동 기념 獻詩」와 「독재는 끊어라 민주에 살고 싶다-5·18 민주항쟁 사적 1호」 등이 그것이다. 초기의[11] 속하는 「보리打作」을 그의 창작 이론과 관련하여 분석해보기로 하자.

> 풀잎이 출렁거리듯
> 새로운 혁명이 부르는 흔들림,
> 새로운 파멸의 不正처럼
> 불살지는 가슴을
> 실한 머슴은 들여다보면서
>
> 「여, 여, 저, 저,」
>
> 들고 치고, 살짝 놓고 치고
> 소리를 만들면서
> 먼지가 소리를 만들면서
> 마을을 울리던
> 도리깨질을 하면서

11 논의의 편의상 필자는 손광은의 시세계를 두 시기로 구분했는데, 두 번째 시집 발간 이전의 '초기'와 이후의 '후기'가 그것이다.

「여 안 때리고
어데 때리노
복판 때리라
가에 때리라」

도리깨질을 하면서
머슴은 머슴인 아버지를
머슴으로 길들였다.

―「보리打作」 일부

시인은 분노와 저항의 감정을 "여, 여, 저, 저" 들고치고 살짝 놓고 치는 민중의 소리를 박진감 있게 미메시스한 보리타작의 노동현장으로 대신하고 있다. 북받치는 감정의 격랑(激浪)을 밖으로 표출하지 않고 안으로 삭혀서 풍자하는 수법이 인상적인데, 자신의 감정을 직접 배설하는 것은 그의 시창작관에 맞지 않는다. 손광은의 논리에 의하면 "현실에 대한 시의 올바른 참여는 오히려 직접적인 방법보다 간접적인 방법"에 있고 "가치 있는 체험으로 형상화된 인생의 의미가 내포"된 것이 진정한 참여시에 해당한다.[12] 언어의 내포성에 초점을 맞추어 쓴 「보리打作」이 사회의 기능을 보인 시로서 성공을 거둘 수 있었던 까닭이 여기에 있다. 그 스승에 그 문화생답게 노정의 예술관과 다형의 그것은 닮은 면이 상당부분 있다.

마음 내키는 대로 쏟아버리는 정서의 배출은 "예술이 될 수 없다"고 다형은 말한다. 생경하고도 조잡한 표현은 반드시 우리 문단의 참여문학에서만 발견되는 것은 아니지만, "참여문학의 적지 않은 작품 가운데서

12 손광은, 『현대시의 논리와 현장』, 태학사, 2001, 33쪽.

발견되는 것"은 사실이다. 아무런 내용을 가졌든 문학은 언제나 예술이고 예술이 되어야 한다. 예술의 특질은 "독자적인 형식을 갖는 데"에 있다.[13] 개성적인 예술형식을 갖추는 것이 문제이지 내용이나 소재 그 자체가 문제인 것은 아니다. 그것들을 어떠한 방식으로 갈무리하여 '언어예술의 형식으로 완성하느냐'가 문제이다. 참여문학에 대한 손광은의 관점이 암암리에 스며있는 작품들은 두 번째 시집에 수록된 '수몰 고향 연작' 시리즈이다.

내 고향은 물면에 떠서
출렁거린다.
들 언덕 쑥 냄새 끝에서
삐비꽃 하얗게 숨결을 일으키듯.

미묘한 어둠의 깊이가
하얗게 어덕지어 묻혀나듯
엷은 속옷처럼 안개를 감고

죽어도 못 잊을 귓속말처럼
千年을 살아 있는 속삭임처럼
무지개로 깎아 세운 고운 말처럼
달삭이는 물면에 떠서

---

13 사상의 토대 위에서 토의를 전개하는 학문과 사상마저도 정서화한 토대 위에서 상상력을 전개하는 문학은 그 표현수단이 근본적으로 다르다. 한편은 진술의 방법을 쓰고, 한편은 상상력에 의한 변형의 방법을 구사한다. 그러므로 문학작품이 현실의 사실을 작가의 상상력으로 보다 강력하게, 혹은 보다 진실하게, 혹은 보다 아름답게 변형시켜 읽는 사람에게 먼저 쾌감을 주어야 한다. 이러한 감동에 의하여 보다 자연스럽게 사상의 핵심으로 안내되지 못할 때 그 문학은 생경한 학문투(學文套)의 진술성에 주저앉게 된다(김현승, 「參與文學의 眞意」, 앞의 책).

출렁거린다.

―「水沒 고향(6)-물면에 떠서」 부분

“자연을 상관물로 삼은 시속에도 개성적인 인생과 보편적인 현실”이 살아 움직이고, 또한 그러한 시일수록 “우리를 정서적으로 긴장하게” 만든다. “자연이 한국시의 진한 바탕이라면 그것을 통해서 참여할 수 있는 새로운 가능성”을 모색할 수 있다.[14] 손광은의 논리에 의하면, 수몰된 고향의 자연을 그리움의 정서로 형상화한 「水沒 고향(6)-물면에 떠서」가 ‘특정한 장소’를 노래한 단순한 서정시로 취급되어서는 안 된다. ‘한국시의 진한 바탕’이 된 자연을 노래한 ‘수몰 고향 연작시’에서 노정은 ‘참여의 새로운 가능성’을 실험했는지도 모른다. 노을에 불타는 강을 바라보면서 “마음의 그림을 그린” 「水沒 고향(8)-저녁노을」은 “정지된 자연현상이 아니라 시인의 전 생애가 투영된 역사적인 것”으로 평가되기 때문이다.[15] 노정을 다룬 글에서 진진하게 논의되지 못했지만, 그의 시세계의 한 축을 형성하는 ‘사회적 기능을 보인 작품’을 조명하는 자리에서 빼놓을 수 없는 초기시가 있다. 그 작품은 4월의 혁명을 노래한 「내 안의 돋는 소리」이다.

내안에 돋는 소리, 四月을 들어 보니
오늘은 다만 소리뿐이다.

내가 끌려가는 視野밖에
일렁이는 숨살, 살아오는 死者들.

---

14 손광은, 『현대시의 논리와 현장』, 33~34쪽.
15 김병욱, 「토포필리아의 詩學-손광은의 시세계」, 『고향 앞에 서서』, 문학세계사, 1996.

피의 꽃 소리,
어디선가, 내 안에 달려와
맑은 도랑물 속을 흐른다.
가슴 한편
쓸어진 쪽을 걸려 흐른다.

—「내 안에 돋는 소리」 부분

상당수의 시인들이 시대정신을 표현한다는 명분으로 당대의 흐름과 풍조에 영합하여 두서 없는 작품을 남발하거나 생경한 목소리로 참여와 저항의 기치를 내세운 질풍노도(疾風怒濤)의 시대가 있었다. 그 시절에도 노정은 시의 정도(正道)를 벗어나지 않았다. 그는 '내면에 있는 나'를 성찰하면서 있는 그대로의 모습에서 한치도 벗어나지 않는 예술적 삶의 일관성을 유지했다. 문학에 대한 이러한 태도가 그의 유일한 시론집에 그대로 반영되어 있다. 시론의 기본과 한국시문학사의 요체만을 기술한 『현대시의 현장과 논리』(2001)에는 서구의 난잡한 이론에 대한 인용이 거의 없다. 군더더기 없이 간단명료하게 요점만을 제시하는 그의 학문적 스타일이 시쓰기에 그대로 적용되면서 그것은 절제와 겸양으로 승화된다. 잔인한 달 4월을 왁자지껄한 함성으로 그려내지 않은 점이 그러한 미덕을 암시한다.

"껍데기는 가라./한라에서 백두까지/향그러운 흙가슴만 남고/그, 모오든 쇠붙이는 가라"(「껍데기는 가라」)는 신동엽의 외침과는 다른 방식으로 노정은 4 · 19의 모습을 표현하고 있다. 그것은 터져 나오는 분노의 감정을 밖으로 발산시키는 것이 아니라 자기의 의식 내부로 끌어들여 옹골차게 갈무리한 수법을 말한다. 「내 안에 돋는 소리」에서 4월 혁명이 한 개인의 의식의 내부 깊은 곳에서 아픈 자성의 목소리로 회상되고 있는데, 그것은 만해 선사가 읊었던 「님의 沈黙」의 오묘한 마음의 소리를 연상시킬 만큼 정숙하고 울림이 깊다. 침묵의 그 소리는 어떤 절규보다도 우리의 마음을 아프게 파고드는 소리, 즉 "내안에 돋는 소리", 또는 "피의 꽃 소리"이다. 내 마음의 깊은 곳에서 울려 나오는 피의 꽃 소리는 외부-타인을 향하여 내지르는 외침의 소리가 아니라 의식의 내부-자신의 마음 깊은 곳에서 솟아나는 자성의 소리이다. 유치환 식으로 바꾼다면 그것은 "소리 없는 아우성"(「깃발」)이다. 그 소리는 상대방에게 들려주는 소리가 아니라 자기 자신의 내부에서 들려오는 소리이다.

4·19혁명의 의미를 한 개인의 의식의 내부에서 자책하는 목소리로 되새긴 것은 손광은만이 가능한 예술적 형상화의 방식이다. 소박하지만 확고한 자기 신념의 시창작관이 정립되어 있지 않으면 이러한 스타일의 시쓰기는 불가능하다.[16] 그것이 가능했던 것은, 겸양과 절제의 미덕을 갖춘 노정이 타인보다는 나 자신을, 보이는 것-외부보다는 보이지 않는 것-내부를 성찰하는 자세를 견지해 왔기 때문이다. 그는 남에게 말하는 것보다 남의 이야기를 듣는 성격의 소유자이다. 시각보다는 청각이라는 감각기관에 호소하는 손광은 시에 나타난 기법상의 특징도 이러한 점들과 무관하지 않다.

3.

'내 마음의 몸부림'을 표현한 예술적 행로에서 감촉(感觸)이 조금씩 미

16 시인은 무엇보다도 현실과 사회를 바탕으로 하여 새로운 제2의 현실, 시적 미와 시적 진(眞)으로 창조된 시적 현실을 찾아야 하고 노래해야 한다. 사회 참여시가 현실사회의 복사라면 신문 삼면기사만으로도 족하다. 어떻게 표현하느냐보다 무엇을 표현하느냐 하는 주제에 얽매여 있는 시가 때론 사회에 대한 비평시로 인식되기도 하지만, 참여시는 기본적으로 풍자의 방법을 근간으로 삼아야 한다. 그리고 그 풍자의 대상은 인생의 암흑면, 정치악, 도덕악, 위선 등이다(손광은, 『현대시의 논리와 현장』, 33쪽).

쳐 가는 몇 날을 방랑(放浪)한 산책자(散策者)로서의 고뇌[17]가 시인으로 하여금 '자기 안에 있는 또 다른 자기', 즉 '나의 내부의 나'를 예술적 화두로 삼게 만들었다. 자연스럽게 그것은 한 개인의 실존의 문제와 연결되는데, 자아의 내면세계를 파헤치는 「散策」이나 「第三廣場」 또는 「나의 反亂」[18] 등이 여기에 해당하는 작품들이다. 이러한 유형의 초기작들이 관념적이고 상징적인 성향으로 흐른 것은 그 표현대상이 외부의 세계가 아니라 '눈으로 볼 수 없는' 내부의 세계에 초점이 맞춰져 있기 때문이다. 보이지 않는 정신-의식의 세계를 표현하기 위해서 그는 청각적 이미지를 활용한다. 복잡하고 미묘한 개인의 내면세계를 보여주기는 어렵지만, 그것을 들려줄 수 있는 가능성은 있다. 관념적이고 상징적인 경향을 보여주는 초기시들이 모호성이라는 함정을 피해갈 수 있었던 까닭도, 그리고 그의 초기시에 소리 모티프가 우세하게 나타나는 이유도 여기에 있다.

욕망의 결합을 펼쳐든 항해,
하늘의 맥박속
자꾸 밀려 닥치는
소리속에 나를 누르고

―「波濤의 말(1)」 일부

17 "나를 부르는 사람이 있다./나를 이끄는 사람이 있다./나를 항상 떠나 살게 하는 사람이 있다./실상,/나는 몇날을 放浪하고 있다.//感觸이 조금씩 미쳐가는/千後./풍성한 音樂. 그리고/술./拍手가 남아 있는 千後 한 때,/투덜대고/날름거리는 허다한 事件들 사이,/내가 몰림을 당하고 있을 때……/-理性이 밀려간다./-空虛가 밀려간다."(「散策」)

18 "-나는 떠나가리./-푸른 뿌리밑의 물면 밖으로.//한참은 歸納的인 나를 잃을 수도 있을/저쪽을 지나/누군가 나의 밖과 안을, 지금 지나간/所聞이 떠돌라치면/나는 分別도 없이 달려가리./…(중략)…/나는 모든 세상을/形象에 가득 넌더리치고,/얼마만큼 세상에 信賴와 交着를[을] 하리."(「나의 反亂」) 원문의 인용에서 '交錯를' 다음의 [ ] 안의 삽입한 '을'은 오자인 듯하여 인용자가 첨가한 것이다.

나를 끌어 덥고,

옷을 흰옷을 벗어서

나를 끌어 덥고,

일어서서 휘청거리는 밑으로

넘어오는 소리……

—「波濤의 말(2)」의 일부

'파도의 말' 연작시들은 손광은의 정신적인 성장과정에서 중요하게 취급되어야 한다. 이 작품들은 깊은 자의식(自意識)의 밑바닥으로부터 분출되는 실존의 몸부림, 즉 영원한 영혼을 갈구하며 그것을 충족시켜줄 예술의 혼-문학의 생명을[19] 자기의 것으로 정립하려는 정신적인 고뇌의 흔적을 보여준다. 시인의 내부에서 꿈틀거리던 격정이 빚어낸 초기의 대표작 「波濤의 말」의 역동적인 이미지들이 그것을 말해준다.

어느날 밤 파도는

내 방에 들어와 나를 깨웠다.

다른 事物들은 일제히

다른 이름들을 하나씩 더 갖고

눈뜨기 시작했다.

모양도 없고 그림자도 없는

거대한 것이

19 김현승의 '생명의 자기정립'이란 다소 추상적이고 난해한 이 말은 문학의 생명, 즉 '세상에 찌들지 않은 예술혼'을 자기 스타일로 구현하거나 완성하라는 뜻으로 해석해 볼 수 있다.

엄청난 사람같은 것이
내 목을 누르고
내게 말했다.
그냥 이대로만 있기냐
그냥 있기냐
다시 태어난 다음에야 볼 수 있는
벌판의 외침 소리 하나
나를 죽이고
끝끝내 들려 왔다.

—「波濤의 말」 전문

이 작품은 '밤'이라는 시간과 '방'이라는 공간에서 화자인 내가 듣는, 또는 나에게 들리는 '내면의 소리'를 상징적으로 표현하고 있다. 그러나 '파도의 말'이라는 제목이 암시하듯이, 이 시는 외부의 자연풍경을 묘사한 작품이 아니다. 관념적인 이 작품을 이해하기 위해서는 시인의 내부 의식에 주의를 기울여야 한다. 그 의식의 세계를 파악하기 위해서 우리는 시인이 설정한 시공간적 배경을 주목할 필요가 있다. '밤'이라는 시간을 설정한 것은 청각적 이미지를 극대화하려는 의도의 소산인데, 표현대상인 파도의 모습이 감추어진 대신에 그 소리만이 들리도록 하기 위한 시인의 배려이기도 하다. 그 결과 '방'이라는 좁은 공간에 갇혀 있는 '나'는 그 소리만을 듣게 된다. 그러나 그 소리는 단순히 자연의 파도소리가 아니다. 그것은 인간의 언어-의미 있는 소리, 즉 인격화된 파도의 '말-이야기'이다.

"사람처럼 내 의식 내부에까지 찾아 들어와"라는 구절이 지시하듯이, 어둠 속에 나를 가두어 놓은 그 방은 인공적인 공간이 아니라 '나'의 의식의 내부 공간을 상징하게 된다. 그 의식의 '방'이라는 보이지 않는 공간에서 파도소리는 청각을 자극하는 바다의 소리가 아니라 나의 의식의 눈을 뜨게 하는 '어떤 목소리'로 바뀐다. 밝은 대낮이었다면 무심코 흘려버릴 수도 있는 파도의 물결소리가 "그림자도 없는 엄청난 것"이 되어 "나를 짓누르고" 있다. 일어서고 포효하는 듯 들리는 그 소리는 더 진솔한 목소리로 나의 의식을 깨우면서 준엄한 힐문(詰問)을 한다. 그 질책의 소리는 "푸른 물면을 궁글려 가는 벌판의 외침 소리"가 되어 나를 압박하면서 "나를 죽이고 끝끝내 들려"[20] 왔다.

'엄청난 것이 되어 나를 짓누르는' 파도물결의 역동적인 이미지는 한 개인의 의식 내부를 온통 뒤흔들어 놓은 체험을 재현해 내는 기능을 완벽하게 수행하고 있다. '죽어버린 나'에게 '끝끝내 들려왔다'는 아이러니와 패러독스가 가능한 것도, 그리하여 그 역설과 모순이 '현상-외부의 나'를 죽이고 '본질-내부의 나'로 부활하는 새로운 자아탄생의 과정을 함축하는 것도 역동적인 이미지에 힘입고 있음을 부인하기 어렵다. 파도물결의 체험을 내면화하여 한 개인의 의식내부에서 전개되는 또 다른 자기와의 투쟁을 예술적으로 형상화한 생생한 사례가 이 작품이다. 이 어떤 현실의 음악으로도 표현하기 어려운 '실존의 격렬한 몸부림'을 재현한 역동적인 이미지 속에는 방황하는 젊음의 정신적 고통을 상징하는 그 무엇이 내재해 있다. 위태로운 실존의 모습과 그 실존에 부여된 참 생명에 관한 각성의 몸부림을 표현한 '나를 죽이고 끝끝내 들려온 목소리'가 그것이다.

그 누구로 침범할 수 없는 정신의 개안(開眼) 과정을 한순간에 펼쳐낸 「波濤의 말」은 언어로 표현한 처절하면서도 장엄한 실존무(實存舞)에 해당한다. 그것은 현실세계에서 전혀 들어볼 수 없는 '파도의 말'이라는 상상의 소리를 통하여 불안한 실존의 위기감이나 자학적 젊음의 소용돌이

20 손광은, 『현대시의 논리와 현장』, 39쪽.

를 그려낸 언어의 춤에 해당한다. 적절한 상징과 역동적 이미지를 구사하여 관념적인 시가 빠지기 쉬운 함정을 비껴가면서 노정은 끝없는 자아 탐구와 성찰의 자세를 보여준다. 자기와의 투쟁에서 나타난 그러한 예술적 투혼(鬪魂)의 진지함이 의식내부의 '나의 반란'을 잠재운 것이다.

인간이 인간을 태어나게 하기 위해서는 살을 찢어내는 고통이 필요하다. 피 흘리지 않고 새로운 생명이 탄생하는 것은 불가능하다. 생명의 메시지와 가치관을 담아 내기 위해 영혼의 영원한 그 무엇을 찾아 헤맨 그의 작업은 '내 마음의 몸부림'이라는 고통을 동반한 것이었다. 그리이스 이래 고귀한 과제였던 존재일반의 의미를 밝혀보려는 철학자의 그것과는 접근방식이 다르지만, 노정은 인간의 실존을 안으로부터 밝힐 수 있는 유일한 장소인 내부의식으로부터 그의 예술적 구도(構圖)를 마련한다. 이것이 그가 평생에 걸쳐 추구해야 할 문학의 화두를 자기 자신으로 좁힌 이유이고 그 자신과의 대결을 피할 도리가 없게 만들었던 까닭 또한 이러한 점과 밀착(密着)되어 있다.

그 자신의 삶의 여정(旅程)을 짙게 반영한 그의 초기작들은 일종의 실존의 예술적 분석작업으로써 존재의 방황과 불안을 언어적으로 접근한 것이다. 자기에서 탈출하여 새로운 자기의 탄생을 노래한 그의 힘찬 언어와 약동하는 이미지 속에는, 하이데거의 논리를 빌려 말한다면 '현존재의 현존재 자신에 대한 본원적인 이해의 방식'이 놓여 있다.[21] 억압과

---

21 '삶의 진실'을 추구하는 문학예술가의 언어사용 방식은 H. G. 가다머(O. 푀겔러, 앞의 책, 161~195쪽)가 '삶의 진리'를 찾는 그것과 다르다. 존재일반에 관한 철학자의 접근방식과 한 예술가의 실존의 문제를 문학적으로 접근하는 방법도 같을 수가 없다. 철학자의 사색이 깃든 언술들이 이 글에서 원용될 때 오용(誤用)과 오해(誤解)의 여지를 남기는 것은 이러한 두 학문 사이의 '방법의 차이'와 더불어 필자의 철학에 대한 이해 부족 때문이다. 그럼에도 불구하고 손광은이라는 한 시인의 예술세계를 밝히기 위해서 이 글에 실천철학의 일부분이 불가피하게 동원되었다. 번잡을 피하기 위해 세세한 각주를 생략했으며, 『「하이데거」의 哲學思想』(그리스도교 철학연구소편, 서광사, 1979)과 『現象學과 分析哲學』(박이문, 일조각, 1983)을 비롯하여 기초적인 철학관련 서적을 이 글에서 부분적으로 참고했다.

결여의 상황에 내던져진 실존을 탐구하는 그의 사유 구조의 초점은 초월적이고 이상적인 삶을 제시하는데 맞춰져 있지 않다. 현실의 파행성 가운데에서 '한 개인이 지닌 예술에 대한 열정과 실존에 대한 고뇌로서의 삶'을 함축하는데 핵심이 놓여있다. 그것은 한 마디로 "신을 잃은 고독, 구원을 포기하는 고독, 구원을 잃어버린 고독, 그리고 완전한 고독의 무(無) 속으로 잠기는"[22] 김현승의 극심한 정신적 방황과 동일한 구조를 보여준다.

신과 신앙에 대한 변혁을 내용으로 한 '관념의 세계'에 발을 들여놓았던 김현승 문학의 공감의 폭을 넓혀준 것은 결단과 확신보다 방황과 번민의 자세였다. 손광은의 시문학이 인간존재를 밝혀주는 하나의 빛이 되어 우리의 공감대를 넓힐 수 있었던 개연성 또한 번민과 방황으로 일관한 '나의 나'를 응시하는 마음의 몸부림이다. 그 몸부림을 효과적으로 전달한 기법의 비결이 청각적 이미지의 활용에 있었고, 고뇌에 찬 사색으로부터 이끌어낸 소리의 울림은 '자아'라는 한 인간의 실존의 몸부림을 효과적으로 전달하는데 적격(適格)이었다.

4.

다형이 기독교와 분투함으로써 고독이라는 실존의 소외현상을 극복했던 것처럼, 노정도 '나를 죽이는'(「波濤의 말」) 과정을 거쳐 실존의 고뇌를 벗어 던진다. 그리하여 '또 다른 나'를 발견하는 새로운 세계-새로운 길을 찾아 나선다. '존재의 빛'을 찾아나서는 그 길-세계가 두 번째 시집의 주요 모티프인 '고향'이다. 초기 시집과 상당히 다른 변모를 보여준

22 김현승, 「나의 文學白書」, 앞의 책.

이 시집에서 노정은 의식내부의 세계에 집중되어 있던 그의 언어들을 과감히 버리고 새로운 언어를 개척한다. '토포필리아'의[23] 언어들이 그것이다. 그러나 그 언어들 역시 '자기 자신을 응시하는' 초기시의 자아성찰, 혹은 자기반성의 자세를 겨냥한 것들이다.

시인은 「고향 앞에 서서」라는 작품에서 "무엇으로 우뚝 서랴", "무엇을 다짐하랴"라고 묻는다. 여기서 묻는 주체는 '나'이다. '나'가 누구에게 묻느냐가 중요한데, 통상 무엇에 대해 묻는다는 것은 2인칭으로서의 '당신/너'나 3인칭으로서의 '그/그대'를 향한 질문의 의미를 담고 있다. 손광은의 질문은 일반관례를 벗어나 있다. 타인에게 물어봄으로써 답을 얻을 수 없기 때문이다. '나의 실존'에 관한 것, 그리하여 자신의 필생의 예술적 화두로 자리잡은 그것을 누구에게 묻겠는가?

> 나는 고향 앞에 서서
> 무엇으로 우뚝 서랴.
> 아흔아홉 굽이 봇재바람에 마음을 열어
> 무엇을 다짐하랴.
>
> 가슴 헤집는
> 세월을 뒤적이고 비비꼬면서
> 옷섶품으로 스며드는 산바람 되랴.
> 강바람 되랴.
> 들꽃이 되랴. 풀꽃이 되랴.
> 고향을 떠난 나그네 되랴.

---

23 김병욱, 앞의 글.

봇재를 넘어
저만큼 가까이 마음을 보내
수천 년 부르고 이끄는 사람이 되랴.
정든 땅에 돌아와 씨 뿌리듯
내 마음 여기 심어 놓고
나는 고향 앞에 무엇으로 우뚝 서랴.

—「고향 앞에 서서」

그 물음은 시인이 스스로에게 묻는 형식을 취하고 있다. "아무것 가진 것 없으면서도" "저절로 넉넉한 듯"[24] 살아왔던 고향 앞에 서서 그는 왜 자기 자신에게 묻는 것일까? 그것은 '나의 내부에 있는 또 다른 나'를 성찰하기 위해서이다. 아름다운 삶을 동경하는 정신의 솟구침이나 추억의 그리움을 노래하려는데 그의 귀향의 본래 목적이 있었던 것이 아니다. 나의 탄생 장소인 그곳에서 나의 나를 되돌아보려고 예술적 회향(回鄕)을 감행한 것이다. '지금 여기'에 이렇게 '나의 나'를 있게 만든 본향의 장소가 고향이다. 고향은 나의 정신의 뿌리이자 '나'라는 존재의 육체의 출발점이다.

나를 반성하는 장소, 즉 자기라는 구체적인 개인의 실존을 숙고하기 위한 공간이 고향이다. 추상적이고 관념적인 정신의 공간이 아닌, 구체적이고 실제적인 신체의 장소로 회귀하여 실존의 현재 모습을 응시하려는 시인의 의지를 읽어내는 것이 두 번째 시집의 깊은 의미를 파악하는 올바른 길이다. 사반 세기에 가까운 짧지 않은 세월 동안 "謙虛한 母國語"

24 "아무것 가진 것 없으면서도/밥 짓는 연기인 듯/산안개 피어오르고 /물안개 정자강을 휘돌아 금성산 벽옥산 뫼봉산까지/구름되어 가든 오든 한가히 한눈팔고/산바람 넘고나 돌면 이래저래 저절로 넉넉한 듯"(「칩거」)

에 "言語의 날개"를[25] 달기 위해 노정은 그의 작품에서 관념적이고 추상적이고 복잡하고 상징적인 시어의 난해성을 몰아냈다. 명쾌하고 구체적이고 실제적인 시어의 단순성이 돋보이는 것이 후기시의 특색이다. 예술적 개성의 깃발을 드높인 「序詩-旗를 올려라」[26]와 「無等山」의 언어들이 그것을 함축하고 있다.

> 저하늘을 향하여
> 그리워지면서 그리움을 외쳐 부르면
> 山메아리 되어 다시 돌아오는 그리움이 있다.
> 다시 목청껏 부르면
> 無等山 山바람이 되었다.
> 삼밭실 바람재 장원봉
> 능선을 굴러가 山바람이 되었다.
>
> —「無等山」 부분

저 하늘을 향하여 신명의 소리를 들려주기 시작한 그의 언어들은 무등산의 능선을 굴러가 산바람이 되면서 본향에 대한 그리움의 세계로 우리를 인도한다. 고향의 평화로운 들녘을 가로질러 들려오는 북소리와 장구소리에는 왠지 우리를 신바람 나게 하는 흥겨움이 담겨 있다. 하늘과 어우러진 그 소리를 들으면 우리의 마음이 뿌듯해지고 우리의 기분이 새로워진다. 칠현금(七絃琴)의 진동만큼 감미로운 선율을 선사하는 그의 언

---

25 김현승의 「가을의 祈禱」와 「絶對孤獨」에서 인용했다.

26 "旗를 올려라. 旗를 올려라. 손으로 쓴 글보다 가슴으로 쓴 글을 새겨/旗를 올려라. 푸르른 하늘빛 묻어 나도록 旗를 올려라./역사의 현장에서 어둠을 몰아내고 빛으로 자라면서 박수가 남아있는 맥박을/안아들인 빛으로 자라면서/가슴으로 외쳐 펄럭이는 빛이여/그늘과 밝음을 다시 밝히고/다시 빛으로 살아있는 旗를 올려라."(「序詩-旗를 올려라」)

어에는 독특한 남도의 가락이 배어 있다. 자연스럽게 종횡으로 구사되는 독특한 언어의 악음(樂音)에는 실존의 방황과 고통과 번뇌를 벗어 던진 해방감이 충만하다.

위대한 예술은 자신을 해방시키려는 투쟁을 표현한 것들이고 인류의 고귀한 사상이 이러한 투쟁의 산물임을 강조할 필요는 없다. '자기'라는 필생의 화두를 끌어안고 시예술과의 싸움을 마다하지 않은 손광은이 고향의 언어에 빛깔을 부여함으로써 그의 노래 소리에 어떤 존재의 그림자가 구체적인 모습-형상으로 자리잡기 시작한다. 아름다운 색채가 입혀진 남도 예향의 언어가락의 울림 속에 마침내 그 형상-모습을 드러낸다. 시각과 청각이 앙상블을 이룬 눈부신 소리의 빛깔 속에 시인 손광은의 예술적 자화상이 서서히 각인되기 시작한다.

내 그림자 속에는
장구치고 북치고
하늘치고 북치고
보이지 않는 또 다른 그림자가 있다
가장 고요하게 물들어 가는 화선지처럼
발묵으로 스며 번지는 화면일 게다

아무리 보아도,
끝끝내 껴안아지지 않는 영혼일 게다
만나지도 못하고 떠나지도 못한
먼, 먼 날을, 신바람으로 덧칠하는 물감일 게다

우리 서로 가장 가까이
숨겨 놓은 숨소리같이 가까이 스며들지만

물들지 않는 시간의 무거운 무게일 게다

내가 풍부한 몸부림으로 부르면
장구치고 북치고
하늘치고 북치고
안기어 오는 메아리 같이 되돌아오지만,

마음결로 되돌아오는 내 마지막은
눈부신 무슨 빛깔일 게다

—「그림자의 빛깔」 전문

한 개인의 실존이 투영된 그림자의 '빛깔'을 노래한 이 시는 현재 손광은의 예술적 삶의 혼-생명을 함축한 것으로 읽히기도 한다. 오로지 귀로만 들을 수 있는 소리-청각에 눈에 보이는 빛깔-시각을 융화시킨 이 시의 미덕은 감각의 조화와 균형이다. 서로 어긋나지 않고 균형과 조화를 이룬 노정의 문학세계는 그의 인격을 암시하는 바로미터이다. 거칠고 메마른 세상을 넉넉히 품어주기에 부족함이 없는 그의 인품은 슬프고 괴로운 일이 더 많은 '지상의 삶'을 살면서 어두운 면을 감추고 빛만을 보여주어 왔다.[27] 이것이 그와 어울리게 되면 인간에 대한 깊은 신뢰와 사랑을 배우게 되는 이유이다. 우리는 「그림자의 빛깔」을 잔잔하고 포근하고 울림

---

27 손광은 시인은 '웃으면서 우는' 시인이다. 우리가 그러한 그의 마음의 밑둥을 감지해내지 못한다면 그의 '시세계는 절반으로 축소'되고 말 것이다. 그는 삶의 한을 '표면적으로 표출하는' 법이 없다. 그러기에 더욱 '우리의 가슴을 아리게'(김병욱, 앞의 글) 한다. 개인사적인 삶의 고난과 고통, 그리고 전기적 사실과 관련된 손광은의 문학적 생애에 관한 좀 더 자세한 사항을 알고 싶은 독자는 김동근의 '소리'의 시학과 존재론적 메타포(앞의 책)를 읽어 보라.

이 크고 깊은 그의 품성을 상징적으로 보여주는 그의 '예술적 분신(分身)'으로 파악할 필요가 있다. 타인에게 말하는 것을 배우는 데는 3년이면 족하다. 그러나 남의 이야기를 듣는 훈련은 60년이라는 세월이 요구된다. 한 평생을 살아도 공자가 말한 이순(耳順)의 경지에 이르기는 쉽지 않다.

노정은 일찍이 이순의 경지에 도달한 인격의 소유자였다. 인격이 스미지 않는 예술이란 "한낱 風角이나 정서의 유희에 지나지 않는다"고 다형은 말했다. 정신의 가치를 창조하는 사람들에게서 "인격과 양심을 떨어버리면 남을 것은 감정의 배설"밖에 없다. 문단 생활에서 온갖 거짓 술수를 거침없이 자행하면서 시에 있어서는 언어의 예술성만을 내세우는 "문인들의 작품은 오래가지 못할"것이라는[28] 김현승의 탄식을 가슴깊이 새기고 평생을 그렇게 살아온 시인이 손광은이다.

'생명의 자기정립에 대한 강렬한 추구'로 명실상부한 시인의 자격을 갖춘 이래 노정은 다형의 문학정신을 올곧게 펼쳐낸 몇 안 되는 문인에 속한다. 김현승의 시풍과 기질을 흠모하는 그의 문하생들이 없지는 않을 것이다. 그러나 작품과 인격의 일치를 최상의 덕목으로 삼았던 다형의 예술정신을 전수 받은 시인은 노정이 있을 따름이다. 김현승 문학의 정신적 후계자 손광은이 쉽게 시를 썼다면 그것은 이상한 일이다. 결벽(潔癖)의 예술가 윤동주가 노래했듯이, '천명'을 부여받은 시인의 시가 "쉽게 씌여지는 것은/부끄러운 일"(「쉽게 쓰여진 詩」)이다. 참다운 정신으로

---

28 도대체 정신의 가치를 창조하는 사람들에게서 인격과 양심을 털어버리면 남을 것이 무엇인가. 필연적으로 그것은 감정의 배설밖에 없을 것이다. 내가 가장 배격하는 것이 이러한 부류의 문인들이다. 온갖 거짓 술수를 문단 생활에서 거침없이 자행하면서 시에 있어서는 또한 언어의 예술성만을 내세우고 있다. 그들에게 있어서는 생활(인격)과 문학은 완전히 유리되어 있다. 그리고 남는 것은 예술성뿐이라고 강변한다. 그러나 나는 이러한 문학관에는 정면으로 도전한다. 골격이 없는 육체를 생각할 수 없는 것과 같이 인격이 스미지 않는 예술이란 한낱 風角이나 정서의 유희에 지나지 않는다. 따라서 오래가지 못할 것이다(김현승, 「나의 文學白書」, 앞의 책).

참다운 사물을 노래하는 고귀한 정신의 수련장에서 절제의 덕목을 상실한 시인이 진정한 시문학의 장인이 될 수는 없다.

5.

노정 손광은이 《현대문학》(1972. 6)에 다형 김현승의 추천으로 「第三廣場」을 발표한지 올해로 40년을 넘겼다. 깐깐하기로 소문난 다형이 연속 3회에 걸쳐 추천했을 만큼 노정은 천성적으로 시적 기질을 부여받은 시인이었다. 그럼에도 불구하고 노정은 자신의 삶의 여정을 담아낸 시집을 세 권 발간했을 뿐이다. 반세기 가까운 긴 시력(詩歷)에 비추어 볼 때 손광은의 시작업은 풍부한 것이 아니다. 남도인 특유의 풍류적 기질과 사람 좋아하는 그의 성격과 바쁜 사회생활의 여파에 기인한 측면이 없지는 않을 것이다. 그러나 과작(寡作)의 주된 이유는 첫 시집의 서문에서 "作者 自身의 魂을 注入하는 強度와 熱度의 如何"가 작품의 가치를 좌우한다는 김현승의 충고를 가슴 깊이 새겼기 때문일 것이다.

한 시인이 평생에 걸쳐 몇 편의 빼어난 작품을 남기기는 쉽지 않다. 하지만 그보다 더 어려운 일은 문학의 품격을 유지하면서 작품 같지 않은 작품을 남발하지 않는 것이다. 손광은 시인이야말로 이러한 점에서 모범적이다. 문단으로 이끌어준 다형의 문학정신을 한시도 잊지 않으며 매 작품마다 혼신의 힘을 쏟는 열정이 그러한 결과를 낳았을 것이다. 또 다른 요인으로는 '인간의 근원적인 생명에 관한 보다 본질적이고 보편적인 문제'에 접근하기 위한 방황과 번민이 노정으로 하여금 다작(多作)을 가로막았을 것이라는 점이다.

'생명의 자기정립'이라는 필생의 예술적 화두를 던져준 김현승의 기대와 촉망은 손광은에게 시인으로서의 자부심과 사명감을 심어주었고 다른 한편으로는 그것이 중압감으로 작용했을 것이다. 견고한 고독의 성안에서 신과 종교, 그리고 종교와 인간의 문제를 재정립하기에 골똘했던 김현승의 예술적 화두에 비견될 생명의 자기정립에 관한 문제가 노정으로 하여금 작품발표에 대한 유혹을 떨쳐내게 했을 것이다. 뿐만 아니라 그것은 '극히 순간적으로 전체의 삶을 담아'보이는 영원한 예술의 생명-문학의 혼을 찾으려고 몸부림했던 노정의 작품세계에 중량감과 일관성을 부여한 요인으로 작용했다. '존재의 빛'을 찾아 그 빛깔을 드리운 언어의 춤사위가 유감없이 발휘된 세 번째 시집이 그 증거이다. "좋은 사람을/가슴에 담아놓은 것만으로도/우리들 마음은 늘 아침이다"(노여심, 「좋은 사람」).

참고문헌

손광은, 『波濤의 말』, 현대문학사, 1972.

_____, 『고향 앞에 서서』, 문학세계사, 1996.

_____, 『그림자의 빛깔』, 시와사람사, 2001.

_____, 『현대시의 논리와 현장』, 태학사, 2001.

김동근, 「'소리'의 시학과 존재론적 메타포」, 『우리시대의 시인연구』, 시와사람사, 2001.

김병욱, 「토포필리아의 詩學-손광은의 시세계」, 『고향 앞에 서서』, 문학세계사, 1996.

김현승, 「나의 文學白書」, 이운룡 편저, 『한국현대시인연구 10-김현승』, 문학세계사, 1993

그리스도교 철학연구소 편, 『「하이데거」의 哲學思想』, 그리스도교 철학연구소 편, 서광사, 1979.

박이문, 『現象學과 分析哲學』, 일조각, 1983.

O. 푀겔러 엮음, 박순영 옮김, 『해석학의 철학』, 서광사, 2001.

손광은의 시세계-토포필리아의 詩學

김병욱

손광은의 시집 『고향 앞에 서서』를 관류하는 주제는 場所愛(topophilia)라고 할 수 있다. 중국계 미국 인문지리학자인 이-푸 투안의 대표적 저서인 *Topophilia*를 보면 인간이 얼마나 장소에 애착을 가지는지 다양한 실례와 장소애에 대한 깊이 있는 통찰을 알 수 있다. 공간은 우리의 경험이 투사되지 않은 데 비해 장소는 가치가 주어져 있다는 점에서 구분된다. 그 장소 중에서도 '고향'은 가장 중요한 위치를 차지한다. 고향을 떠나보지 않은 사람은 진정으로 고향을 말할 자격이 없다. 고향은 우리의 마음속에 등구나무 마냥 뿌리를 튼튼히 내리고 있다. 우리 모두는 어떤 면에서 릴케가 말했듯이 실향민이다. 태풍에 뿌리를 뽑힌 나무는 몰골 사납다. 역시 나무는 뿌리를 대지에 튼튼히 박고 서 있을 때라야 비로소 나무다워진다. 고향을 등진 사람들은 언제나 뒤가 허전한 법이다. 사람들이 정든 고향을 떠날 때 자꾸 뒤돌아 보는 것도 실은 뒤가 허전하기 때문이다. 인간은 근원적 고향을 찾아 헤매는 행려인(Homo Viator)이다.

겉으로 보기엔 시인 손광은은 '외로움'이라는 단어는 모르고 사는 사람 같다. 그러나 그의 시를 보면 그가 얼마나 외로움을 여러 겹으로 싸고 또 싸고 했는가를 짐작할 수 있다. 누가 보나 그는 그의 고향과 엎드리면 코가 닿을 정도의 거리에 살고 있다. 맘만 먹으면 하루에 네댓 차례 행보

할 거리밖에 안되는데도 손 시인의 가슴엔 향수가 야금야금 번져나가고 있다. 향수는 산안개처럼 보이지만 그 실체를 잡을 수 없듯이 그것은 떠돌이인 우리 모두에게 아련하고 콧날이 찡한 여운을 남긴다. 가령 손광은의 마음속을 뒤집어 볼 수 있는 시가 「칩거」일 것이다.

아무것 가진 것 없으면서도
밥 짓는 듯 연기인 듯
산안개 피어오르고
물안개 정자강을 휘돌아 금성산 벽옥산 뫼봉산까지
구름되어 가든 오든 한가히 한눈팔고
산바람 넘고나 돌면 이래저래 저절로 넉넉한 듯
푸짐한 듯 사는 일을 묻지 말게.

다애 돈담 마상굴 동구 밖에 나가
어디서나 풀 꺾어 풀피리 불고 있으면
그리움처럼 날아와
뫼새가 내 어깨에 앉기도 하고
바람에 나뭇잎이 헛되이 오락가락 떠돌기도 하네.
집집마다 물이 맑으니 술보다 부드럽다만
물만 마시고 허심하게 사는 것이 무심할 수 없으니
친구여
냇가에 나가 먼 하늘 가슴으로 안아
사는 일을 묻지 말게.

—「칩거」 전문

이 시의 서정적 자아는 고향의 어떤 친구, 아니면 모든 친구들에게 자신의 심정을 호소한다. 서정시의 본질이 '그대'에게 서정적 자아의 심정을 호소하는 것이라고 볼 때 이 시는 서정시의 본령을 체득한 것이라고 말하여도 하나도 모자람이 없다. 시인은 그의 고향 근처 여러 지명들을 불러보는 것 자체로 그의 삶의 그루터기를 확인한 셈이다. '정자강', '금성산', '벽옥산', '뫼봉산', '다애', '돈담', '마상굴' 등과 같은 지명은 평범한 독자들에게 무덤덤한 한갓 지명에 지나지 않지만 시인의 체험의 심연에서는 숱한 이미지들이 소용돌이를 치는 이름들이다. 시인은 이런 지명을 읊어봄으로써 고향에 대한 장소애를 다시 확인하며 다지는 것이다. 이와 동시에 시인은 자신의 삶에 대한 확고한 의지를 다짐한다.

이 시는 한편으로는 고향에 묻혀 사는 친구를 부러워하여 읊은 것이라고도 해석된다. 그리고 시 전편에 흐르는 자연과의 친화력이 우리를 감동시킨다. 특히 "어디서나 풀 꺾어 풀피리 불고 있으면/그리움처럼 날아와/뗏새가 내 어깨에 앉기도 하고/바람에 나뭇잎이 되어 헛되이 오락가락 떠돌기도 하네."라는 행들과 "냇가에 나가 먼 하늘 가슴으로 안아/사는 일을 묻지 말게."라는 행들은 이 시인이 얼마나 고향에서의 삶을 희원하는지 알 수 있다. 인간이 자연과 맞설 때는 볼썽사나운 것이다. 인간이 자연의 일부분이 되어 자연의 흐름대로 따라갈 때 조화로운 질서가 열리는 것이다. 우리는 「칩거」를 통해서 시인의 마음의 뿌리를 확인할 수 있으며 그의 삶의 철학을 알 수 있다. 언젠가 시인은 그러한 삶을 실현하기 위하여 오늘을 사는 것이리라. 활개를 치고 걸어도 거치적거리는 것 없는 공간은 요즈음 세상에 어디 찾기 쉬운 일이던가. 그래서 손광은은 자유를 희원한다. 우리는 일상에 얽매여 살고 있다. 우리는 일상의 감옥에 갇혀버린 수인이다. 울타리 없는 일상이 무서운 감옥으로 둔갑을 한다. 이 일상을 깨쳐버리기가 어디 말처럼 쉬운 일인가. 일상의 굴레를 벗어버리고 결대로 살아가는 것은 자연인으로 돌아가는 것이다. 강물 따라 바람 따라, 산안개처럼 있는 듯 없는 듯, 바위처럼 풀포기처럼, 강변의 자갈처럼 거기 그 자리에 자연스레 놓이는 것이 참다운 삶이고 자유인 것이다. 고향은 우리에게 그러한 삶이 있다고 손짓한다. 그러나 우리는 알면서도 못 가고, 몰라서도 못 가는 떠돌이의 삶을 고집한다.

손광은의 연작시 「水沒 고향」은 그의 고향에서 주암댐 수몰지역을 읊은 시들인데 이 시편들을 읽고 있으면 우리 자신의 잊혀진 고향을 다시 일깨워 준다. 특히 여덟 번째 시 「저녁노을」은 가히 연작시의 압권이다.

내 마음 속에
쑥냄새처럼 스며 와서
그리움으로 피는 꽃이여.
내 마음 언저리에 와서
눈부시도록 꽃 피어라.

먼 하늘 푸른 물결 소리로 와서
빈 가슴 채울 때까지
텅 빈 들녘에서 불타는 강이여.

솔바람소리 꽃물결 흘러 와서
동구 밖 가득 채운 바람에 묻혀
햇살이 더욱 뚜렷이
내 마음 밑둥까지 바라보고,
마음 타는 지순한 노을이여.

내 마음 속에
드린 물처럼 스며 와서
나를 깨우고

눈부시도록 꽃 피어라.

—「水沒 고향(8) 저녁노을」 전문

이 시는 한마디로 너무 아름다워서 서럽다. 수몰된 호면에 드리워진 저녁노을은 서러움의 표상이다. 그런데 무심히 떠 있는 저녁노을은 시인을 울컥 눈물짓게 한다. 이 시를 잘 살펴보면 손광은이 상당히 시적 기교를 터득하고 있다는 것을 알 수 있다. 후각과 시각, 청각과 시각, 촉각과 시각이 한데 어우러진 공감각적인 이미지가 너무나도 선명하다. 특히 '꽃 피어라'는 어구는 명령형으로 해석될 수도 있고 '꽃 피어 있구나'로도 해석될 수 있는 다의성을 띠고 있어 시적 분위기를 높여준다.

시인은 노을에 불타는 강을 바라보면서 한편으로 망연자실하면서도 그의 상상력을 총동원하여 마음의 그림을 그린다. 고여 있는 강에 드리운 저녁노을은 일시적 자연현상이다. 그런데 시인은 여기에다 자신의 체험을 불어 넣어 부피를 부풀린다. 저녁노을은 정지된 자연 현상이 아니라 시인의 전 생애가 투영된 역사적인 것으로 변용된다. 특히 제3연이 그렇다. 예민한 독자라면 저녁노을은 통곡하는 시인의 울음소리의 변용이라는 것을 감지할 것이다. 그런데 우리를 더욱 서럽게 만드는 것은 시인의 절제된 감정의 표출이다. 손광은은 웃으면서 우는 시인이다. 우리가 그러한 그의 마음의 밑둥을 감지해내지 못한다면 그의 시세계는 절반으로 축소되고 만다. 이 시에는 한이 표면적으로 표출되어 있지 않지만, 그러기에 더욱 우리의 가슴을 아리게 한다.

이 시집에서 손광은의 자화상 같은 시가 바로 「산다는 것이 나를 웃긴다」이다. 정말 이 시를 읽노라면 그를 아는 모든 사람들은 그의 얼굴이 연상될 것이다.

내가 괴로워하는 모든 것들이

물 속과 같이
살여울지는 모든 것들이
견딜 수 없는 것들이지만
햇살과 같이 상긋거리고,
저쪽으로 가능의 눈을 뜨고 웃을 때,
거친 숨을 몰아쉬는, 푸른 물면 속으로
빠져가며 산다는 것이 나를 웃긴다.

—「산다는 것이 나를 웃긴다」 부분

내가 손광은 시인을 만난 것이 만 23년이나 된다. 그는 항심을 지녔다. 그 기간 동안 꼬라지 사나운 내가 그와 한번도 다투지 않은 것은 그의 속이 넓기 때문일 것이다. 그는 언제나 목소리가 힘에 차 있다. 그는 항상 낙천적이다. 요 몇 년 사이 그에겐 개인적으로 여러 가지 불행한 일들이 일어났지만 그는 겉으로는 그것을 조금도 내색하지 않는다. 정말이지 그는 「산다는 것이 나를 웃긴다」라는 시 제목에 걸맞게 살아왔다. 그러나 그도 인간인지라 속으로는 많이 울었으리라. "넘어지고 부러지고/떨어지고 굴러가면서/오뚜기같이/산다는 것이 나를 웃긴다./나는 살아서 웃는다." 이 첫 연은 그의 삶의 자세를 엿보여 준다. 그는 정말 '오뚜기' 같이 용케도 잘 일어난다. 어떤 사람들은 그를 역사의식이 없다고 오해도 한다. 그러나 천만의 말씀이다. 그의 삶은 주위와의 조화를 위해서 둥글둥글할 뿐이다. 80년대 초반 오해를 받아 그에겐 수난의 세월도 있었다. 그러나 그 기간 동안 일본에 유학하여 그 나이에 비교학문으로 문학 석사 학위를 하나 더 해왔다. 그는 문학석사 학위가 두 개, 문학박사 학위 하나를 가지고 있는 한국현대문학 학자이다. 그는 항상 남을 도우려 동분서주한다. 한마디로 그는 발이 부지런하고, 귀가 부지런하다. 그는 남의 말을 경청할 줄 안다. 그러기에 그는 자연의 내밀한 소리를 들을 수 있다. 그는 허세를 부릴 줄 모른다. 그는 그래서 자연에 대해 외경심을 가졌는지도 모른다. 그는 유머를 체득한 사람이다. 그리고 밉지 않은 허풍도 떨 줄 안다. 이 모든 것이 그의 유머 감각에서 비롯된 것이리라. 그러나 그는 우리의 어려운 시대를 살아온 사람답게 정의감도 있다. 그의 「자유발상법」을 보면 또 다른 그의 모습을 볼 수 있다. 상당히 긴 시를 읽고 난 독자라면 손광은이 그래도 우리 현대사의 소용돌이였던 광주에서 산 보람이 있다고 느낄 것이다. 이 시는 힘차다. 그러면서 자유의 여러 면을 점층법적으로 형상해 나간다. 이 시에는 공시성과 통시성이 직조되어 있다. 가령 마지막 연에서 "저 당당한 이성으로/저 당당한 야성으로/저 당당한 햇빛과 바람과 온도가 알맞게 흔들려야 한다./자유여, 자유여." 아마 이 시는 분위기에 따라 달리 수용될 수 있을 것이다. 그러나 시인은 자유의 본질을 이성과 야성의 조화 속에서 부단히 흔들려야 한다고 강조한다. 고여 있는 것은 자유가 아니다. 자유가 썩으면 굴종이 되고 횡포가 된다. 그는 뜨거운 마음과 냉철한 머리가 조화를 이룰 때 참다운 자유가 실현된다는 것을 확신하며 그런 자유를 목청 높여 희원한다. 우리는 이 시를 읽으며 한 개인, 더 나아가 사회, 인류로 확산해가며 자유의 실체가 무엇인지 파악해낼 수 있을 것이다.

외유내강한 그도 항상 고향 앞에 서면 그 자신 마음을 잡지 못한다. 이 시집의 표제이기도 한 「고향 앞에 서서」에는 이러한 시인의 망설임이 드러나 있다.

> 나는 고향 앞에 서서
> 무엇으로 우뚝 서랴.
> 아흔아홉 굽이 봇재 바람에 마음을 열어
> 무엇을 다짐하랴.

가슴 헤집는
세월을 뒤적이고 비비꼬면서
옷섶품으로 스며드는 산바람 되랴.
강바람 되랴.
들꽃이 되랴. 풀꽃이 되랴.
고향을 떠난 나그네 되랴.

봇재를 넘어
저만큼 가까이 마음을 보내
수천 년 부르고 이끄는 사람이 되랴.
정든 땅에 돌아와 씨뿌리듯
내 마음 여기 심어 놓고
나는 고향 앞에 무엇으로 우뚝 서랴.

—「고향 앞에 서서」 전문

가령 고향이 아니라 거대한 자연 앞에 선다면 누구나 고독을 느낄 것이다. 고독은 자아와 거대한 자연과 맞설 때 생긴다. 그것은 부조화의 상태이기 때문이다. 그러나 고향은 어머니 품속과 같은 것. 그래서 고향 앞에 서면 누구나 어린애가 된다. 고향은 우리 마음 속에 자리잡은 영원한 어머니이다. 우리는 고향을 부끄럽히지 않으려고 부단히 노력한다. 이것은 마치 어린애가 어머니의 꾸지람을 듣지 않으려는 심정과도 같다. 그러나 고향은 누구나 그 품안에 감싸 안는다. 고향 앞에 서면 무엇이 되어 돌아온 것은 문제가 되지 않는다. 다만 돌아왔다는 것 자체가 전부이다. 그러나 우리 떠돌이들은 어디 그런가. 우리는 뭔가 되어 고향에 가서 우쭐하고 싶어지는 마음이다. 하지만 고향은 '떼기 놈' 하면서 우리를 감싸 안는다. 손광은 시인도 이것을 알리라. 그는 아직 귀거래사를 실천에 옮기지 못하지만 「고향 앞에 서서」를 통해 고향으로 돌아가고픈 심정을 토로하고 있다.

고향은 시인의 시심이 뿌리를 내리는 곳이다. 이번 시집을 계기로 손 시인이 그의 고향 보성에 대해서 서사적 시(이야기가 있는 시)를 비롯하여 장소애가 듬뿍 묻어나는 서정시를 써서 한 권의 시집으로 묶어내기를 우리는 바란다. 그도 이제 이순의 나이를 먹었으니 고향으로 귀향할 날도 멀지 않았다. 그리고 우리는 명창이 많이 배출된 보성의 전통을 받아 구성진 손광은류의 서정시를 접맥하기를 기대한다. 분명히 손광은은 그것을 해내리라고 나는 확신한다. 지난 5월에 나는 미력 옹기를 사러 가면서 그의 고향 노동면 일대를 지난 적이 있다. 그의 고향은 정말로 풍광이 좋고 아늑한 곳이다. 보성은 문자 그대로 보배가 가득한 고을이다. 손 시인도 보성의 보배 중의 하나이지만 더욱 정진하여 좋은 시를 계속해서 써주기를 나는 진정으로 바란다. 고향은 우리의 시심이 샘솟도록 하는 곳이다. 언젠가 그가 고향에 돌아가 시를 쓴다면 지금보다 훨씬 더 좋은 시를 많이 쓸 수 있을 것이다. 고향은 우리의 머리만 맑게 해줄 뿐만 아니라 가슴까지 풍성하고 포근하게 해준다.

현대시에 보태는 오랜 겨레의 숨결

이성부

어디든 빠르게 가야 하고 무엇이든 바쁘게 일해야 살아 남는 세상이다. 사람들의 생산활동도 기계화 · 대량화 · 첨단화됨으로써 소박한 인간적 모습이나 정취를 찾아보기 어려운 시대에 우리가 살고 있다. 그래서 '느리게 사는 것이 행복'이라는 말이 최근 적지않게 문화계의 화두로 떠돌고 있음을 본다.

느리게 삶으로써 스스로는 물론 다른 사람들의 생을 성찰하고, 자연과 사물의 크고 작은 변화를 살펴보며, 이 세상과 세계를 인식할 수 있다는 이 철학은, 그러므로 현대인들에게 많은 시사를 던져주는 생각이라고 할 수 있겠다.

우리 선조들은 이렇게 '느리게' 사는 여유를 이미 오래전부터 터득하고 생활화시켜 온 것 같다. 농번기 때의 바쁜 노동 속에서도 각종 '놀이'를 통해 공동체적 삶의 여유와 활기를 찾았으며, 농한기 때의 할 일 없음 속에서도 놀이를 통해 흥과 신명과 대동단결의 끈을 놓지 않았었다.

아무리 멀고 험한 길도 빠르게만 걸어서는 갈 수 없음을 알았고, 천천히 쉬엄쉬엄 가는 것이 목표지점에 도달할 수 있다는 것을 터득했었다.

할 일이 산더미처럼 쌓여 있다고 하더라도 혼자 바쁘게만 움직여서는 다 될 수 없다는 것도 알았다.

그래서 '두레' 또는 '품앗이' '울력' 공동체 노동체계가 성립되었으며, 그 공동체 노동 속에서도 여유와 활기를 재충전하는 공동체 놀이를 창조, 발전시켜왔었다. 이렇게 하여 형성된 우리의 '민속놀이'는 수천 년 동안 면면히 이어져, 우리의 농촌 사회에 깊이 뿌리내린 삶의 한 양식(樣式)이 되었다.

산업사회의 급격한 발달과 기계화, 과학화의 숨결 속에서 우리의 농촌도 많은 변화를 거듭해 왔다. 손과 육체노동에 의한 두레의 풍습이 점차 사라지고, 그 공동체 노동에서 생성된 자연스런 '놀이'도 어느덧 민속유물로서의 보존 가치를 지닌 것으로 드물게 남게 되었다. 노동현장에서의 일상적인 삶이, 이제는 문화재의 하나로 명맥을 잇고 있을 뿐이다. 모든 사라지는 것들은 사람들의 마음 속에 그리움을 낳는다. 어린 시절에 또는 품앗이 현장에서, 쉽게 보거나 만날 수 있었던 그 놀이의 풍습이, 이제는 무대 위거나 공연장에서나 만날 수 있는 것이 되었다.

그래서 사람들은 농촌의 저 들판에 펼쳐지던 농악대의 흥거운 가락을 그리워한다. 그 가락은 지금도 사람들 마음 속에 살아 흘러서 추억을 일깨우고 현재적 삶을 윤기나게 하는 풋풋한 정서가 되기도 한다.

중진시인 손광은 선배가 이렇게 사라져간 풍경과 그리움의 알맹이들을 다시 신명나는 언어로 빚어 놓았다. 이번에 상재하는 선배의 여섯 번째 시집 『민속의 숨결 신명을 풀어라』는 그러므로, 수천 년 동안 이어져 온 민족의 삶이자 놀이이며 정서인 민속놀이를, 현대시로 재구성한 최초의 집대성이자 민족정서의 총화라고 할 수 있다.

더러 드물게 우리의 민속놀이를 단편적으로 시 작품화시킨 시인들이 있었으나, 이처럼 광범위하게 남도 곳곳을 발로 뛰어 찾아다니며, 취재·기록·작품화시킨 예를 과문한 탓인지 나는 아직 볼 수 없었다. 그 열정도 놀랍거니와, 그 한 편 한 편의 시적 성취 또한 아름다워 우리 현대시의 한 기념비적 성과를 이룩해 놓았다. 『민속의 숨결 신명을 풀어라』에 수록된 70여 편의 작품들은, 현대인의 눈으로 보는 옛 놀이에 대한 단순한 묘사 · 재현이 아니다. 그 놀이에 시인이 동참하고, 그 놀이의 한가운데서 시인이 웨치는 흥과 신명의 노래이다. 그 노래는 놀이의 가락을 닮았고, 놀이의 몸놀림과 일치하며, 놀이가 품고 있는 풍자와 해학을 담고 있기도 하다. 힘없고 가난하고 천대받았던 이 땅의 대다수 민중들의 한과 원망(怨望)과 소박한 삶을 담아낸 노래이기도 하다. 시를 가리켜 '사무사(思無邪)'의 세계라고 흔히 말한다. 생각에 사가 없다는 것은 세상의 때가 묻지 않은 순수한 마음, 순결한 눈으로 대상을 본다는 의미일 터이다.

손광은 선배가 바라보는 민속놀이의 세계 역시 어린이의 눈과 마음으로 보는 대상이다. 신기함 · 놀라움 · 신명 · 흥겨움 따위가, 세상의 때를 묻히지 않은 순수하고 토속적인 언어로 그대로 재현되어 있다.

달 떠온다. 달 떠온다.
땅을 딛고 달 떠온다.
달을 보고 절하고 달빛 밟고
소망을 비는 시간이다.
달 솟으면 불붙여라
망월이여 망월이여
달아 달아 밝게 솟아라.
…(중략)…
팔딱 펄떡 춤을 추자.
모두들 소망을 이루도록
마음 속으로 빌어라
멀리 둥글게 타는
달집 껴안고 돌면서
액맥이 연을 걸어 태워라

望月이여 望月이여
소리소리 지르며
신나게 신들린 액맥이
마음까지 함께 태우자.

—「달집 태우기」 부분

손광은 선배는 아마도 어린 시절부터 이같은 달집 태우기 놀이를 자주 지켜 보았거나, 스스로 많이 해 보았을 것이다. 그가 태어나 성장한 곳 또한 농촌인 전남 보성이기 때문이다. 정월 대보름 밤에는 우리나라 농촌 곳곳에서 대보름 놀이가 벌어진다. 달집 태우기, 쥐불놀이, 횃불싸움, 강강수월래, 줄다리기, 고싸움놀이 따위를 통해 사람마다 한 해의 소원을 빌고, 그 해 농사의 풍년을 기원한다.

새해의 첫 만월(滿月)인 대보름달은 곧 풍요와 번성의 상징이다. 여기에 불은 모든 부정과 사악, 불행 따위를 태워 없애는 정화의 상징으로 된다. 또는 불은 마음속의 열정과 희망이 점화된 상징이며, 모든 억눌림과 규제·속박이 한꺼번에 풀어져 폭발하는 상징성을 띠기도 한다. 핍박받고 소외받는 농민·하층민들이 휘영청 밝은 달 아래 마음껏 뛰고 춤추면서 그 울분을 해소시키기도 하였을 것이다. 달이 떠오름과 동시에 달집(지푸라기와 솔가지로 만듦)에 불을 붙이고, 타오르는 달집 주위로 원을 그리면서 농악패가 돌고 춤추며, 사람들도 함께 따라 도는 이 놀이는, 곧 농민들의 꿈이 행동으로 나타난 것이라고 할 수 있다. '달집 밑둥에 불을 붙이자 불타는 불기운 잡고 풍물을 울리고 온몸으로 흔들흔들 팔딱펄떡 춤을 추자'와 같은 표현에서, 우리는 달집 태우기의 현장감과 흥겨움을 함께 느끼게 된다.

고 걸어라 고 당겨라

비녀목을 끼워라.

줄을 잡아 당겨라

줄패장 함성 소리 퍽퍽하고

징 소리 북 소리 갑자기

후려치면 으샤, 으쌰,

의여 차 의여 차… 고함 소리

목이 터져라 천지를 넘어

하늘까지 터져 오르고

들석들석 암줄이 이겼다.

이겼다 이겼다 풍년이 온다.

—「줄다리기」 부분

줄다리기 놀이는 요즘도 초등학교 운동회날 같은 데에서 어렵지 않게 볼 수 있는 경기의 하나이다. 청 · 홍(또는 백)으로 나누어 벌이는 이 줄다리기가 사실은 우리나라 농촌 지역에서 오랜 옛날부터 전승돼 온 민속놀이의 하나였으며, 이 놀이를 통해 풍년을 기원한다는 농민들의 소망이 담겨 있음을 아는 현대인들은 매우 드문 것 같다.

농촌에서는 대체로 동군(수줄), 서군(암줄)로 나뉘는데, 서군 편이 이겨야 그해에 풍년이 든다고들 믿었다. 그래서 남정네들은 힘을 다하지 않고, 짐짓 저주는 것이 보통인데, 이렇게 함으로써 풍년을 바라고 마음속 평온함을 유지시켰다고 할 수 있다. 사람들의 함성과 징 소리 북 소리 꽹과리 소리가 하늘을 울리는 가운데 진행되는 이 역동감 넘치는 놀이는, 농민들의 협동심과 애향심, 동질감을 일깨우는 놀이로 우리나라 여러 지역에서 널리 시행되어 왔었다. 이 놀이 또한 힘을 발산하여 억눌려왔던 감정을 터뜨리는 민중정서와 무관하지 않다. '으샤 으샤' '의여 차 의여차…' 등의 의성어와 '들석들석' 등의 의태어가 그대로 반복됨으로써 줄다리기의 역동성을 재현하고 있다.

『민속의 숨결 신명을 풀어라』에 수록된 손광은 선배의 작품들은, 이렇게 한결같이 우리나라 민속놀이의 현장성과 그 현장에 동참하는 민중의 맥박이 고스란히 살아있는 작품들이다. 민속놀이는 원래 우리나라 민중들의 삶 자체에 뿌리를 두고, 그 삶에서 다양하게 가지를 친 놀이라고 할 수 있다. 많은 노동요, 농악, 제례, 혼례, 여러 종류의 굿 등 대부분의 민속놀이가 농어촌 사람들의 전통적인 생활방식과 관련되어 있음을 볼 때, 이 놀이는 곧 민족의 숨결이자 혼이 깃들어 있는 우리 자신들의 살아있는 원형(原形)이라고 해도 된다. 손광은 선배는 일찌감치 이 점에 착안하여, 1960년대부터 이같은 작품들을 발표하여 문단의 주목을 받은 바 있다.

어릴 적 머슴인 내 아버지는
마당 복판에 무더위를 불러들인
보릿단을 놓아둔다.
까실까실한 사슬이 매달린 보리,
단정히 부수지 않고
손가락을 대본다.
실한 머슴은 곁에 있는
農酒를 마시며
푸른 보리를 생각한다.

풀잎 같은 풀잎이었다가
풀잎 같은 보리였다가
풀잎 같은 보리국물을
겨울에는 마시며,

지금은 풀잎 같이
意識을 일으켜
秘密의 構造를 갖고 누렇게 살아 있는,
보리를 술잔에 비쳐보곤 히죽이 웃으며,

「여 때리라
저 때리라」

거만스럽게 삐걱이며
도리깨질을 하면서
잠 깊은 누런 이마를
후려친다. 후려쳐……

서성이는 어머니
빗자루를 치켜들고
왔다, 갔다,
튀어나는 보리알을 쓸면서
신비로운 내 시선 사이로 지나간다.
큰물소리가 지나간다.
곁에 가던 먼지가
불타듯 연기되어 깔리면서
대낮이 무너진다.
모든 것이 지나가며 무너진다.

풀잎이 출렁거리듯
새로운 혁명이 부르는 흔들림,

새로운 파멸의 不正처럼
물살지는 가슴을
실한 머슴은 들여다보면서

「여, 여, 저, 저,」

들고 치고, 살짝 놓고 치고
소리를 만들면서
먼지가 소리를 만들면서
마을을 울리던
도리깨질을 하면서

「여 안 때리고
어데 때리노
복판 때리라
가에 때리라」

도리깨질을 하면서
머슴은 머슴인 아버지를
머슴으로 길들였다.

―「보리타작」 전문

1972년에 펴낸 손광은 선배의 첫 시집 『파도의 말』에 수록되어 있는 「보리타작」은, 당시 우리 사회 일각에서 일기 시작한 민족 주체성 확립, 우리 것 찾기, 민중의식 등의 발현과 함께 우리나라 현대시의 시각(視覺)을 농촌 현실과 농민들의 삶에 돌린 한 전범이 되었다. 자유당 말기의 부정부패가 우리 사회 곳곳에 창궐하던 무렵 씌어졌다는 이 작품은 부정부패의 수괴(중심 · 복판)를 잡아들이지 않고 송사리 떼(변두리 · 가)만 잡아들이는 당시의 사회상을 비판적으로 상징했다는 평가(김현승 · 김현)를 받기도 하였다. 아울러 힘껏 내리치는 도리깨질을 통해 당시 억압받고 따돌림 당하는 민중의 울분과 소외감을 해소시켰다는 풀이도 가능해진다. 실제로 전래 민요의 하나인 '보리타작 노래'는 머슴들이 도리깨질을 하면서, 노동의 즐거움과 함께 주인에 대한 평소의 불만이나 쌓인 감정을 교묘하게 발산시키는 내용이 담겨져 있기도 하다. 우리나라 사회 곳곳에 깊이 만연돼 있는 고질적인 부정부패는 4~50년 전이나 지금이나 크게 달라진 것이 없어 보인다. 정치적으로 어느 정도 민주화가 되었다고는 하나, 우리 사회 곳곳에는 여전히 억압받고 소외받는 계층이 아픔을 감내하며 살아가고 있다. 시인의 눈은 그 아픔을 결코 외면할 수 없는 눈이다.

민속놀이의 하나가 시적 대상이며 사물이 되는 손광은 선배의 시각은, 떨어져서 바라보거나 타자他者로서 관계 맺기가 아니다. 시인이 대상 속에 들어가 합일이 되고, 시인이 그 대상을 주도적으로 이끄는 관계가 된다. 대상의 자아화自我化이자 자아의 대상화라는 시의 정도에서, 한 치도 비켜서지 않는 자리에 그가 서 있음을 읽게 되는 까닭이다. 민속(삶)의 현장이 시인의 내면이 되는 세계, 시인인 나(자아)가 곧 민속의 복판이 되는 경지는 어떤 시인도 쉽게 도달하는 단계일 수가 없다.

어린 시절부터 생활 속에 오래 축적된 체험과, 그 체험으로 말미암은 시적 사유의 단계를 거쳐야 만이 도달할 수 있는 세계이다. 아울러 오랜 시간 동안의 치밀한 관찰이 따라야 함은 물론이다. 그래서 손광은 선배의 민속놀이 시편들은 우리가 직접 눈으로 보는 것 같은 현장감, 생동감뿐만이 아니라 함께 흥이 나고 신명이 일어나는 정취를 안겨주는 것이다. 겨레의 민속놀이가 끈질긴 생명력을 지닌 우리의 숨결이듯이, 손광은 선배의 시편들 또한 우리 현대시에 겨레의 오랜 숨결을 보태는 힘찬 동력이 될 것임에 틀림없다. 이 동력이 있기에 오늘의 우리 삶이 활력을 얻고, 미래의 우리가 또한 건강한 생명력을 지니며 나아갈 수 있음을 믿게 된다.

손광은 선배의 여섯 번째 시집 『민속의 숨결 신명을 풀어라』의 출판을 우리가 다함께 기뻐하고 축하하는 까닭이 여기에 있다.

손광은 선배와 나는 1950년대 말기부터 지금까지 50여 년 동안 한결같이 친형제처럼 지내오고 있는 터이다. 선배의 따뜻하면서도 질박한 성품, 매사에 열정적이면서도 냉철한 판단력을 잃지 않는 태도에서 평소 존경해 왔는데, 이번에 펴내는 시집 『민속의 숨결 신명을 풀어라』를 통해 선배의 진가가 다시 한 번 세상에 그 모습을 드러내게 되었다. 책 뒤에 부치는 이 어줍잖은 글이 사족이 되지 않을까 두렵다.

거듭 축하의 말씀을 드리고, 앞으로도 계속 형님의 건강과 건필을 기원합니다.

「序文」-『波濤의 말』(현대문학사, 1972)

김현승

十年前「現代文學」에 推薦形式을 通하여 처음으로 詩壇에 얼굴을 보였을 때 孫光殷 君의 詩의 특징을 한마디로 要約하면 生命의 자己 定立에 對한 强烈한 追求라고 할 수 있다. 그리고 그 强烈은 奔放하기보다는 節度있는 知的 뒷받침으로 언제나 상당한 安定을 유지하여 앞날을 촉망하게 하였다. 이러한 例를 이 詩集의「나의 叛亂」「散策」「第三廣場」등의 作品에서 분명히 찾을 수 있을 것이다.

그 후 七, 八年동안 孫 君의 詩的 行路에는 起伏이 無常하여 成功한 作品의 數는 결코 失敗한 作品 數보다 많지 않았으나 그 成功한 作品들도 데뷰 당시의 作品들을 뛰어 넘어 앞으로 보다 活氣있게 나아가는 것들은 솔직히 말하여 아니었다. 그러한 이 詩人이 近年에 이르러, 이 詩集에서 보는 바와 같은「보리打作」「織女圖」와 같은 눈부시게 하는 作品들을 써 놓았다.

이러한 作品들은 初期의 知的 趣向과는 자못 다르면서도 이 詩人의 그 동안의 꾸준한 努力의 結實을 갑자기 눈 앞에다 보여 주는 生命力 있는 作品들이다.「보리打作」과 같은 一連의 作品들이 읽는 사람에게 魅力을 풍겨주는 까닭은 지금은 아무도 눈여겨 보지 않는 그늘진 구석을 찾아내어 보여 주었다는 素材의 物異性이나 土俗性에만 있는 것은 아니다. 만일 作者가 詩나 小說이나를 막론하고, 어떤 異色的인 素材로써 作品의 價値를

刺戟하거나 돋보이게 하려 한다면 그것부터가 그 作品價値의 限界를 들어내 보이는 것이 되고 말 것이다.

文學의 價値는 결코 그 素材 自体가 결정하는 것이 아니고, 그 素材에다 作者 自身의 魂을 注入하는 强度와 熱度의 如何가 그 價値를 左右하게 되기 때문이다. 이 詩人이 새로이 추구하고 있는 近年의 作品들에는 이 詩人의 雜草와 같은 질긴 生命力이 줄기차게 꿈틀거리고 있다. 이 個人의 生命의 總和-그것이 곧 다름 아닌 民族의 生命力이라고 할 수 있다. 한 詩人이 一生을 통하여 前進하며 變貌를 꾀한다는 것은 매우 어려운 일이다. 이 어려운 成果를 이 詩人은 十年 남짓한 세월에서 상당히 효과 있게 보여주고 있다. 이 한가지 事實만을 가지고도 이 詩人의 앞날을 祝福하며 더욱 큰 期待를 걸어 보고 싶다.

一九七二年 三月 一日

「跋文 I」-『波濤의 말』(현대문학사, 1972)

김현

李盛夫 兄의 소개로 孫 兄을 처음 만났다. 딴딴하고 시커멓고 농군같이 생긴 사람이 내부의 叛亂이니 意識이니 하는 말을 거침없이 사용하는 詩를 쓰는 것을 보고 나는 인간과 의식 사이의 거리를 다시 한 번 느끼지 않을 수 없었다.

그러나 나는 그와 몇 번 만나면서 그의 생명에의 끈질긴 집념을 확인할 수 있었다. 그의 힘은 그것이 재료가 되어 쓰여지는 그의 詩에서 뿐만 아니고, 그의 어투, 걸음걸이, 작별, 악수, 그리고 막걸리 집에서의 서툰 농담 속에 있었다. 그것은 내가 그의 「第三廣場」에서 확인한 '근엄한 목숨'과 통하는 것이었다. 그 근엄한 목숨, 뜨거운 얼굴이 그를 이끌고 다녀, 내부에 난파하지 않고 계속 반란할 수 있는 소지를 마련해 주는 모양이었다. 그 孫형이 다시 個性있는 목소리로 전화를 해서 나는 그가 시집을 낸다는 것을 알았다. 그가 새로 발간하는 시집 속에는 전에 보지 못하던 시들이 여러 편 있었는데, 그 시들에서는 어느 것이나, 맨 처음 그를 만났을 때 느꼈던 그 힘찬 個性, 힘있게 빚어놓은 '토루소'가 주는 것 같은 매력이 산재해 있었다. 특히 「보리打作」 「織女圖」 같은 것은 그의 체취와 個性과 힘이 그대로 번져 나오는 詩이었다. 나는 그런 시들을 다시 읽고, 그의 체취에 反하는 것 같던 의식, 내부 등이 끈질긴 반란을 통해 근엄한 목숨을 유지해 나가는 그의 내면의 동료를 발견한 모양이라는 것을 깨달을 수 있었다. 최근의 그의 시에서 볼 수 있는 안정감 근엄함은 그의 심장에서 우러나온 것이다. 그래서 거기서는 인간에 대한 애정이 스며 나온다.

「여, 여, 저, 저,」
들고치고, 살짝 놓고치고
소리를 만들면서
먼지가 소리를 만들면서
마을을 울리던
도리깨질을 하면서

이런 詩行은 흔히 쓰여지는 것들과는 다른 점을 가지고 있다. 그것은 사랑이다. 과거의 風俗이 시의 소재로 등장할 때 보여지는 복고주의가 그의 시에는 없다는 사실이 나를 즐겁게 한다. 孫 兄, 孫 兄을 처음 소개해준 저 희대의 건달시인 李盛夫 兄과 兄의 시집 발간을 축하하며 「야, 야, 여, 여」 해가며 막걸리나 한 잔 마십시다.

제2부

손광은의 대표시

제1시집 『파도의 말』

보리打作

어릴 적 머슴인 내 아버지는
마당 복판에 무더위를 불러들인
보릿단을 놓아둔다.
까실까실한 사슬이 매달린 보리,
단정히 부수지 않고
손가락을 대본다.
실한 머슴은 곁에 있는
農酒를 마시며
푸른 보리를 생각한다.

풀잎 같은 풀잎이었다가
풀잎 같은 보리였다가
풀잎 같은 보리국물을
겨울에는 마시며,
지금은 풀잎 같이
意識을 일으켜
秘密의 構造를 갖고 누렇게 살아 있는,
보리를 술잔에 비쳐보곤 히죽이 웃으며,

「여 때리라

저 때리라」

거만스럽게 삐걱이며
도리깨질을 하면서
잠 깊은 누런 이마를
후려친다. 후려쳐……

서성이는 어머니
빗자루를 치켜들고
왔다, 갔다,
튀어나는 보리알을 쓸면서
신비로운 내 시선 사이로 지나간다.
큰물소리가 지나간다.
곁에 가던 먼지가
불타듯 연기되어 깔리면서
대낮이 무너진다.
모든 것이 지나가며 무너진다.

풀잎이 출렁거리듯
새로운 혁명이 부르는 흔들림,
새로운 파멸의 不正처럼
물살지는 가슴을
실한 머슴은 들여다보면서

「여, 여, 저, 저,」

들고 치고, 살짝 놓고 치고
소리를 만들면서
먼지가 소리를 만들면서
마을을 울리던
도리깨질을 하면서

「여 안 때리고
어데 때리노
복판 때리라
가에 때리라」

도리깨질을 하면서
머슴은 머슴인 아버지를
머슴으로 길들였다.

織女圖

내 女子가
물굽이 휘어 흐른
江언덕에 앉아
무슨 秘密을 가슴에 짜다가
햇살을 따라
窓邊으로 베틀을 놓아둔다.
古朝鮮 창호지 문처럼
갈대로 얽힌 그물 房.

이 房 壁들의 복판에
베틀을 놓아
머언 山 햇살이 묻어오도록
베를 짠다.

거울이 내 얼굴을 비춰보듯
내 마음이 내 秘密을 비춰보듯
날과 올 사이 지나가는
〈북〉 소리로 하여
햇살을 부수며 에워오는 베를 짠다.
漁夫의 딸인 듯
물굽이 따라온 가난한 이웃
세월을 감고 물레를 돌리듯
베를 짠다.
그물 치는 漁夫의 팔들처럼 베를 짠다.

한 많은 숨소리……
밀물 썰물이 노놔가지듯
날고드는 물소리로 베를 짠다.

全羅道 보리

소가 웃는다.
소가 웃는다.
소리 없이 웃는다.

보리가리 백만섬, 그 큰 기쁨을
파면서
소가 외친다.

서툴게 서툴게 쩔렁이는
쟁기가 외친다.
더벅머리 선머슴
마음속같이…

밭이 웃는다.
밭에는 마음의 물결이
일지않는 탓으로
밭고랑을 따라 이랑을 따라
부스럭 부스럭
흙이 웃는다.

간지럼을 타고…

보리가 웃는다.
全羅道 보리가 웃는다.
쌀보다도 못하고, 보리보다도 못하고
慶尙道 껍보리보다 더 못한
全羅道 쌀보리가 웃는다.
더벅머리 선머슴
코웃음처럼……

배길 수 없는 말, 夏穀買入……
어거지로 삼키면서
삽소리가 웃는다.
흙속에서 웃는다

빈들에 서서 보면
빈 마음 문득 어두워가고
모두들 都市로 빠져나가고
배길 수 없는
面長 모가지 짤려나가고…

문득, 살결에 와 닿는 흙의 密度.
그리고 바람, 그, 소리만큼
내 살을 파고드는
괭이와 호미까지
내 살에 스며 웃는다.
들판을 스며 웃는다.
벌판으로 빨려들어 웃는다.
소와 함께 깔깔 웃는다.
히죽이 웃는다.
소가 웃는다.

波濤의 말

어느 날 밤 파도는

내 방에 들어와 나를 깨웠다.
다른 事物들은 일제히
다른 이름들을 하나씩 더 갖고
눈뜨기 시작했다.

모양도 없고 그림자도 없는
거대한 것이
엄청난 사람같은 것이
내 목을 누르고
내게 말했다.
그냥 이대로만 있기냐
그냥 있기냐
다시 태어난 다음에야 볼 수 있는
벌판의 외침 소리 하나
나를 죽이고
끝끝내 들려 왔다.

그늘

잠시 너울거리는 햇살 밖에서
지친 바람은 나를 두고
하늘 막은 울타리인데,
푸라타나스 밑 벤취에서
사르르 오수에 들만치
그늘로 가려있는

울타리 안에 앉으면
밖에는 헐떡이는 잎새들의 乾雷聲 소리,
진하게 하늘빛으로 가볍게 뒹구는
바람소리,
오늘토록 思索에 잠기는
가슴에 푸른 물감이 든다.
눈을 감으면
어디서나 흐르는
푸른 江물소리 흐른다.

안개

바람 하나가
내 가슴속을 찾아들어
진을 치고 떠나간다.

다른 바람들은
너의 숨소리 속으로
자꾸 파묻혀 들어간다.

사방에 부서진 시간들을 버려두고
우리들의 싸움은 미끄러져
일어설 줄 모르고
우리들의 사랑, 토라져 숨은 것일까.

아침 안개가 어깨를 툭 칠 때
어제의 기억들은 그들대로
다시 살아 숨쉰다.

제2시집 『고향 앞에 서서』

고향 앞에 서서

나는 고향 앞에 서서
무엇으로 우뚝 서랴.
아흔아홉 굽이 봇재 바람에 마음을 열어
무엇을 다짐하랴.

가슴 헤집는
세월을 뒤적이고 비비꼬면서
옷섶 품으로 스며드는 산바람 되랴.
강바람 되랴.
들꽃이 되랴. 풀꽃이 되랴.
고향을 떠난 나그네 되랴.

봇재를 넘어
저만큼 가까이 마음을 보내
수천 년 부르고 이끄는 사람이 되랴.
정든 땅에 돌아와 씨 뿌리듯
내 마음 여기 심어 놓고
나는 고향 앞에 무엇으로 우뚝 서랴.

다듬이 소리

내 가슴은 하늬바람을 타네.
연초록 연기 같은 마음 속의 일, 속깊이 감추고
봇물소리를 따라 고향으로 갈 때,
속절없이 가슴앓이 불길을 맨 먼저 알았을까.
저 가슴 치고, 파고 치고 들리는 소리,
내 가슴은 하늬바람을 타네.

수양버들 실가지 올올이 물 올라가듯
아지랑이같이 물안개같이 피어올라,
하늬바람을 타네.

바람에 일렁이는 부챗살같이
꽃샘바람 미친 듯 뛰어다닌 듯
가슴 속에 소용돌이 동동동 몸부림치는 걸까

살여울치네. 살여울치네.
물소리 카락카락
반짝이며 희살짓듯,
헝크러진 긴 머리 가닥가닥 빗는 걸까.

마음자락 추스르고 굽이굽이 파고치고,
일렁인 듯, 술렁인 듯,
무슨 사연을 풀어 헤친
하늬바람을 타네.

물레 소리

옥양목 소맷자락 하얀 바람을
출렁이며 출렁이면서
어머니는 물레에
희다 재운 세월을 끝내 감는다.

날마다 밤마다 숨은 한을
긴 숨으로 몰아가듯
창 밖으로 던지면서
우리 어머니 해소기침 소리가
그냥 하얗게 소리소리
실타래로 감아지면서
세월을 뒤적이고 비비꼬면서

해소기침 숨소리
가릉크려지는 소리로
긴 한숨 물레 소리
방 안을 가득 채운다.

끝도 없이
체머리 끄덕이면서
세월을 뒤적이고 비비꼬면서
신경통 아려 오듯
일어난 물레 소리 여울물 소리……
온밤을 실타래로 감아 놓는다.

고싸움 놀이

설레는 마음끼리
흥을 잡고 노는 온 마을은
소리소리 술렁이고
맑은 소리 눈빛끼리 엉켜 나갔다.

깽매 깽매 깽매깽
깨갱 깽매 깽매깽
고를 대고 맞대고
띄를 대고 떨어져
쿵덕 쿵덕 나가고
울긋 불긋 휘어져 동구 밖을 나갔다.

고를 대고 맞대고
다시 대고 맞대는 앙가슴 숨소리
가득 가득 나가고 징소리 북소리
바람 치고 북 치고 하늘 치고 북 치고
얼룩진 마음까지 가득 씻어 나갔다.

소구 장구 옆으로 돌고
벅구 잡이 밖으로 돌아
살재미가 넉넉한 웃음으로 풀면서
웃음의 뿌리가 보일 때까지
풍요로운 웃음을 외쳐 불렀다.

시인 봄마중 가다

말 없이 떠나간
그리운 사람들을 기다리기보다는
단단한 흙 속에서 움트는
여린 새싹들을 만나기로 했다.

쑥, 보리, 마늘,
엉겅퀴 달래까지도
봄되면 어김없이 내밀어주는
여린 손들을 만나기로 했다.

갑자기 내 봄은
돌개바람 속으로 질긴 세월 얽힌 뿌리를 흔드는
바람이 되어,
나를 휩싸고 가지만,
검불더미만을 봄하늘에 날리지만,

뿌리를 기다릴 줄 아는 사람만이 들에 나와
풀뿌리 그 밑둥까지
눈물겨운 눈으로 들여다보며
흙냄새 뿌리까지 만나는 봄.

이른 봄
푸른 숨소리
숨어 흐르는 목소리,

뜨거운 그 목소리,
밭여울 봄 물소리 넘어
실바람 되어 가다 만나는 봄.

쓰러질 듯
쓰러질 듯
어우러진 풀잎들을 만나기로 했다.
푸른 눈을 뜨고
곱게 쓸리는
새싹들을 만나기로 했다.

연꽃 앞에 서서

덕진 공원 연꽃 앞에 서서
스스로를 낮추고 피어 있는 연꽃을 본다
흙탕물 속에서도 티 하나 없이 웃음을 머금은 꽃.
고매하고 온화한 정 얽혀 다시 곰곰 사무친 연꽃을 본다.
백년도 한 나절 꺾어 휘어가는 대낮에
바람같이 막 자치고 누워 있는 꽃.
연인들같이 서서 엉켜 무엇을 속삭이는 꽃.

귓속말로 흘러온 이야기. 아래로 아래로 이야기 나누다가
세월을 뒤적이고 매듭매듭 물이 되고 꽃이 되고
산이 되고 산맥을 이루는 꽃

내가 다시 찾아와 당신 곁에 있으면
보고 듣는 말씀이 숨결되어 번지네, 맑은 숨결 번지네.
얄푸른 푸른 숨소리 저 하늘 자락에 번지네.
강물 소리같이 산물 소리같이 맑은 미소 번지네.
산 속으로 번지네, 물 속으로 번지네.

칩거

아무것 가진 것 없으면서도
밥 짓는 듯 연기인 듯
산안개 피어오르고
물안개 정자강을 휘돌아 금성산 벽옥산 뫼봉산까지
구름되어 가든 오든 한가히 한눈팔고
산바람 넘고나 돌면 이래저래 저절로 넉넉한 듯
푸짐한 듯 사는 일을 묻지 말게.

다애 돈담 마상굴 동구 밖에 나가
어디서나 풀 꺾어 풀피리 불고 있으면
그리움처럼 날아와
뫼새가 내 어깨에 앉기고 하고
바람에 나뭇잎이 헛되이 오락가락 떠돌기도 하네.
집집마다 물이 맑으니 술보다 부드럽다만
물만 마시고 허심하게 사는 것이 무심할 수 없으니
친구여
냇가에 나가 먼 하늘 가슴으로 안아
사는 일을 묻지 말게.

제3시집 『그림자의 빛깔』

그림자의 빛깔

내 그림자 속에는
장구치고 북치고
하늘치고 북치고
보이지 않는 또 다른 그림자가 있다
가장 고요하게 물들어 가는 화선지처럼
발묵으로 스며 번지는 화면일 게다

아무리 보아도,
끝끝내 껴안아지지 않는 영혼일 게다
만나지도 못하고 떠나지도 못한
먼, 먼 날을, 신바람으로 덧칠하는 물감일 게다

우리 서로 가장 가까이
숨겨 놓은 숨소리같이 가까이 스며들지만
물들지 않는 시간의 무거운 무게일 게다

내가 풍부한 몸부림으로 부르면
장구치고 북치고
하늘치고 북치고
안기어 오는 메아리 같이 되돌아오지만,

마음결로 되돌아오는 내 마지막은
눈부신 무슨 빛깔일 게다

木蓮꽃

저물 녘 서녘 하늘
끌고 가는 바람소리 만나면,
하얀 목련꽃은
우물물 여나르는 몸짓을 하고,
수줍은 듯 소박한 체 다소곳이 떨어졌다.

떨어진 슬픔인 듯 저녁노을 붉게 흐르는 소리
들릴 듯 말 듯 핏빛으로 울고
논두렁 물결소리 끌고 갔다.

나는 당신을 땅속에 묻고
하늘보고 땅보고 한숨 섞여 따라가다가
산비탈 논둑길 돌아오는 길에
산바람소리 엎드린 길을 되돌아 보면,
싱싱한 배추, 상추, 풋고추, 흔들어 씻듯
산바람이 따라와 휑궈 가지만,

내마음 출렁이는 소리 산바람소리,
흙냄새까지 씻어지지 않아
슬픔을 휘어잡고 중얼중얼 무슨 말을 건넸다.

꽃씨

코스모스
꽃씨를 받으면서
햇살을 손으로 휘감으면
푸른 하늘 향해 파닥이는
꽃 향기 흘러 나온다.
짓이겨질듯한 꽃이여 간들어질듯한 꽃이여
옛날 아스라이 먼 기억으로
그리운 꽃 향기 나를 휩싸고 돈 꽃이여.

누구도 알 수 없는 깊은 반짝임 흘러 꽃씨된 넋이여
앙큼상큼한 그 들끓는 숨소리가 숨어
千里밖 까마득한 기다림이 여물어
바람 안아 내리면서, 마음은 하늘을 향해
달을 안으면서 까마득히 알 수 없는
깊은 숨결소리 끓어 밀리는 소리 꽃된 넋이여.

가을은 내것이다

꽃물결 소리
갈바람 소리
저 정원은 온통
살여울 물소리로 흘러가는 동안
가을은 내것이다.

달이 뜨고
꽃들이 도란도란
江물 속에 모여 들고.
숲길은 넓어지고
물빛 고운 실솔의 향기
흘러가는 동안
가을은 내것이다.

저 이름없는 것들을
所有턴 사람끼리
살고 있는 틈을 보이는 동안
탐내어 가을을 들고 마는
無形한 이야기를
기른 心臟……
가을은 내것이다.
무수한 잎들이 쓸리는 대로
가을이 쓸리는 대로
흩어지는
香많은 열매들에 귀를 기울이는 동안
가을은 내것이다.

내가 잊어 버렸던 이름
참으로 잔잔히 슬픈 이름들을
바람속에 불어 일으키는 동안
가을은 내것이다.

물오른 가지에서
葉脈들이 수축되어 가는 소리 들리고
여름의 密度 위에
묻은 記憶,
쌓이던 무게들을 더듬는 동안
가을은 내것이다.

내가 묻힐 꿈들이 눈안으로,
기어들 듯
가을이 全部, 깨닫고 마는 생각들이
쌓여 갈수록
思索의 넓이는 旗幅처럼 올라가
무게를 갖기 시작한
가을은 내것이다.

無等山

저 하늘을 향하여
그리워지면서 그리움을 외쳐부르면
山메아리 되어 다시 돌아오는 그리움이 있다.
다시 목청껏 부르면
無等山 山바람이 되었다.
삼밭실 바람재 장원봉
능선을 굴러가 山바람이 되었다.

그 바람 장불재에서 수레바위
휘돌아가고
중머리 세인봉에서
내리뻗혀간 줄기 되었다.

다시 저 멀리
그리움을 껴안으면
설레임으로 산허리 덕산너덜 안고도는
중머리 길이 쉬엄쉬엄 노을이 들어……
마음에 앓는 고통 西天에 묻어두고
갈 수 있었다.

다시 귀를 기울이면
한 시대가 어둠을 서로 부비며 山脈을 넘어오는 소리가 있어
다시 눈을 뜨면 소리 향기 서로 얽혀 메아리 되어
먼 산 산마루에 묻어오는데
햇살을 휘감으며 묻어오는데
바람은
눈꽃 나뭇가지 억새풀 바위틈에 끼어가면서
내 영혼을 흔들고
햇살이 그 위를 동동 굴렀다.

제4시집 『내 마음 속에 눈부신 당신』

저녁 노을

산허리 가로 질러가는 노을
속세를 태워버린 노을을 보며,
오늘토록 불타듯 이글거린 땅끝 저녁 노을을
내 마음에 들어 앉히면,
내 여자와 같이 와락 달려 들어와
가슴으로 붉게 물들어 와서
이글이글 불길이 와서
애끓는 마음만큼 붉은 강이 흐르네.

저만치 먼지 속에 떠밀려 왔던 나를
아무렇게나 왁자지껄하게 어둠에 익숙한 나를
용광로 빛 빛만큼 발묵 빛으로 그늘을 내리고
서천으로 서천으로 강이 흐르네.

이내 그리움처럼 노을이 사라지고 말면,
나는 되뇌일 말을 잃고 돌아서서
뒤안길 아쉬움에서
추억을 으깨는 소리 듣는다.
황홀한 속세를 털어버린 소리 듣는다.

봄 물소리

풀뿌리 그 밑둥까지 얽힌 뿌리 흔드는
밭여울 봄 물소리 자네,
바람일세.
칠보 오색 실로 풀어내는 물바람 소리,
질긴 세월로 얽힌 자네일세.
내 곁에 내 여자와 같이 뜨개질을 하고 서성이는 자네,
존재와 소멸의 비좁은 공간을 헤집고 있는 자네.
새 순의 숨소리가 메달린 봄은 죽어 있고,
땅 속에 깊이 살아있는 자네.
죽은 땅에서 자네만 살아있고
저 추운 겨울이 자네 곁에서
허물어져 내리네.
얽힌 뿌리가 잘려 흘러 나가네.

파릇한 새싹 풀뿌리
그 밑둥까지 뒤집고 내 속마음
숨소리까지
흔들어 깨우는 자네가 살아
내 사랑을 포개며 눕히고마는 자네가 살아
山河의 이랑마다 굴러가는
햇살을 눕히고마는 자네.
푸르디한 사랑에 목 맺힐 줄 아는 자네.
먼 산 산등성이 푸르디한 산 안개로
내려앉은 자네.

살여울 봄 물소리 내 마음 물면에 비춰 보이네.
밭여울 봄물 소리 얽힌 뿌리 비춰 보이네.

슬픈 戀歌 · 1

바람 하나가
내 마음 속을 찾아 들어
진을 치고 떠나갔다.
헝클어진
실타래로 사무친 마음, 망설이지 않고
훨훨 날으는 새가 되었다.

모든 사랑의 힘을 바람으로 떠나보낸 뒤,
좌절과 절망까지, 남는 사랑이 무엇인가
힐문(詰問)하면서
끝도 없이 시작도 없이
몇 날 밤을 혼자 눕지 않는 새가 되었다.

해질녘 인정이 그리워
술로 너스레를 떨면서
바람으로 부딪혀 날라간 슬픈 새가 되었다.

소리 없이 울고 바람이 보이지 않는
地上에서 간절한 흔들림 뿐, 만날 수 없다.
바람이 보이지 않듯 거친 바람 속에서 방황하는 새가 되었다.

바람의 언덕에서
소용돌이 속소리 바람같이, 휘말려 가면서
눕지 않고
물면으로 살여울 묻혀가는 물청새가 되었다.

탐욕의 슬픈 풍요 쫒아간 사람.
정든 사람의 몸은 저만치 가고 말면
나는 까닭없이 옛정을 전리품처럼
줏어들고 저 먼 산 보면 슬프다.

새벽 코피가 터져 나는 날, 아무것 바랄 것 없다.
사랑보다 더 아름다운 투정, 질투라고 말하지 말라.
느닷없이 부딪힌 이별에 대하여
사랑이 아니라고 말하지 말라.
할말이 많은 날, 말없이 묻히듯 앉아 밑으로 미쳐 가는 몸짓
참 아름답구나.
사랑은 시나브로 다독이는 시샘이지만
내 사랑은 판토마임 연극이다, 슬픈 예술이다.

내 마음 속에 눈부신 당신

출렁출렁 그리움 넘치는 이 밤은
내 마음 속에 눈부신 당신이 자리 잡는다.

누구도 기다려 본 적이 없는

기다림을 갖게한 당신은
곧 그런 기다림을 안겨 줍니다.

내 기다림은 어둡고 깊은 어느 밤보다도
더 깊은 마음이러니,
당신의 마음 몰래 더듬어온 기다림이러니,
기다림 쌓인 이 밤은 간절한 사랑이러니

내 마음 속에
눈부신 당신이 자리잡는다.

제5시집 『땅을 딛고 해가 뜬다』

보성 소리-송계 정응민 선생 예적비

보성 소리, 보성 소리
그 소리 바디 다시 피어나는가.

삼음법도 그 소리 묻혀지지 않고
아직까지 남아와서
힘 있는 소리로 돌려 토해내는데.

매양 희다 재운 소리로
기품 있게 그 한풀이
풍류에 서툴지 않던 임이여.

초승달 뜨면 달을 향해 큰절하고
갓 쓰고 큰절하고
초승달 같이 행신하라
가르치신 임이여.

달도 차면 기우는 원리
가득함을 향해 달려 간 임이여.

어찌하여 임의 소리 속에는

무슨 간절한 큰 곡절이 배어 있기에
이리도 모두가 소리 속으로
스며들고 젖어들어
그 소리 바디 다시 피어 어우러지는가.

우리나라 땅끝-땅끝탑

이 곳은 우리나라 맨 끝의 땅
갈두리 사자봉 땅끝에 서서
길손이여
토말의 아름다움을 노래하게

먼 섬 자락에 아슬한
어룡도 백일도 흑일도 당인도까지
장구도 보길도 노화도 한라산까지

수묵처럼 스며가는 정.
한 가슴 벅찬 마음 먼 발치로
백두에서 토말까지 손을 흔들게

수천 년 지켜 온 땅끝에 서서
수만 년 지켜 갈 땅끝에 서서
꽃밭에 바람일 듯 손을 흔들게

마음에 묻힌 생각

하늘에 바람에 띄워 보내게.

천방지축 쑥대머리-명창 임방울 선생

애련하고 처절한 애원성 계면조 창법을
높은 예술적 차원 위에 올려놓은 임이여
아구성, 철성, 청구성으로 다시 올려
곰삭은 맛을 풍긴 수리성까지
천방지축 쑥대머리 펼쳐내는 신명의 목소리
강물소리… 도도한 신명의 강물 속에
내려 떠내려가다 보면
소리를 치켜 올렸다 끌어 내렸다 꺾었다 궁글렸다
다시 목을 떨었다 신명의 소리 흐름 타고가던
그늘 짙은 시김새도 잘한 님이시여

쑥대머리 가락의 절실한 고비마다
시김새 펼쳐내는 슬프고 익살스런 고비마다
마음과 마음이 부딪칠 때 추임새로 절로 나는구나.
빛과 결이 다른 목소리 바디 어디서 오는가
천성으로 흥청거린 즉흥성은 만남의 자리에서
슬픔입니다.
여울지는 목청의 울림 한없이 한이 흐르고
눈물 섞인 슬픔입니다.
짙은 남도 사투리 참된 삶을 익살로
어렴풋한 마음 달래게 「쑥대머리 귀신 형용

적막 옥방의 찬자리에」
가슴에 가슴에 사무칩니다.

님을 위한 行進-5 · 18광장 조형물 준공

이 곳은 오월의 함성(喊聲) 빛으로 일어나
하늘로 치솟은 곳이다.
독재는 가라 民主에 살고 싶다
피맺힌 외침소리 살아 숨쉬는 곳이다.

내일을 살아가는 우리에게
메아리되어 솟구치는 自由가
누구에게도 빼앗기기 않는 自由가
밖으로 나와 달음발질로
民主魂을 일깨웠던 얼과 넋이
숨쉬는 곳이다.

旗를 올려라
영원히 펄럭이는 旗를 올려라
휘익 휘익 맞바람도 거슬러 뚫고 가듯
질곡(桎梏)의 어둔 벽, 총과 칼 거칠 것 없다
죽음과 살육의 거리를 뚫고 대닫는 발자국 소리
님의 혼이 녹아있는 동안 旗를 올려라.

오늘의 소망은 죽음으로 빛이 되었다.

우리 마음속에 불씨를 놓아 빛이 되어가도록
활활 횃불이 되어가도록 빛이 江이 되어
바다가 되어 가도록
앞을 향해 旗를 올려라.

古色 草家에서-吳之湖 畵伯

평생을 지산동 초가집에 살면서
풀과 나무들과 햇살이 동동 굴러가는 것을 보면서
벌써 고조선 촌부처럼 살고 있었네.

수십 년간 초가집 대청마루에 걸터앉아서
강렬한 빛깔과 깊은 감각이 어느 새 가슴에 물씬 젖어들어
빛나는 태양 아래 반짝이는 것들
그 어느 것이라도 모두 조선의 숨결들
그 숨결들을 화폭에 담고 있었네.

담백 솔직한 선비
지조의 길 투쟁의 길… 그 삶의 의미에 관해서
가깝게
만날 수 있었던 생활철학을 고집하고 있었네.

생명의 눈으로 피가 도는 모든 것들을 느끼고
그 숨결이 이어져 내려온
고색 초가집에서

민족주의자로서
지사로서 국한문혼용 운동가로서
문화재 보존운동가로서 주인이 되고
마지막은 끝끝내 화가였었네

미와 참을 추구하는 뜨거운 정열
맑고 눈부신 색깔의 조화, 뜻이 있는 형상들을 찾아내었네.

지금도 초가집 목조화실에서
맨가슴 벗은 발에 세상 먼지 털어가며
인상의 기법으로 마음 물감 풀어놓고
쪽빛하늘 바라보고 햇살 섞어서
조선의 삶을 물들이고 있었네.

꽃다발 껴안은 사랑을 바라본다-東隱 池春相 教授

南道 民俗藝術 속에서
흥겨운 삶과 징한 기질 귄있는 슬기가 담긴 멋을
찾아나선 길손을 만나기로 했다

어느 누가 흥겨운 길손이라고 했나
냉찬 듯 부드럽고 논리적인 듯 고요로운 가슴 속에
눈부신 열정이 흐른 사람이라고 했나

고향 고샅길 해어스름

고향 냄새 물씬 풍긴 당산나무 밑,
중중모리 자진모리 휘모리로
흥겨운 소리 흐를 때마다
고싸움놀이 같이
온 마을 꽉 차게 쿵덕 쿵덕 나가듯
깊은 정이 꽉 차게 그리울 때마다

그냥 신명에 겨워 평생 동안
손보다도 발로 뛰어쓰신 주옥같은 글 속에서
남도문화 넋과 얼 뿌리내려 꽃 피는구나.
어제의 모든 굴레를 벗어
다시 꽃 피는구나.

지금은 모든 제자들
신명이 들어 무당이 되기도 하고
민요 육자배기 판소리꾼이 되기도 하고
고즈넉한 달처럼 끌려 고고한 선비가
되기도 하고, 삶의 애환을 펴 보인
민속 춤꾼으로 흥겨운 또 흥겨운 뿌리
뻗어나가니
앞소리 뒷소리 받으면서
끝내는 그 얼 그 넋 꽃으로 피어나는구나
꽃다발 껴안은 사랑으로 꽃 피어나는구나.

제6시집 『민속의 숨결 신명을 풀어라』

달집 태우기

보성군 노동면 학동마을에
재해가 없고 풍년 붙일
논빼미에 달집을 세워라
소원을 써 거는
원추형 달집을 세워라
달 떠온다. 달 떠온다
땅을 딛고 달 떠온다.
달을 보고 절하고 달빛 밟고
소망을 비는 시간이다
달 솟으면 불 붙여라
망월이여 망월이여
달아 달아 밝게 솟아라.
꽹과리, 징소리, 북을 울려라
달집 밑둥에 불을 붙이자
불타는 불기운 잡고
풍물을 울리고 온몸을 흔들흔들
팔딱 펄떡 춤을 추자.
모두들 소망을 이루도록
마음 속으로 빌어라
멀리 둥글게 타는

달집 껴안고 돌면서
액맥이 연을 걸어 태워라
望月이여 望月이여
소리소리 지르며
신나게 신들린 액맥이
마음까지 함께 태우자.

줄다리기

洞口 밖 당산나무 옆 골목
사래 깊은 보리밭에서
정월 대보름 신나는 보름 줄어르기
꽹매귀 소리소리 어우러지면
마을 사람들은 왁짜지껄
발자욱 소리 깔고
암줄 숫줄 줄을 잡고
숨소리만 가득가득
쏟아져 나왔다.
저 한가롭게 기대감 벌어지는
애정 넘친 힘겨루기
구김살 없이 환하게 웃는다.
고 걸어라 고 당겨라
비녀목을 끼워라.
줄을 잡아 당겨라
줄패장 함성 소리 퍽퍽하고

징 소리 북 소리 갑자기
후려치면 으샤, 으쌰,
의여 차 의여 차… 고함 소리
목이 터져라 천지를 넘어
하늘까지 터져 오르고
들석들석 암줄이 이겼다.
이겼다 이겼다 풍년이 온다.

진도 들노래

덩실 덩실 흥겨운 춤으로 노래로
그림으로 열려 있는 진도 아리랑 고향
소박한 소리 고향, 민속의 고향
응 응 응……. 콧소리가 고달픈 마음
풀어 헤치면서 내 마음 흔들어 넘긴
들노래 듣는다.
'소리 없이 열리길래
임 오는가 내다보니
온다는 임은 아니 오고
동남풍이 날 속였네.
어기야 허여 여허라
먼데 사람은 듣기도 좋고
가까운데 사람 보기도 좋게'
덩실 덩실 춤을 추며 중머리장단
덩더쿵 에헤야 어기어라

다 되었네 다 되었네
두레방 없이만 심어주소
두레방 없이만 심어주소
덩실덩실 춤을 추며
두레방 없이만 심어주소.

해원굿

싫건 좋건 살다보면
사는 게 인생이지만
왜 죽었어 왜 죽어
원통하게 왜 죽어,
고난 속에도 살맛 있는데
내 대신 왜 죽었어
왜 죽어, 원통하게 왜 죽어
가혹한 일제시대
강압에도 살았는데
아 대한민국 우리 시대
우리에게 죽은
억하고 수돗물에 빠진 넋이여
5.18민주화 때
원통하게 맞아죽은 넋이여
끈덕지게 견뎌내고
불타 죽은 넋이여
한 시대를 넘어가다가

최루탄에 맞아죽은 넋이여
독재와 싸우다 죽은
처녀귀신 넋이여
몽달귀신 총각귀신 넋들이여

해원굿 영가 풀이
천도제를 지내오니
한 많은 넋이여
한을 풀고 넋을 풀고
저승으로 저승으로 임하소서
맑고 향기롭게
마음 모아 영면하소서.

증심사 연등

광주의 모든 역사 품에 앉아
알고 있는 증심사.
일어나 눈 뜨면 만나는 무등산 증심사
정겨운 목탁 소리, 무거운 세속 내려놓은 목탁 소리
만고풍상 역사의 구비마다 들려오는 목탁 소리
수난의 질곡 함께 이겨낸 증심사 목탁 소리
염불 소리 속에 가까이 님을 보고 듣고 만나 깨어나듯
부처님 숨결을 따라 중생구제 소원 비나이다.

불 타는 마음 뜨겁게 이끌어 올리듯

연등 달고 내 마음에 들려오는 숨결을 따라 비나이다.
말없는 소원으로 연등을 달고 손에 연등을 들고
오백전 목탁 소리 쌓이는 걸 보면서
돌탑 탑돌이 돌아돌아 복을 비나이다
밤낮없이 서성거린 먼지 세상
학대와 파멸의 아픔을 뒤흔들어 털어버리고
드러누운 절망과 침묵을 떠나
숨결을 눈 들어 올려보면서
꿈을 현실로 비나이다 비나이다
광주 무등산 품안에서 민주, 인권, 평화도시
눈부신 아침마다 꽃 피기 비나이다.
문화가 살아 숨쉬는 詩 書 畵 판소리가
마음 속에 새겨나와
사람마다 마음 속에 출렁이는
기쁨을 비나이다.

盧汀 孫光殷 연보

1936 전남 보성 출생

1953 보성중학교 졸업

1956 광주숭일고등학교 졸업

1962 전남대학교 문리과대학 국문학과 졸업(文學士)

1962~1964 『現代文學』 김현승 추천으로 문단 데뷔

1966~1967 광주숭일고등학교 교사

1967 전남대학교 대학원 국문학과 졸업(文學碩士)

1968~2001 전남대학교 인문대학 국어국문학과 교수

1972 시집 『파도의 말』(현대문학사) 발간, 전라남도 문화상 문학부문 수상

1977 일본 동경교육대학 대학원 문학 연구과 졸업(文學修士)

1986 충남대학교 대학원 국어국문학과 졸업(文學博士)

1986~1989 전남대학교 인문과학 연구소장

1987~1989 광주광역시 문인협회 초대 회장

1989~1990 한국시문학회 회장

1993~1997 광주광역시 교육청 공직자 윤리위원회 위원

1994~2001 전라남도 선거관리위원회 위원

1996 『고향 앞에 서서』(문학세계사) 발간

1996~1997 한국언어문학회장

2001 『그림자의 빛깔』(시와사람사) 발간, 평론집 『현대시의 논리와 현장』(태학사) · 『우리시대의 시인연구』(시와사람사) 발간

2002 제3회 광주광역시문화예술상(문학부문) 수상

2003 평론집 『현대시론』(한림) · 『현대시의 공간적 지평』(한림) 발간, 한림

문학재단 한림문학상 수상

2006 시집 『내 마음속에 눈부신 당신』(한림) 발간

2007 시집 『땅을 딛고 해가 뜬다』(한림) 발간

2009 『시와 사진으로 엮은 南道민속시집』(광주민속박물관) 발간

2010 시집 『민속의 숨결 신명을 풀어라』(한림) 발간

2015 현재 한국문인협회 회원, 한국시인협회 회원, 원탁시 동인, 전남대학교 명예교수 및 호남대학교 초빙교수, 한림문학재단, 한국현대시인협회 고문, 다형김현승시인기념사업회 회장

〈한국어문학연구소 총서2-『손광은의 시와 시세계』 논문 게재 정보〉

유성호, 「전통적 원형과 존재론적 기원의 발견–손광은의 시세계–」, 『어문논총』 26, 전남대학교 한국어문학연구소, 2014. 12.

임환모, 「물의 형상성과 건강한 생명력–손광은 시집 『波濤의 말』–」, 『어문논총』 26, 전남대학교 한국어문학연구소, 2014. 12.

정경운, 「기억의 시학–손광은의 시세계를 중심으로–」, 『어문논총』 26, 전남대학교 한국어문학연구소, 2014. 12.

나경수, 「노정 손광은의 남도기행 시집의 민속학적 의의」, 『어문논총』 26, 전남대학교 한국어문학연구소, 2014. 12.

김동근, 「손광은 시의 토포필리아와 '南道'」, 『호남문화연구』 52, 전남대학교 호남학연구원, 2012.

이동순, 「남도와 민속, 남도정신의 아카이브-손광은 시인의 문학적 생애」, 『인문사회21』 6-3호, (사)아시아문화학술원, 2015. 10.

문병란, 「발문-손광은의 시세계」, 『그림자의 빛깔』, 시와사람사, 2001.

전정구, 「존재의 빛을 찾아서」, 『시와사람』 30, 시와사람사, 2003. 9.

김병욱, 「토포필리아의 시학」, 『고향 앞에 서서』, 문학세계사, 1996.

이성부, 「현대시에 보태는 오랜 겨레의 숨결」, 『민속의 숨결 신명을 풀어라』, 한림, 2010.

김현승, 「서문」, 『파도의 말』, 현대문학사, 1972.

김 현, 「발문1」, 『파도의 말』, 현대문학사, 1972.